中国古典文学
读本丛书典藏

金元文选

邓绍基 周绚隆 选注

人民文学出版社

图书在版编目（CIP）数据

金元文选/邓绍基，周绚隆选注. —北京：人民文学出版社，2021
（中国古典文学读本丛书典藏）
ISBN 978-7-02-016208-6

Ⅰ.①金… Ⅱ.①邓…②周… Ⅲ.①古典散文—散文集—中国—金代②古典散文—散文集—中国—元代 Ⅳ.①I264.2

中国版本图书馆CIP数据核字（2020）第063686号

责任编辑　葛云波
装帧设计　陶　雷
责任印制　王重艺

出版发行　人民文学出版社
社　　址　北京市朝内大街166号
邮政编码　100705

印　　刷　三河市鑫金马印装有限公司
经　　销　全国新华书店等

字　　数　210千字
开　　本　880毫米×1230毫米　1/32
印　　张　11.25　插页3
印　　数　1—6000
版　　次　2021年6月北京第1版
印　　次　2021年6月第1次印刷

书　　号　978-7-02-016208-6
定　　价　42.00元

如有印装质量问题，请与本社图书销售中心调换。电话：010-65233595

目 录

前言 1

曹居一
 李伯渊奇节传 1
杨奂
 汴故宫记 9
耶律楚材
 贫乐庵记 14
元好问
 济南行记 17
 内翰王公墓表 25
 雷希颜墓铭 37
刘祁
 游林虑西山记 47
许衡
 与窦先生书 60
宋道
 与襄阳吕安抚书 65
郝经
 横翠楼记 71
王恽
 烈妇胡氏传 76

方　回
　　秀亭记　79
　　觉喜泉记　87
　　心境记　89
姚　燧
　　序江汉先生事实　95
　　南平楼记　100
　　送李茂卿序　108
林景熙
　　蜃说　113
卢　挚
　　与姚江村先生书　116
戴表元
　　乔木亭记　122
　　送张叔夏西游序　127
　　质野堂记　131
　　寒光亭记　134
　　文溪记　137
　　敷山记　140
邓　牧
　　雪窦游志　144
麻　革
　　游龙山记　149
吴　澄
　　送何太虚北游序　155

答董中丞书　160
　　别赵子昂序　163
杜仁杰
　　遗山先生集后序　170
　　娄敬洞洞虚观碑记　172
刘　因
　　归云庵记　176
　　与政府书　179
　　武遂杨翁遗事　183
　　游高氏园记　186
　　驯鼠记　187
胡长孺
　　何长者传　189
刘岳申
　　文丞相传　199
王炎午
　　望祭文丞相文　228
赵孟頫
　　《吴兴山水清远图》记　232
袁　桷
　　陆氏舍田记　235
元明善
　　万竹亭记　239
许　谦
　　与赵伯器书　243
张养浩
　　济南龙洞山记　248

柳　贯
　　题江矶图卷后　252
　　答临川危太朴手书　254
虞　集
　　小孤山新修一柱峰亭记　258
　　陈焰小传　261
　　松友记　265
揭傒斯
　　范先生诗序　267
　　陟亭记　269
杜　本
　　怀友轩记　274
马祖常
　　记河外事　279
　　息虻传　281
　　石田山房记　285
　　小圃记　287
　　小石山记　289
　　州判张君去思记　290
宋　本
　　工狱　294
李孝光
　　始入雁山观石梁记　302
　　大龙湫记　304
许有壬
　　文丞相传序　308

苏天爵
　　送刘德刚赴三尖寨巡检序　312
　　乞免饥民夏税　314
杨维祯
　　铁笛道人自传　317
　　斛律珠传　321
戴　良
　　小丹丘记　327
　　乐善堂记　330
　　六柳庄记　333
　　四景楼记　335
钟嗣成
　　《录鬼簿》序　340

　后记　343

前　言

　　元代散文上继唐宋散文,自有它的发展历程和特点。但长期以来,元文不为人看重,冷寂无闻。自清代以来,有一个古文选本名传遐迩,几乎家喻户晓,那就是《古文观止》,直到晚近,它依旧是和《唐诗三百首》一样的畅销读物。这个选本自先秦著作开始选录,依次有秦文、汉文、六朝文、唐文、宋文和明文,却没有选录一篇元文。或认为轻视元文的观点始自元人,因为元末的杨维祯就说过元诗不让前朝,元文却不如前朝的话。如果把杨维祯的话理解为元文的总体成就不如宋文,基本符合事实,在这个意义上,杨氏之言不为偏激。按诸史实,极端地贬低元文的言论,不是出自元人,而是出自明人,王世贞竟有"元无文"之言。看来,《古文观止》的编者或者受到了王世贞的影响。

　　明末清初的著名思想家黄宗羲,对元文颇多赞美之言,他尤其激赏姚燧和虞集这两位元代散文家,甚至认为他们的文章胜过明文。黄宗羲所说的"明文"实际针对的是前后七子的肤廓文风和公安、竟陵的纤巧文风。黄宗羲是极力提倡经世致用之文的,其间有着特殊的时代缘由和个人因素。看来并不偶然,他推崇元文也正是抓住了元文的一个特点——提倡经世致用,尽管元代散文家的经世致用观点,在实践上同黄宗羲的散文实践并不完全一致,但"经世致用"这个主张却是相同的。

　　文章之道要讲究经世致用,这种观点实际上早已存在,并不是元人的发明,但元人所说的经世致用却也是同总结一种历史经验有关。这就要从宋代的"论理派"和"论文派"说起。自北宋理学家周敦颐提出"文以载道"口号后,到了程颐就变本加厉地认为"作文害道",后来朱熹也说"文是文,道是道","若以文贯道,却是把本为末,以末为本,可乎?"南宋后期,朱熹的再传弟子真德秀把文章分为"鸣道之文"和"文人之文",他在《文章正宗序》中说:"以明理义、切世用为主……否则词虽工而不录。"世称"论理派"。与真德秀年辈相仿的楼昉编《崇古文诀》,继承着他老师吕祖谦所编《古文关键》的宗旨,着重讲文章作法,世称"论文派"。吕祖谦是和朱熹齐名的人物,但他不赞成"文是文,道是道"的观点,据吴子良《筼窗续集序》中说:"自元祐后,谈理者祖程,论文者宗苏,而理与文分为二。吕公病其然,思融会之。"北宋理学对金代有影响,但金人大抵不接受理学家论文偏激的主张,刘祁为王青雄所撰小传中记王"故尝欲为文,取韩、柳之辞,程、张之理,合而为一,方尽天下之妙",在很大程度上具有代表性。元初南方作家刘将孙也有类似的主张,"以欧、苏之发越造伊、洛之精微"(《赵青山先生墓表》)。一取韩、柳,一取欧、苏,虽有差别,但在主张古文理学合一这点上却是一致的。毋庸说,这种主张也就具有调和"论理"、"论文"派的色彩。这种主张同吕祖谦"融会"说也很相似。

　　元初的戴表元和赵孟頫对理学家轻视文章都表示不满,他们倾向于推崇欧阳修的重道又重文的主张。稍后的虞集就更明确地批评了"宋末说理者鄙薄文辞之丧志"的谬误(《刘桂隐存稿序》)。

　　元代理学家中影响较大的"金华学派"中的人物如许谦,古文根底极深,时人将他和宋代吕祖谦相比。北方的理学家郝经论文,在"理为文之本"这点上和推崇古文的人的观点无差别,在"法为文之末"这点上却多少显出轻文章之道的色彩,不过他这种观点的最终落脚点是强调作家的主体精神,要求为文不"规规孑孑求人之法",而要"自立其法",不仅同"作文害道"的观点有区别,同攻击"文人之文"的论理派的主张也相异。因此,自宋代出现的理学家的鄙薄文辞的极端言论,到了元代,不仅已失去了势头,而且遭到了批判和扬弃。元代散文中的经世致用特点正是与这种情况相联系着的。也就是说,元人强调文章要经世致用,具有调和"论文"、"论理"派的特点。

　　元末的文章家宋濂和王祎等人在入明以后奉命编《元史》,不设"文苑"传,只列"儒学"传,其间一个主要理由是不赞成把"经世"和"文章"分割,他们说:"前代史传,皆以儒学之士,分而为二;以经艺颛门者为儒林,以文章名家者为文苑。然儒之为学一也,《六经》者斯道之所在,而文则所以载夫道者也。故经非文则无以发明其旨趣;而文不本于六艺,又乌足谓之文哉?由是而言,经艺文章,不可分而为二也明矣。"这个说明在一定程度上也可视作是元人纠正宋代理学之弊,要把"道"与"文"相结合起来,使文章达到经世致用目的的主张的一种反映。

　　自唐代韩愈提出"文以明道"后,在"文"与"道"的关系上带来了一些矛盾,至于韩愈的文论中就已出现的把文学与著述相混淆的偏向,更易于导致不重视散文的文学特征。但宋代理学家却还是不满于韩愈的"以文明道",他们愿意保存韩愈讲道的传统,却要抛弃韩愈讲文的传统。元代是理学成为官学的时代,但元代不少理学家和文章家扬弃了宋代理学家极端的轻文废文观点,他们在调和"论理派"和"论文派"观点的同时,提倡和坚持经世致用的主张,也就在实际上维护韩愈以来古文家讲文的传统,诚是有其历史功绩的。

　　由于元代文章家提倡经世致用,也就在很大程度上决定着元文偏于记事作论,而乏绘句摘章。即以晚近文学史著作中所说的元代散文两大家——姚燧和虞集的文章而论,大抵都是碑版传记之作。但他们确实都是坚持古文家的传统,所不同的是姚燧偏于宗韩愈,虞集偏于宗欧阳修。

　　这里又涉及元文发展中的又一个特点,即宗唐和宗宋的相异主张和实践,与此同时还有一个所谓"返古"的问题。

　　受金代散文家宗唐和返古观点的影响,元初北方散文家中的姚燧和卢挚以及郝经，在不同的程度上也都具有这种倾向。姚燧曾自言他学文是学韩愈文开始的，他的一部分文章有雄刚古邃之风。但姚燧并没有轻视宋文的言论。郝经的文章有峭健之风，但也不轻视宋文。卢挚则不同，他在《文章宗旨》中说："宋文章家尤多，老欧之雅粹，老苏之苍劲，长苏之神俊，而古作甚不多见。"他还认为，韩、柳虽为大家，"然古文亦有数"。因此他主张为文要直追先秦，即所谓"返古"。卢挚文集无传，从留存的《华阴清华观碑》和《翰林侍读学士国信使郝公神道碑铭》等文看，却有古奥之风，但并不比宗韩愈的姚燧之文更古奥。

元初以姚、卢为代表的宗唐返古文风，在当时北方文坛曾经成为引人注目的现象，这是因为金代文坛宗欧阳修、苏轼之风本占主导地位，被视为文坛盟主的赵秉文，元人称他"金源一代一坡仙"，自蒙古王朝统一北方后，赵秉文的门生元好问在北方文人中影响很大，几被视为传授斯文命脉的宗主，而姚、卢论文倾向却与赵、元相异。但姚、卢的文风并没有构成巨大声势，更没有左右文坛的作用，与他们同时的一些著名的北方作家如刘因等人，还是谨持由金入元的元好问宗宋文的传统。

这种古文家内部的宗唐、尊宋的侧重和倾向，在元初的南方作家中也存在，但就主要情况而言，元初南方作家大抵在承认以韩、柳为代表的唐文和以欧阳修、苏轼等为代表的宋文为同一传统的前提下，倾向于尊依宋文传统，无论是以吴澄为首的江右派和以戴表元为首的浙东派，在这点上并无差别。江右派中还有虞集和揭傒斯等人，浙东派中还有袁桷和柳贯等人。在对宋文传统的反思中，元初有的南方作家更倾向于欣赏欧阳修的文章风格，对待苏轼之文多少有些冷落。这同苏轼的文章在南宋风行的盛况有所不同。

到了元代后期，在散文方面宗唐宗宋的不同倾向不像前期那样明显，这时的一位有名的文章家苏天爵并尊唐宋文，他的文章明洁而粹温，谨严而敷畅，更有宋文的特点。戴良论文也主张唐宋并宗，他力主"摘辞则拟诸汉、唐，说理则本诸宋氏"。这时还有一位为文不矫语秦、汉，惟以唐宋为宗的朱右，他编选韩愈、柳宗元、欧阳修、曾巩、王安石、苏洵、苏轼、苏辙的文章为《八先生文集》（今无传），可以看作在实际上是有元一代宗唐、尊宋两种不同倾向的调和结局。如果说，元初以卢挚为代表的轻视唐宋古文而主张返回秦汉的观点，是明代前后七子中一些人说"古文之法"亡于韩愈，"唐之文庸"，"宋之文陋"，从而倡导"文必秦汉"主张的先河，那么，元末朱右等人惟以唐宋为宗的主张实际上也开了明代"唐宋派"先声，"唐宋派"的得名也就是由于他们推崇唐宋散文，并且有意识地把它们当作典范来学习。其代表人物之一唐顺之选《文编》，在唐宋部分专选八家，与朱右《八先生文集》八家完全相同。另一位代表人物茅坤根据《文编》又编成《唐宋八大家文钞》。自明至清，一直到近代，"唐宋八大家"之说一直流传了下来。

以上述说了元代散文发展中的两个基本特点。我们这个选集虽然不可能全面反映这种发展特点，却也尽量收录有代表性的作家的作品，如早期北方作家元好问、郝经、刘因、姚燧和卢挚的文章都有收录，读者把郝经、姚燧之文与元好问、刘因之文比较着读，自可发现他们文风的相异。又如，元末的戴良是推崇宋文传统的，这个选集选录了他的四篇文章，可见出其风格。这个选本当然并非只选名家、大家之作，有的名篇虽非出自大家之手，当应选录，如《文丞相传序》等，即属此类。还有的文章当时或许并不有名，它的作者也不以文章成名，但自有特色，因也酌量选录，如杜仁杰的文章则属此例。凡此等等，不再赘述。

关于入选作家和作品的具体情况，在各个作家小传和各篇的内容说明中约略都有介绍，这里不再重复，但由某些入选作家、作品进而涉及选录的标准的，这里还需作两点补充说明。

其一，古来文章家重视应用文字，所谓"宗庙朝廷之典册，公卿大夫之碑版"；古来文章家又重视史传，关于史传著作叙述事理所追求的"文质相称"往往也就成为文章家的信条。但自南北朝时代骈文中出现描写山水风景的佳作，唐宋散文中出现诸多游记名篇后，所谓"模山范水"实际上已不属诗歌的"专利"，而已成为文章中的一个重要门类。因此，元代文章家重视经世致用，并不妨害他们写作山水游记和园林记序。一般说来，散文中的那些诰敕、奏疏一类应用文字，虽也不乏文人的精心结撰，还可从中见到技巧和学问，即使可以划入"杂文学"，但终究与那些描摹物态、驰骋议论和抒发性情的散文显得不同，后者才多有佳言美象的文学语境。我们注意到文学史研究家关于古代散文范畴的讨论和争议。我们在编选这个选集时，尽管不打算以"美文学"或"纯文学"作为标准，但我们还是缩小了"经世致用"的选录范围，着重挑选记载人物的碑传，也选录若干奏疏；对诰敕、文册之类，概不予选。同时，我们也就选录了不少山水游记和园林记序文章。这种选录原则本已约定俗成，在此谨作说明。

其二，这个选集选录了若干位由金入元（包括蒙古朝）的作家，如元好问和麻革等；也选录了若干位由宋入元的作家，如王炎午和林景熙等。在通行的文学史著作中，这几位作家往往被列入金代文学或宋代文学部分作论述。我们这个选集所选录的篇章，都是他们在金亡或宋亡以后的作品。一并说明如上。

我于元代文学并无深入研究，当出版社约我编选元文集时，我颇踌躇，但盛情难却，勉为承担，只是我工作头绪较多，于是请周绚隆同志帮助，他很热情，也很努力。择定选目后，先由他写成文字注释和作家小传的初稿，然后由我修改定稿，定稿过程中还增删调整了选目，增写了各篇的内容说明。在编选过程中，我们尽可能吸收和借鉴古今学人的研究成果，但由于元文在长时间内受到冷落，研究论著较少，自清代特别是近百年以来,元文选集也为罕见,这就增加了我们编选工作的困难,加之我们学识有限,难免出现这样那样的缺点和弊病,恳望大家批评、指正。

邓绍基
1999 年 7 月 10 日

曹居一

曹居一,字通甫,号听翁,又号南湖散人。北燕(今北京)人,一说山西太原人。金末进士,仕元为行台员外郎。

李伯渊奇节传[1]

居一北渡河,常欲作《李伯渊传》。既少暇[2],且未详其事,窃有待焉[3]。岁戊申夏[4],卧病相州[5],俄故人僧洞然过客舍[6],因语及曩壬辰之变之后之事[7],始悉伯渊诛崔立之所自[8]。盖惠安长老恩公有力焉[9]。

初京城荒残[10],恩公徙居皇建院。一日莫夜[11],侍者入告曰:"有戎衣腰金符者[12],醉堕马门外,从者不能起,或致寇[13],吾得无累乎?"令视之,识者谓总帅李伯渊也。使扶诣方丈憩[14]。俟其醒,语之曰:"当此大丧乱,公何心嗜酒如是?生为男子,与其徒沉溺于乱世,曷若立身后不朽之荣名哉?"伯渊矍然[15],若有契于衷者见于色。黎明乃召同志黄㥽元帅者[16],相与拜恩而师焉。居无何,往诣恩[17],屏人而言曰[18]:"崔立狂竖[19],乘国家倾危,天子播越[20],辄敢叛乱乃尔,吾欲诛之久矣。师谓男子身后不朽之荣名,其在是耶?"恩拒不可[21],曰:"尔何遽出此速祸语[22]?殆非老僧所敢闻者。"伯渊泣且誓,恩察之诚也,乃握手叹曰:"吾情亦不能匿矣[23]。公知老僧故不去此祸乱之地否[24]?吾天地间一闲人,自相州遭遇宣宗[25],荷国厚恩二十馀年矣[26]。图报万一[27],此何爱焉[28]?在吾教中有《大报恩》七篇[29],是固当为者。但患力微援寡,事不济耳[30]。今幸闻公举非常之事[31],树万世之名,使老僧朝见而夕死无憾。"合爪加额曰[32]:"惟以必中为公贺[33]。"

未几,适驿使有相困者,伯渊因之入见崔立。绐曰[34]:"丞相避扰不出[35],则今日之事,有大不安者。"立欲出,心动乘堕[36],辄欲回。伯渊厉声曰:"我辈兵家子,偶堕马,又何怪焉?"因强其行至故英邸之西通衢中[37],忽有人突出抗言曰[38]:"屈事[39]。愿丞相与我作主。"且呼且前,伍伯诃不止[40]。直诣立马首挽其鞚[41],时伯渊骖右[42],即拔刃抱而刺之,洞贯至自中其左掌[43],与之俱坠马。崔尚能语,曰:"反为贼奴所先[44]。"随毙。伯渊暨黄㥽等五人实共其事,乃大呼曰:"所诛者此逆贼耳,他人无与焉。"稍稍鼠窜蜂逝[45],帖如也[46]。遂磔崔立之尸[47],祭于承天门下,一军哀号,声动天地。翌日奔宋[48],恩公在其行[49]。时甲午秋七月也[50]。

呜呼!金之亡也,以忠义闻者不为不多。至于表表独见于后世者[51],得三人焉:壬辰正月[52],阳翟军溃[53],奉御完颜陈华善死战阵[54],其骂敌不屈似颜杲卿[55];癸巳正月[56],京城不守[57],同判睦亲府乌克逊伯奇死宗庙[58],其守节自尽似北地王谌[59];甲午正月蔡州陷[60],右丞完颜仲德死社稷[61],从殁者几千人。彼敬翔之死国[62],田横之感士[63],有不足方者[64]。

太史公曰:"非死之难,处死为难。"[65]盖贵得其死所也。来歙遇害[66],光武赐策曰:"忧国忘家,忠孝彰著。"[67]此三人者有之。今夫伯渊不幸,不得在三人之列,然可重者身非出于素官世禄[68],虽在军伍中,未尝为国家所知,况当易代革命之后,虽贲育之勇安所施[69]?而一旦蔑视糠躯[70],手诛叛逆,号祭亡社[71],尽君臣之义,竟不堕寇仇[72],孤军出奔,伟哉!后世视之,其亦三人之亚欤[73]?李姓,伯渊名也。或云燕都宝坻县人[74],馀不可考。姑载此奇节,以附野史之末云。

〔1〕此文记述了金末的一位忠勇之士李伯渊,在诛除奸相崔立时的义举。文章最后得出了"'非死之难,处死为难',盖贵得其死所也"的结论,高度赞扬了李伯渊"忧国忘家",凡事以国家大义为重的高贵品节。节:节操。

〔2〕少暇:缺少空闲。

〔3〕待:等待。

〔4〕戊申:元武宗至大元年,即公元1308年。

〔5〕相州:治今河南安阳。

〔6〕洞然:和尚的法名。

〔7〕曏:同"向"。从前。壬辰之变:指公元1232年元军围攻金的

3

都城汴梁(今河南开封)。

〔8〕悉:了解。崔立(?—1234):金将陵(今山东德州)人。原为游民。后投依张开,历官都统、提控,遥领太原府事。天兴元年(1232)蒙古军围汴梁,出任安平都尉。金哀宗弃汴梁走归德(今河南商丘),崔与参知政事完颜奴申、枢密副使完颜斜捻阿卜留守,为西面元帅。二年正月,杀二相,胁太后立卫绍王子梁王从恪监国,自称太师、军马都元帅、尚书令、郑王。遣使出城请降,并送宣宗皇后、哀宗皇后等入蒙古军营。次年,被安平都尉李伯渊所杀。所自:所从来,其源头。

〔9〕长老:指年高德重的和尚,通常作为尊称使用。

〔10〕京城:指金国都城汴梁,时称南京。

〔11〕莫:通"暮"。

〔12〕腰:腰悬。金符:金牌。元代千户以上的官员可以佩带。

〔13〕或:或许,万一。致寇:被抢夺。

〔14〕诣:到。方丈:指寺院中高僧或主持居住的地方。

〔15〕矍(jué)然:惊惶四顾的样子。

〔16〕黄馘(guó 国)元帅:《金史·崔立传》记李伯渊刺杀崔立后,"伏兵起,元帅黄掴三合杀苑秀(崔立同党)"。黄掴三合,又作洪果萨哈,完颜思烈领邓州时,黄掴三合总领五朵山一带行元府。后因恒山公武仙恶其权盛,改为征行元帅,遂怨而降元,并与元军击败武仙于柳河。黄馘,即黄掴,为金代女真姓氏,又译作洪果。

〔17〕诣:拜访。

〔18〕屏人:避开人。

〔19〕竖:对人的蔑称。相当于说"小子"。

〔20〕天子:这里指金哀宗完颜守绪(1198—1234)。播越:流亡。这里指公元 1232 年蒙古军队围攻汴梁后,金哀宗弃汴逃入蔡州。后蒙古约同南宋军队围蔡。公元 1234 年正月,哀宗自缢而死。

4

〔21〕不可：不赞同。

〔22〕遽：就。速祸语：惹祸的话。速，招来。

〔23〕匿：隐。

〔24〕故：故意。去：离开。

〔25〕宣宗：即完颜珣（1163—1224）。金世宗孙。累封丰、翼、邢、昇王，判彰德军。至宁元年（1213），胡沙虎杀卫绍王，自彰德府（即古相州，治今河南安阳）迎立珣为帝。次年迁都于汴。此后金国对外战争连连失利，国势日衰。

〔26〕荷：蒙受。

〔27〕万一：万分之一。表示极为微小。

〔28〕爱：留恋。

〔29〕吾教：指佛教。因恩公是和尚，故云。《大报恩》七篇：《大方便佛报恩经》七卷。

〔30〕济：成功。

〔31〕举：行。非常之事：此指刺杀奸臣。

〔32〕合爪：合掌。

〔33〕必中：一定成功。

〔34〕绐（dài 代）：欺骗。

〔35〕避扰：躲避干扰。此指被驿使围困，躲避不出。

〔36〕心动：心中慌乱。

〔37〕强：强迫。故英邸：以前英王（卫王完颜宗强之子爽曾封爵英王）的府第。通衢：大路。

〔38〕突出：冲出。抗言：高声说。

〔39〕屈事：相当于说有冤枉事。屈，冤屈。

〔40〕伍伯：指护卫的差役兵卒。诃：呼喝。

〔41〕鞚（kòng 控）：马笼头。

5

〔42〕骖（cān 参）：陪乘。

〔43〕洞贯：指用刀刺穿。自中其左掌：指刀刺穿崔立的身体后，刺伤了李伯渊搂抱他的左手掌。

〔44〕先：乘先。

〔45〕鼠窜蜂逝：形容众人溃散逃跑的样子。

〔46〕帖如：顺从的样子。

〔47〕磔（zhé 哲）：分尸。

〔48〕翌日：第二天。奔宋：投奔南宋朝廷。

〔49〕行：行列。

〔50〕甲午：指金哀宗天兴三年，公元1234年。

〔51〕表表：特出的样子。

〔52〕壬辰：指金哀宗开兴元年，公元1232年。

〔53〕阳翟：地名。在今河南禹州市。

〔54〕完颜陈华善：又译作完颜陈和尚（1192—1232）。原名彝，字良佐。金丰州（今内蒙古呼和浩特东）人，女真族。少曾被蒙古军队俘虏，后逃归，在其兄手下任宣差提控。正大二年（1225），曾被诬下狱，后遇赦，为忠孝军提控，以功授定远大将军。开兴元年（1232）正月，金兵大败于三峰山，退守钧州城（今河南禹州市）巷战，兵败被俘，拒降被杀。

〔55〕颜杲卿（692—756）：字昕。唐万年（今陕西西安市）人。安禄山镇范阳，提为常山太守。安禄山反，杲卿暗中筹划除贼之策，以计杀其义子李钦凑，并擒其将高邈等械送京师。拜为卫尉卿兼御史中丞。后常山失守，杲卿被执。安禄山劝其降，杲卿骂不绝口，被割断舌头而死。

〔56〕癸巳：指金哀宗天兴二年，公元1233年。

〔57〕不守：指失陷。蒙古军队于金天兴二年（1233）攻破金都汴梁。

〔58〕乌克逊伯奇：即乌古孙仲端（？—1233），任翰林学士承旨兼

同签大睦亲府事。崔立之变时自缢身亡。《金史》有传。宗庙：指朝廷。

〔59〕北地王谌(？—263)：三国时蜀后主刘禅第五子。封北地王。邓艾率魏兵入蜀，刘禅奉表请降。刘谌伤国之亡，先杀妻子和孩子，然后自杀。

〔60〕甲午：指金哀宗天兴三年，公元1234年。蔡州：治今河南汝南。

〔61〕完颜仲德：金合懒路(治今朝鲜吉州)人。本名忽斜虎。泰和间进士。宣宗时从军，为蒙古人所俘，习蒙语。后率万人归金，任邳州刺史兼从宜，守邳州。哀宗即位，遥授同知归德府事，同签枢密院事，行枢密院事于徐州。后拜工部尚书、参知政事。哀宗亡入蔡州，拜尚书右丞兼枢密副使。后蒙古兵围蔡州，领兵守城。哀宗天兴三年(1234)，城破，率众巷战。哀宗自缢，遂投水自杀。社稷：指国家。

〔62〕敬翔(？—923)：字子振。五代时后梁同州冯翊(今陕西大荔)人。深沉有大略，从梁太祖在军中，甚见信任，助其弑君自立，遂拜崇政院使。迁光禄大夫，行兵部尚书、金銮殿大学士。后改中书侍郎、同平章事。梁亡，自缢死。

〔63〕田横(？—前202)：秦末人。齐王田广被韩信俘虏，田横遂自立为王。高祖立汉，田横与其部下五百馀人逃入海岛中。高祖派人召之，横遂与二客乘传车到洛阳，中途自杀。高祖因拜其二客为都尉，以王礼葬田横。事毕，二客亦自杀。海岛中人闻田横死，亦皆自杀。

〔64〕方：比。

〔65〕太史公：指司马迁。"非死"二句：《史记·廉颇蔺相如列传》论云："知死必勇，非死者难也，处死者难。"

〔66〕来歙(？—35)：东汉人，字君叔。追随光武帝刘秀，官至中郎将。曾劝说隗嚣归汉。后嚣叛，歙率精兵袭破之，陇右遂安。后进攻蜀中公孙述，蜀人惧，遣刺客杀之。光武得知，赠征羌侯，谥节。

7

〔67〕"光武"三句:见《后汉书·来歙传》。策,此指君主对臣下授爵记功的简策。

〔68〕重:敬重。素官世禄:指世代做官、享有爵禄的人家。

〔69〕贲育:指孟贲、夏育。二人皆古代的勇士。

〔70〕糜(mí迷)躯:微小的身体。糜,细碎,小。

〔71〕号祭:指前文所说一军哀号祭于承天门下之事。

〔72〕不堕寇仇:不落入仇敌之手。堕,落。

〔73〕亚:次一等的人。

〔74〕宝坻县:今天津市宝坻区。《金史·崔立传》有李伯渊事迹,称其为宝坻人。

杨奂

杨奂(1186—1255),字焕然,号紫阳,乾州奉天(今陕西乾县)人。金末应试不中,居家读书。金亡后,投于冠氏(今山东冠县)赵天锡门下。蒙古太宗十年(1238),应试东平,以赋论获第一,因耶律楚材之荐任河南路征收课税所长官兼廉访使。在官前后十年,告老辞职。著作有《还山遗稿》等存世。

汴故宫记[1]

己亥春三月[2],按部至于汴[3],汴长吏宴于废宫之长生殿[4]。惧后世无以考,为纂其大概云。

皇城南外门曰南薰。南薰之北新城门曰丰宜,桥曰龙津。桥北曰丹凤,而其门三。丹凤北曰州桥,桥少北曰文武楼。遵御路而北[5],横街也。东曰太庙。西曰郊社。正北曰承天门,而其门五,双阙前引[6]。东曰登闻检院,西曰登闻鼓院。检院之东曰左掖门,门之南曰待漏院。鼓院之西曰右掖门,门之南曰都堂。

承天之北曰大庆门,而日精门、左升平门居其东,月华门、右升平门居其西。正殿曰大庆殿,东庑曰嘉福楼[7],西庑曰嘉瑞楼。大庆之后曰德仪殿,德仪之东曰左升龙门,西曰右升龙门。正门曰隆德，曰萧墙[8]，曰丹墀[9]，曰隆德殿。隆德之左曰东上阁门，右曰西上阁门，皆南向。东西二楼，钟鼓之所在，鼓在东，钟在西。隆德之次曰仁安门。仁安殿东则内侍局，内侍之东曰近侍局，近侍之东曰严祇门。宫中则曰撒合门。少南曰东楼，即授除楼也。西曰西楼。

仁安之次曰纯和殿，正寝也[10]。纯和西曰雪香亭。雪香之北，后妃位也[11]，有楼。楼西曰琼香亭，亭西曰凉位，有楼。楼北少西曰玉清殿。纯和之次曰宁福殿，宁福之后曰苑门。由苑门而北曰仁智殿，有二大石：左曰"敷锡神运万岁峰"，右曰"玉京独秀太平岩"。殿曰山庄。庄之西南曰翠微阁。苑门东曰仙韶院，院北曰涌翠峰。峰之洞曰大涤。涌翠东连长生殿。殿东曰涌金殿，涌金之东曰蓬莱殿。长生西曰浮玉殿，浮玉之西曰瀛洲殿。长生之南曰阅武殿，阅武南曰内藏库[12]。由严祇门东曰尚食局[13]。尚食东曰宣徽院[14]。宣徽北曰御药院[15]。御药北曰右藏库[16]。右藏之东曰左藏[17]。宣徽东曰点检司[18]。点检北曰秘书监[19]。秘书北曰学士院[20]，学士之北曰谏院[21]，谏院之北曰武器署[22]。点检之南曰仪鸾局[23]，仪鸾之南曰尚辇局[24]。宣徽之南曰拱卫司[25]，拱卫之南曰尚衣局[26]，尚衣之南曰繁禧门。繁禧南曰安泰门。安泰西与左升龙门直，东则寿圣宫，两宫太后位。本明俊殿，试进士之所。宫北曰徽音殿，徽音之北曰燕寿殿，燕寿殿垣后少西曰震肃卫司，东曰中卫尉司。仪鸾之东曰小东华门，更漏在焉[27]。中卫尉司东曰祗肃门,祗肃门东少南曰将军司。徽音、寿圣之东曰太后苑,苑之殿曰庆春,庆春与燕寿并。小东华与正东华对。东华门内正北尚厩局[28],尚厩西北曰临武殿。左掖门正北尚食局,局南曰宫苑司[29]。宫苑司西北曰尚酝局、汤药局、侍仪司[30],少西曰符宝局、器物局[31],西则撒合门、嘉瑞楼。西曰三庙:正殿曰德昌,东曰文昭殿,西曰光兴殿,并南向。德昌之后,宣宗庙也。宫西门曰西华,与东华直[32]。其北门曰安贞。二大石外,凡花石、台榭、池亭之细,并不录。

  观其制度简素[33],比土阶茅茨则过矣[34];视汉之所谓千门万户珠璧华丽之饰,则无有也。然后之人因其制度而损益之,以求其称,斯可矣。

  〔1〕此文主要记述了金朝后期的都城南故宫的结构和各机构的位置。文章平铺直叙,但按传统观念,有记兴亡之意。自是一格。从历史角度说,具有较高的文献价值。汴,指今河南省开封市。曾是北宋和金朝后期的都城。

〔2〕己亥:指蒙古太宗十一年,公元1239年。

〔3〕按部:指官员巡视某地。

〔4〕长吏:长官。

〔5〕遵:顺着。御路:指京城中供皇帝车驾出入的御道。

〔6〕阙:指宫殿门外左右相对竖立的高的建筑物。

〔7〕庑(wǔ 五):堂下四周的廊屋。

〔8〕萧墙:古代宫内当门而建的小墙。

〔9〕丹墀(chí 池):指皇宫前的台阶。

〔10〕正寝:皇帝居住的正宫。

〔11〕位:处所。

〔12〕内藏库:官库名。掌收受每年财政盈馀,以备非常之用。

〔13〕尚食局:掌管皇帝膳食的机构。

〔14〕宣徽院:掌管内廷事务的机构。

〔15〕御药院:宫廷的医药机构。负责掌管按验密方,调制药品供皇帝及宫廷使用。

〔16〕右藏库:官库名。宋初只设一库,淳化三年(992)始分置左、右二藏库,次年又废右藏库并入左藏库。其功能为掌收各地财赋收入,以供给官吏及军兵的俸禄和赏赐。金属太府监。掌管锦帛丝绵毛褐及诸道常课诸色杂物。

〔17〕左藏:即左藏库。金制掌管金银珠玉、宝货钱币。

〔18〕点检司:掌管殿前宿卫诸军的机构。

〔19〕秘书监:掌管国家藏书与编校工作的机构。

〔20〕学士院:全称为翰林学士院,负责撰写机密诏书。

〔21〕谏院:掌谏正朝政得失的机构。

〔22〕武器署:金代掌管祭祀、朝会、巡幸及公卿婚葬卤簿仪仗旗鼓笛角之事的机构。

〔23〕仪鸾局:宋代本名仪鸾司。掌管皇帝祠郊庙、出巡、宴会及内廷供帐等事务。

〔24〕尚辇局:掌管皇帝御辇的机构。

〔25〕拱卫司:拱卫直使司或拱卫直都指挥使司的简称。为负责仪卫的机构,始设于金代。

〔26〕尚衣局:掌管皇帝衣物的机构。

〔27〕更漏:指宫中计时用的漏壶。

〔28〕尚厩局:金置。掌管御马的牧养。

〔29〕宫苑司:金宣徽院所属机构。掌管宫苑的修饬洒扫、启闭门

户、铺设毡席之事。

〔30〕尚酝局:掌管制作和进御酒醴之事的机构。汤药局:负责为皇帝及后妃配制和煎药的机构。侍仪司:掌管朝会、皇帝即位、册立后妃、建储、上尊号及外国使臣朝觐等礼仪的机构。

〔31〕符宝局:掌管外廷符印的机构。宝,指印玺。器物局:掌管宫中器物的机构。

〔32〕直:正对。

〔33〕简素:简朴。

〔34〕土阶茅茨:形容简陋的房室。茅茨,茅草盖的屋顶。

耶律楚材

耶律楚材(1190—1244),字晋卿,号湛然居士。契丹人,其父为金尚书右丞。楚材博览群书,旁通天文、地理、律历、术数及释、老、医、卜之说,在金官燕京行尚书省左右司员外郎。金室南迁,燕京被蒙古军攻破,因降元,曾随铁木真西征。窝阔台即位,拜中书令。提出了一系列改革建议。窝阔台去世后,皇后乃马真称制,奥都剌合蛮专权用事,屡谏不从,并遭疏远,忧愤成疾而卒。著有《湛然居士集》、《西游录》等多种。

贫乐庵记[1]

三休道人税居于燕城之市[2],榜其庵曰贫乐。有湛然居士访而问之曰:"先生之乐可得闻欤?"曰:"布衣粝食[3],任天之真。或鼓琴以自娱[4],或观书以自适,咏圣人之道[5],归夫子之门。于是息交游,绝宾客,万虑泯绝[6],无毫发点翳于胸中[7]。其得失之倚伏[8],兴亡之反覆,初不知也。吾之乐良以此耳[9]!"曰:"先生亦有忧乎?"曰:"乐天知命,吾复何忧?"居士进曰:"予闻之,君子之处贫贱富贵也,忧乐相半,未尝独忧乐也。夫君子之学道也,非为己也。吾君尧舜之君,吾民尧舜之民,此其志也。使一夫一妇不被尧舜之泽者[10],君子耻诸。是故君子之得志也,位足以行道,财足以博施[11],不亦乐乎!持盈守谦[12],慎终如始,若朽索之驭六马[13],不亦忧乎!其贫贱也,卷而怀之[14],独洁一己,无多财之祸,绝高位之危,此其乐也!嗟流俗之未化[15],悲圣道之将颓[16],举世寥寥无知我者,此其忧也!先生之乐,知所谓矣;先生之忧,不其然乎?"道人瞠目而不答。居士笑曰:"我知之矣。夫子以为处富贵也,当隐诸乐而形诸忧[17];处贫贱也,必隐于忧而形诸乐。何哉?第恐不知我者,以为洋洋于富贵,而戚戚于贫贱也。"道人曰:"'他人有心,予忖度之。'[18]吾子之谓矣。请以吾子之言以为记。"丙子日南至[19],湛然居士漆水移剌楚材晋卿题[20]。

[1]此文根据"贫乐庵"这一名称,借题发挥,提出了"君子之处贫贱富贵也,忧乐相半,未尝独忧乐也。夫君子之学道也,非为己也"的观点。实际上阐述的是儒家的"达则兼济天下,穷则独善其身"的道理。体现了作者的一种积极进取的态度。

[2]税居:租屋而居。燕城:指元大都。

[3]布衣粝食:形容生活艰朴。粝,粗糙的米。

[4]鼓琴:弹琴。鼓,弹奏。

[5]圣人:与下句的"夫子"同指孔子。

[6]万虑泯绝:犹言心底平静,无思无虑。

[7]点翳(yì义):意同沾染、笼罩。

[8]得失之倚伏:谓得失之消长变化。《老子》第五十八章:"祸兮,福之所倚;福兮,祸之所伏。"

[9]良:确实。

〔10〕被:蒙受。泽:恩泽。

〔11〕博施:广泛地施舍。

〔12〕持盈守谦:犹谓谦虚谨慎,不自满。

〔13〕朽索之驭六马:语出《尚书》中的《五子歌》:"予临兆民,懔乎若朽索之驭六马。"谓以朽烂的绳索驾马,言其很危险。这里形容谨慎危惧的样子。

〔14〕卷而怀之:《论语·卫灵公》:"君子哉蘧伯玉!邦有道,则仕;邦无道,则可卷而怀之。"

〔15〕未化:未被教化。

〔16〕圣道:孔子之道。颓:衰败。

〔17〕形:显。

〔18〕"他人有心,予忖度之":这两句语出《诗经·小雅·巧言》。忖度,揣摩。

〔19〕丙子:当指蒙古太祖十一年,即公元1216年。日南至:指冬至日。

〔20〕漆水:辽东医无闾山下的大凌河。耶律楚材为东丹王后裔。其母杨氏曾被封为漆水国夫人。移剌楚材:即耶律楚材。耶律、移剌,为同一契丹姓氏的不同音译。

元好问

元好问(1190—1257),字裕之,号遗山,太原秀容(今山西忻州市)人。金宣宗兴定五年(1221)进士,曾任行尚书省左司员外郎等职。入蒙古朝后未仕,晚年致力于著述,有《遗山集》行世。其诗文成就突出,在金末元初有很大影响。

济南行记[1]

予儿时从先陇城府君官掖县[2],尝过济南,然但能忆其大城府而已。长大来闻人谈此州风物之美,游观之富,每以不得一游为恨。岁乙未秋七月[3],予来河朔者三年矣,始以故人李君辅之之故而得一至焉[4]。因次第二十日间所游历为行记一篇[5],传之好事者。

初至齐河[6],约杜仲梁俱东[7]。并道诸山[8],南与太山接[9],是日以阴晦不克见[10]。至济南,辅之与同官权国器置酒历下亭故基[11]。此亭在府宅之后,自周齐以来有之[12]。旁近有亭,曰环波、鹊山、北渚、岚漪、水香、水西、凝波、狎鸥。台与桥同曰百花芙蓉,堂曰静化,轩曰名士。水西亭之下,湖曰大明[13],其源出于舜泉[14],其大占城府三之一。秋荷方盛,红绿如绣,令人渺然有吴儿洲渚之想[15]。大概承平时,济南楼观,天下莫与为比。丧乱二十年[16],唯有荆榛瓦砾而已。正如南都隆德故宫[17],颓圮百年[18],涧溪草树,有荒寒古澹之趣。虽高甍画栋无复其旧[19],而天巧俱在,不待外饰而后奇也。

凡北渚亭所见西北孤峰五:曰匡山,齐河路出其下,世传李白尝读书于此;曰粟山;曰药山,以阳起石得名[20];曰鹊山,山之民有云:"每岁七八月,乌鹊群集其上,亦有一山皆曰鹊时。"此山之所以得名欤;曰华不注,太白诗云:"昔岁游历下,登华不注峰。兹山何峻秀,青翠如芙蓉。"[21]此真华峰写照诗也。大明湖由北水门出与济水合[22],弥漫无际。遥望此山,如在水中,盖历下城绝胜处也。

华峰之东,有卧牛山[23]。正东百五十里邹平之南[24],有长白山[25],范文正公学舍在焉[26],故又谓之黉堂岭[27]。东十里有南北两妙山,两山之间有闵子骞墓[28],西南大佛头岭下有寺。千佛山之西有函山[29],长二十里所。山有九十谷,太山之北麓也。太山去城百里而近,特为函山所碍,天晴登北渚则隐隐见之[30]。历山去城四五里许,山有碑云:"其山修广,出材不匮。"今但兀然一丘耳[31]。西南少断,有蜡山,由南山而东,则连亘千里,与海山通矣。

爆流泉在城之西南[32]。泉,泺水源也[33]。山水汇于渴马崖[34],洑而不流[35],近城出而为此泉。好事者曾以谷糠验之,信然[36]。往时漫流才没胫[37],故泉上涌,高三尺许。今漫流为草木所壅,深及寻丈[38],故泉出水面,才二三寸而已。近世有太守改泉名"槛泉",又立槛泉坊,取《诗》义而言[39]。然土人呼爆流如故。爆流字又作"趵突",曾南丰云然[40]。金线泉有纹若金线[41],夷犹池面[42]。泉今为灵泉庵。道士高生妙琴事,人目为琴高,留予宿者再。进士解飞卿好贤乐善,款曲周密[43],从予游者凡十许日,说少日曾见所谓金线者。尚书安文国宝亦云:"以竹竿约水,使不流,尚或见之。"予与解裴回泉上者三四日[44],然竟不见也。杜康泉今湮没,土人能指其处[45],泉在舜祠西庑下,云杜康曾以此泉酿酒[46]。有取江中泠水与之较者[47],中泠每升重二十四铢[48],此泉减中泠一铢。以之瀹茗[49],不减陆羽所第诸水云[50]。舜井二,有欧公诗大字石刻。《甘露园纪·历下泉》云:"夫济远矣,初出河东王屋曰沇水[51],注秦泽,潜行地中,复出共山[52],始曰济。故《禹书》曰[53]:道沇水,东之,逾温[54],逾坟城[55],入于河,溢于荥[56],泆于曹、濮之间[57],乃出于陶丘[58],北会于汶[59],过历下泺水之北,遂东流。且济之为渎[60],与江、淮、河等大而均尊。独济水所行道,障于太行,限于大河,终能独达于海,不然则无以谓之渎矣。江、淮、河行地上,水性之常者也;济或泆于地中,水性之变者也。"予爱其论水之变与常,有当于予心者,故并录之。珍珠泉今为张舍人园亭。二十年前,吾希颜兄尝有诗[61],至泉上则知诗为工矣。凡济南名泉七十有二,爆流为上,金线次之,珍珠又次之,若玉环、金虎、黑虎、柳絮、皇华、无忧、洗钵及水晶簟非不佳,然亦不能与三泉侔矣[62]。此游至爆流者六七,宿灵泉庵者三,泛大明湖者再。

遂东入水栅。栅之水名绣江[63],发源长白山下,周围三四十里。府参佐张子钧、张飞卿觞予绣江亭,漾舟荷花中十馀里,乐府皆京国之旧[64]。剧谈豪饮[65],抵暮乃罢。留五日而还,道出王舍人庄,道旁一石刻云:"隋开皇丙午十二月铅珍墓志[66]。"珍,巴郡武昌人,学通三家[67],优游田里,以寿卒。志文鄙陋,字以"巴"为"已",盖周隋以来俗书传习之弊。其云"葬岠山之西"者[68],知西南小丘为岠山也。以岁计之,隋开皇六年丙午,至今甲午碑石出圹中[69],盖十周天馀一大衍数也[70]。道南有仁宗时侍从龙图张侍郎揆读书堂[71]。"读书堂"三字,东坡所书[72],并范纯粹律诗[73],俱有石刻。揆字叔文,自题仕宦之后,每以王事至其家,则必会乡邻甥侄,尽醉极欢而罢,各以岁月为识。叔文有文誉,仕亦达,然以荣利之故,终身至其家三而已。名宦之役人如此,可为一叹也。

至济南,又留二日,泛大明,待杜子不至[74]。明日,行齐河道中,小雨后,太山峰岭历历可数,两旁小山间见层出,云烟出没,顾揖不暇[75],恨无佳句为摹写之耳。前后所得诗凡十五首,并诸公唱酬附于左。

〔1〕 天兴二年(1233)金都南京(今河南开封市)陷落,元好问被蒙古军队押着北渡,羁管在山东聊城。从时间上看,此文当作于金亡以后的第二年(即1235年),此时作者已经获释。文中刻画了济南美好的自

然风物,文笔质朴,但描写细致,读来历历在目,令人有身临其境的感觉。文中追溯山水源流,引经据典,稍显板滞。

〔2〕先陇城府君:指作者的叔父元格。因其卒于陇城(今甘肃天水市秦安县东)任上,故称。作者出生七个月时即被过继于元格为子。五岁时曾随元格到山东掖县(今山东莱州市)做官。

〔3〕乙未:指蒙古太宗七年。即公元1235年。

〔4〕李君辅之:指李天翼,辅之乃其字。固安(今河北固安)人。金贞祐进士。历官至济南漕司从事。后被人陷害致死。与元好问为挚友。

〔5〕次第:编次。这里指依次序记述。

〔6〕齐河:县名。今属山东省,在济南市西北。

〔7〕杜仲梁(1201?—1282):指杜仁杰,仲梁乃其字。济南长清(今山东济南长清区)人。元好问挚友。入元后累征不仕。

〔8〕并道:沿路。并,依傍。

〔9〕太山:即泰山。

〔10〕克:能。

〔11〕历下亭:古亭名,又叫客亭。在今山东济南大明湖东南隅岛上。杜甫曾有诗咏之。

〔12〕周齐:公元前十一世纪周武王灭商后建周朝,后在公元前256年被秦所灭。周在立国后曾分封了若干诸侯国,齐为其中之一,历下在当时即属齐地。

〔13〕大明:湖名。即今之济南市大明湖。

〔14〕舜泉:在济南市东南的历山上,相传舜曾耕于历山。

〔15〕吴儿洲渚:指江南水乡。吴儿,吴地的人。

〔16〕丧乱二十年:指从公元1214年金室南渡到作者写此文为止的这段时间,其间大约为二十二年。所谓"二十年"只是举其成数。

〔17〕南都:指金人南渡后的首都汴梁(即今河南开封)。隆德故

宫:为北宋时徽宗所建的宫殿。

〔18〕颓圮:颓败,倒塌。

〔19〕高甍画栋:指高大而华美的建筑。甍,屋脊。

〔20〕阳起石:一种矿石,角闪石的一种,结晶有光泽,可入药。

〔21〕"太白诗"五句:李白此诗为其组诗《古风》之二十。

〔22〕北水门:原在济南故城之北,为疏泄大明湖湖水之用。曾巩《齐州北水门记》记之甚详。济水:河流名。源出河南济源王屋山,东流入山东境,与黄河并行入海。后其下游为黄河所夺,多次变迁。

〔23〕卧牛山:山名。在济南市东南。

〔24〕邹平:市名。在济南市东。

〔25〕长白山:山名。在邹平南,以山中云气常白而得名。

〔26〕范文正公:即范仲淹(989—1052)。字希文。祖籍邠州,后移居吴县(今江苏苏州)。大中祥符八年(1015)中进士。累官至参知政事。赠太师、中书令兼尚书令、楚国公,卒谥文正。为北宋著名政治家和文学家。著有《范文正公文集》。范仲淹少时家境贫寒,曾在长白山醴泉寺读过书。这里至今仍有范仲淹读书处。

〔27〕黉(hóng 弘)堂:学堂。

〔28〕闵子骞:名损,子骞乃其字。春秋末鲁人,性孝友。孔子弟子。

〔29〕千佛山:即历山。函山:又名玉函山、卧佛山。均在济南市南。

〔30〕北渚:亭名。即前面所云之北渚亭。

〔31〕兀然:突兀的样子,此包括有光秃秃的样子之意。

〔32〕爆流泉:即趵突泉,是济南七十二泉之最。

〔33〕泺(luò 洛)水:古水名。源出趵突泉,北流至泺口汇入古济水。后多次因各种人为的和自然的原因而改道。

〔34〕渴马崖:亦称梯子崖。在今济南市中区党家街道所属渴马社区附近,为玉符河河段。明人晏璧有诗云:"渴马崖前水满川,江心泉迸

蕊珠圆。"

〔35〕洑(fú 浮):水在地下潜流。

〔36〕信然:确实这样。

〔37〕胫:小腿。

〔38〕寻:古代度量单位,一般八尺为一寻。

〔39〕取《诗》义而言:指"槛泉"一名是取《诗经》中的《小雅·采菽》和《大雅·瞻卬》中"觱沸槛泉"的句意。

〔40〕曾南丰:指曾巩(1019—1083),字子固。北宋建昌军南丰(今江西南丰)人。北宋文学家、史学家、政治家。宋嘉祐二年(1057)进士,曾任集贤校理,后历任齐州、襄州、洪州、福州等地知州。卒谥文定。著有《元丰类稿》等。云然:这样说。

〔41〕金线泉:在趵突泉的东北。

〔42〕夷犹:舒缓的样子。

〔43〕款曲:殷勤的心意。

〔44〕裴回:同"徘徊"。

〔45〕土人:当地人。

〔46〕杜康:周代人。擅长酿酒。相传他是最早造酒的人。

〔47〕江中泠水:指长江中的中泠泉之水。中泠泉在今江苏镇江西北,原在长江中,后为淤泥积沙堙没。相传其水质极好,最宜于沏茶,有天下第一泉之誉。

〔48〕铢:古代重量单位。二十四铢合一两。

〔49〕瀹(yuè 悦)茗:煮茶。

〔50〕陆羽:字鸿渐;一名疾,字季疵,号竟陵子。唐竟陵(今湖北天门)人。性嗜茶,著有《茶经》三篇(一说三卷)。被后世奉为茶神。第:评品次第。

〔51〕河东:指金代的河东南路。治所在今河南济源市西。王屋:王

屋山。在山西,南跨济源。

〔52〕共山:在今河南济源市北。

〔53〕禹书:指《禹贡》,为《尚书·夏书》中的一篇,是我国最早的一部地理著作。

〔54〕温:周畿内之国名。故城在今河南温县。

〔55〕坟城:《水经注》卷七云:"屈从县东南流,过坟城西。"在温县东。

〔56〕荥:指荥泽。古县名。治今河南郑州市西北。

〔57〕曹:古邑名。在今河南滑县旧城东。濮:指濮阳,今属河南省。

〔58〕陶丘:或云即釜丘,在今山东菏泽市定陶区西南。

〔59〕汶:汶水。在今山东运河的上游。

〔60〕渎:大川。

〔61〕希颜:指金代文学家雷渊,字希颜其生平见《雷希颜墓铭》。雷渊曾做有《济南珍珠泉》诗一首,载于《中州集》卷六。

〔62〕侔:相等。

〔63〕绣江:在济南东。

〔64〕乐府:此指席间助兴的乐工。京国:首都。这里指金南渡后的京城汴京。

〔65〕剧谈豪饮:快谈痛饮。

〔66〕隋开皇丙午:指公元586年。开皇乃隋文帝年号(581—600)。

〔67〕三家:指儒、释、道三家。

〔68〕鲍山:当为"鲍山"。鲍山在济南之东。

〔69〕甲午:指金哀宗天兴三年,即公元1234年。圹:墓穴。

〔70〕十周天:指六百年。因为六十年为一花甲子,亦即一周天。故云。大衍数:《易经·系辞》云:"大衍之数五十,其用四十有九。"据此则大衍数乃指四十九年。从公元586年到公元1234年,其间刚好649年,

所以这里说是"十周天馀一大衍数"。

〔71〕仁宗:指宋仁宗赵祯(1010—1063)。张侍郎掞(shàn 善,995—1074):字叔文,又字文裕。宋齐州历城(今山东济南市)人。进士出身,累官户部侍郎。

〔72〕东坡:指北宋文学家苏轼。东坡乃其号。

〔73〕范纯粹(1046—1117):字德孺。是范仲淹的四子。

〔74〕杜子:指杜仁杰。

〔75〕顾揖不暇:犹如说应接不暇。顾揖,犹指顾,手指目顾意。

内翰王公墓表[1]

岁癸卯夏四月辛未[2],内翰王公迁化于泰山[3]。初公以汴梁破,归镇阳[4]。闲居无事,每欲一登泰山为神明之观,然因循未暇也。今年春,浑源刘郁文季当以事如东平[5],乃言于公之子恕,请御公而东,公始命驾焉。

东平严侯荣公之来[6],率宾客参佐[7],置酒高会。公亦喜此州衣冠礼乐,有齐鲁之旧[8],为留十馀日,乃至奉符[9]。府从事上谷刘翊子忠[10],以严侯命,从公游,偕郡诸生五六人以行。公春秋虽高[11],而济胜之具故在[12],及回马岭,褰裳就道[13],顾揖岩岫[14],欣然忘倦。迤逦至黄岘峰[15],憩于萃美亭之左[16],顾谓同游言:"汩没尘土中一生[17],不意晚年乃造仙府,诚得终老此山,志愿毕矣。"乃约子忠先归,而遣其子恕前行视夷险,因就大石上垂足而坐,良久瞑目若假寐然[18]，从者怪其移时不寤，迫视之，而公已逝矣。支体柔软，颜色不少变。子忠诸人且悲且骇，以为黄冠衲子终世修静业[19]，其坐脱立化未必能尔[20]，谓公非仙去，可乎？即驰报州将，扶舁而还[21]，安置于郡北之岱岳观。又明日，孤子恕奉丧西归，严侯特以参议张澄仲经护送焉[22]。

议者谓泰山为天壤间一巨物，其神之尊且雄有不可诬者[23]。齐景公伐宋，梦有随而诉之者，当时以为师过山下，不祭而然[24]。秦始皇帝鞭笞六合，志得而意满，欲以封禅夸万世，乃为大风雨之所偃薄[25]。万乘且然[26]，况其下者乎？若夫天门、日观[27]，邈若世外，霞景灵异，水木清润，宜有闳衍博大之真人往来乎其间[28]。前人谓草堂之灵回俗驾而谢逋客者[29]，非寓言也。惟公名德雅望，为天下大老，版荡之后[30]，大夫、士求活草间[31]，往往倚公以为重；至于鄙朴固陋[32]，挟《兔园策》而授童子学者[33]，亦皆想闻风采，争先睹之为快。谓不为山之灵所贪慕，吾不信也。夫人以境适，境亦用人胜[34]，故古今以人境相值为难。谢安之海道东还[35]，李白之匡山归老[36]，雅志未遂，零落中途；杜陵见于感咏[37]，而羊昙为之恸哭[38]。以今较之，公可以无恨矣。

恕既还乡里，以六月辛未举公之柩，葬于新兴里之某原，祔先茔也[39]。冬十月，好问拜公墓下，恕持门生某人撰公行事之状，以铭为请，乃泣下而铭之。

公讳若虚,字从之,姓王氏,藁城人[40]。自先世以农为业,考讳靖,质直尚义,乐于周急。乡人有讼,多就决之。后用公贵,赠朝散大夫[41]。妣石氏,太原县太君[42]。考妣俱以上寿终。公即朝散君之第二子也,幼颖悟,若夙昔在文字间者[43]。镇人以文章德行称者褚公茂先,而后有周先生德卿[44]。德卿,公舅行,自龆龀间识公为伟器[45],教督周至,尽传所学。及官四方,又托之名士刘正甫[46],使卒业焉。弱冠擢承安二年经义进士甲科[47]。俄丁朝散君忧。服除,调鄜州录事[48],治化清静,有老成之风。历管城、门山二县令[49],门山之政尤为县民所安。秩满[50],老幼攀送,数日乃得行。用荐者入为国史院编修官[51],稍迁应奉翰林文字同知制诰[52]。奉使夏国[53],还,授同知泗州军州事[54],留为著作佐郎[55]。哀宗正大初[56],章宗、宣宗《实录》成,迁平凉府判官[57],未几召为左司谏[58]。正大末,以资历转延州刺史[59],不拜,超翰林待制[60],遂为直学士[61]。

天兴初[62],冬十二月,车驾东狩[63]。明年春正月,京城西面元帅崔立劫杀宰相,送款行营[64]。群小献谄,请为立建功德碑,以都堂命[65],召公为文。喋血之际[66],翟奕辈恃势作威,颐指如意[67],人或少忤,则横遭谗构[68],立见屠灭。公自分必死,私谓好问言:"今召我作碑,不从则死,作之则名节扫地,贻笑将来,不若死之为愈也[69]。虽然,我姑以理谕之。"乃谓奕辈言:"丞相功德碑当指何事为言[70]?"奕辈怒曰:"丞相以京城降,城中人百万皆有生路,非功德乎？"公又言："学士代王言[71]，功德碑谓之代王言可乎？且丞相既以城降，则朝官皆出丞相之门，自古岂有门下人为主帅诵功德，而为后人所信者？"问答之次，辞情闲暇，奕辈不能夺，竟胁太学生托以京城父老意而为之[72]。公之执义不回者盖如此。

京城大掠之后，微服北归[73]，以至游泰山，浮湛里社者十馀年[74]，得寿七十。娶某郡赵氏，封太原郡夫人[75]，子男一人，即恕也。女一人，嫁为士人妻。所著文编称《慵夫》者若干卷，《滹南遗老》者若干卷，传于世。

公资禀醇正[76]，且有师承之素，故于事亲、待昆弟及与朋友交者，无不尽。学无不通，而不为章句所困，颇讥宋儒经学，以旁牵远引为夸，而史学以探赜幽隐为功。谓天下自有公是[77]，言破即足，何必呶呶如是[78]？其论道之行与否，云："战国诸子之杂说寓言，汉儒之繁文末节，近世士大夫参之以禅机玄学，欲圣贤之实不隐，难矣！"经解不善张九成[79]，史例不取宋子京[80]，诗不爱黄鲁直[81]，著论评之凡数百条，世以刘子玄《史通》比之[82]。为人强记默识，诵古诗至万馀首，他文称是[83]。文以欧、苏为正脉[84]，诗学白乐天[85]，作虽不多，而颇能似之。秉史笔十五年[86]，新进入馆，日有记录之课，书吏以呈，宰相必问："王学士曾点窜否[87]？"又善持论，李右司之纯以辨博名天下，杯酒淋漓，谈辞锋起，公能三数语窒之[88]，唯有叹服而已。高琪当国[89]，崇奖吏道，从政者承望风旨[90]，以榜掠立威[91]。

门人张仲杰为县,公书喻之曰:"民之憔悴久矣,既不能救,又忍加暴乎?君子有德政而无异政,史传循吏而不传能吏[92],宁得罪于人,无获罪于天可也!"此书传世,多有惭公者[93]。朝臣论列,所见不能一,公从容决之,处置稳惬[94]。至杨吏部之美、杨大参叔玉[95],亦推服焉。雅负人伦之学,黑白善恶皆了然于胸中,值真识者始一二言之。朝议以公于中外繁剧,至于坐庙堂进退百官者,无不堪任,特以投闲置散[96],不自衔鬻[97],故百不一试耳。典贡举二十年,门生半天下,而不立崖岸[98],虽小书生登其门亦殷重之[99]。滑稽无穷,谈笑尤有味,而以雅重自持;朋会间,春风和气,周浃四座[100],使人爱之而不忘也。自公没,文章人物,公论遂绝,人哭之者云:"却后几何时[101],当复有如公者乎?"呜呼!哀哉!其铭曰:

其秉心也,磨而不磷[102],其及民也,静而无哗。慕乐天之高[103],而不禅逃[104];挟东方之雄[105],而不辞夸。老儒便便[106],留书五车[107]。我知天下之至理,宁当贵其多。小廉拘拘[108],规以匿瑕[109],而不知用其和。翕集群贤[110],从我啸歌。春风时雨之沾浃[111],枯梅为华[112],嗟惟公乎,孰当测其涯?飘然而来,其必于瀚海而鲸波[113];泛然而游,亦何计乎东观之与銮坡[114]!泰山天门,有物禁诃[115]。盖仙圣之所庐[116],而今得以为家。然则为瑞人神士者,其翕忽变化[117],固如是耶!

〔1〕本文是元好问为好友王若虚所作的墓表。行文畅达通顺,文

字尚质求朴,代表着元文的主要风格。文章重点叙述了王氏为官清简爱民,学问博通而善于持论。文中记述王若虚在金亡时拒绝为降元的大将崔立作功德碑事时,对王若虚及自己均有所掩饰。

〔2〕癸卯:为蒙古乃马真后称制二年,也称太宗十五年。即公元1243年。

〔3〕迁化:指人死亡。

〔4〕镇阳:实指王若虚的家乡藁城。藁城在金代属真定府,唐代为镇州。今为石家庄市所辖区。

〔5〕"浑源刘郁"句:浑源,金县名,属应州。今山西浑源县。刘郁文季,刘郁字文季,别号归愚。父刘从益为金朝官员,兄刘祁于金末为太学生,著有《归潜志》。刘郁擅文辞,元中统年间被召为中书省左右司都事,后出任新河县尹,拜监察御史。著有《西使记》。东平,金府名,元改东平路,治在今山东东平县。

〔6〕严侯:指严忠济(?—1293),一名忠翰,字紫芝。泰安长清(今山东济南长清区)人。父严实初任长清令,后率所部降蒙古,在东平为汉人世侯十五年,掌一方军政。严忠济为严实第二子。蒙古太宗十二年(1240),袭东平路行军万户、管民长官。荣:以……为荣。

〔7〕参佐:指下属官员。

〔8〕齐鲁之旧:指齐鲁的旧风。因齐鲁之地为孔孟之乡,旧称礼仪之邦,故云。

〔9〕奉符:金县名,今山东泰安。

〔10〕从事:官名,为州官的僚佐。上谷:古郡名,治在今河北怀来县内。刘翊子忠:刘翊字子忠,生平不详。

〔11〕春秋:指年龄。

〔12〕济胜之具故在:指人的腰腿强健,具备登临览胜的条件。济,攀登。

〔13〕褰(qiān 千)裳:撩起下衣。要迈步的样子。

〔14〕顾揖:犹指顾,手指目顾。岫(xiù 秀):山洞。

〔15〕迤逦:曲折而行。

〔16〕憩:休息。

〔17〕汩(gǔ 古)没:沉沦,埋没。

〔18〕假寐:打盹。

〔19〕黄冠:指道士。衲子:和尚的别称。静业:净业。指清净修善。

〔20〕坐脱立化:指和尚或道士端坐正立而逝。

〔21〕舁(yú 鱼):抬。

〔22〕参议:官名。负责掌管公文等事。张澄:字之纯,别字仲经。本为辽东乌惹族。金亡后居东平府。

〔23〕神:指泰山之神。诬:欺骗。

〔24〕"齐景公"以下四句:《晏子春秋·内篇·谏上》载:"景公举兵将伐宋,师过泰山,公梦见二丈夫立而怒,其怒甚盛。公恐,觉,辟门召占梦者至。公曰:'今夕吾梦二丈夫立而怒,不知其所言。其怒甚盛,吾犹识其状,识其声。'占梦者曰:'师过泰山而不用事,故泰山之神怒也。请趣召祝史祠乎泰山,则可。'公曰:'诺。'明日晏子朝见,公告之如占梦之言也。"

〔25〕"秦始皇帝"以下四句:《史记·始皇本纪》:"二十八年,始皇东行郡县,上邹峄山,立石,与鲁诸儒生议刻石颂秦德,议封禅、望祭山川之事。乃遂上泰山,立石,封祠祀。下,风雨暴至,休于树下,因封其树为五大夫。"鞭笞,指以暴力征服。六合,指天地四方之间。封禅,是帝王祭祀天地的大典。在泰山上筑坛祭天叫封,在泰山下的梁甫山上辟场祭地叫禅。偪薄,压迫。

〔26〕万乘:指天子。

〔27〕天门:泰山有一天门、中天门、南天门,此指南天门。日观:是

泰山东南山顶名,观日出的最佳处。

〔28〕闳衍:形容人的胸怀广阔。真人:指修真得道之人。

〔29〕"前人"句:典出南齐孔稚圭《北山移文》。其开首云:"钟山之英,草堂之灵,驰烟驿路,勒移山庭。"末句云:"请回俗士驾,为君谢逋客。"草堂之灵,指山神。俗驾,指沉溺于俗世的人。逋(bū 晡)客,隐居之人,此指以隐居求名求官的人。

〔30〕版荡:《板》《荡》均是《诗经·大雅》中的篇名,均讥刺周厉王无道,导致天下大乱。后因以指天下大乱。版,同"板"。

〔31〕草间:草野之间,指民间。

〔32〕鄙朴固陋:指见识不多的人。

〔33〕《兔园策》:一种启蒙读物。唐太宗之子蒋王李恽命杜嗣先编,曾流行民间,供村塾中教学童用。

〔34〕用:因。

〔35〕"谢安"句:《晋书·谢安传》载,谢安早年曾辞官隐居会稽东山,后出镇广陵(即今扬州),常怀东山之志,曾备船只,准备东归,但因病重而未能成行。

〔36〕"李白"句:唐李白尝欲归老匡山。其《送二季之江东》云:"禹穴藏书地,匡山种杏田。此行俱有适,迟尔早归旋。"后因应永王璘之聘而入永王幕府,未能遂愿。匡山:在今四川江油市。

〔37〕杜陵:指杜甫。因其祖籍杜陵,故称。其《不见》诗怀念李白说:"不见李生久,佯狂真可哀。……匡山读书处,头白好归来。"

〔38〕羊昙:为谢安的外甥。据《晋书·谢安传》载,谢安死后,他行路不走西州路,一次因酒醉而误过州门,遂恸哭而还。

〔39〕祔(fù 负):合葬。先茔:祖坟。

〔40〕藁城:今河北石家庄市藁城区。

〔41〕朝散大夫:文散官名,属五品。一般作封赠用。

〔42〕县太君:即县君,是朝廷对五品官的妻子或母亲的封号。

〔43〕夙昔:朝夕。

〔44〕"镇人"三句:褚茂先,名承亮,茂先为其字。宋真定(今河北正定)人。苏轼自定武谪官过真定,褚承亮曾以文谒之,大见赏。宋徽宗宣和六年(1124)进士,未仕而金兵南下。以荐授藁城县令,弃之,隐居而终,门人私谥"玄贞先生"。周德卿,名昂,德卿其字。金真定人。年二十一登进士第,初任南和主簿,后迁良乡令,入拜监察御史。卫绍王大安三年(1211)蒙古军南侵,遇难。著有《常山集》。

〔45〕龆龀(tiáo chèn 条衬):儿童换牙,借指童年。伟器:大器,指不凡之材。

〔46〕刘正甫:即刘中,正甫其字。渔阳(今天津蓟州区)人。金代文学家。中明昌五年(1194)词赋经义第,以省掾从军南下,改授应奉翰林文字。著有《刘中文集》。

〔47〕弱冠:指男子二十岁左右时。承安二年:即公元1197年。承安为金章宗完颜璟年号。

〔48〕鄜(fū 肤)州:旧州名,治所在今陕西富县。

〔49〕管城:县名。故治在今河南郑州市内。门山:县名,故址在今陕西宜川县内。

〔50〕秩满:官员任满。

〔51〕国史院编修官:金国史院官名,正八品,掌修国史。

〔52〕迁:升。知制诰:翰林院官名,掌起草诏诰。金应奉翰林文字衔内带"知制诰"。

〔53〕夏国:指西夏。

〔54〕泗州:治所在今江苏盱眙。

〔55〕著作佐郎:官名,秘书监著作局属官,掌编修朝政要事的"日历"。

〔56〕正大：金哀宗完颜守绪早期年号，从公元1224年起至公元1231年终。

〔57〕平凉府：府治在今甘肃平凉市境内。

〔58〕左司谏：官名。掌讽谏之责。

〔59〕延州：治所在今河南延津县。刺史：官名，相当于知府。

〔60〕超：提拔、提升。翰林待制：翰林院官名。

〔61〕直学士：翰林院集贤殿等馆阁的官名。

〔62〕天兴：金哀宗末期年号，从公元1232年起到公元1234年终。

〔63〕车驾东狩：指因蒙古军南下，金哀宗逃离汴京事。

〔64〕"京城"二句：崔立，事见前《李伯渊奇节传》一文注〔8〕。行营，大兵出征时的军营。此指蒙古将领速不台的军营。

〔65〕都堂：本指尚书省的中厅。这里指尚书省。

〔66〕喋血：形容杀人流血之多。

〔67〕"翟奕"二句：翟奕，人名，崔立任命的尚书，为其党羽。颐指，用下巴示意，形容得意的样子。

〔68〕"人或"二句：忤，违抗。谗构，谗害构陷。

〔69〕愈：好，强。

〔70〕丞相：指崔立。崔立降元后自称尚书令，为左丞相。指何事为言：相当于说"表彰什么事迹呢"。

〔71〕学士代王言：宋人李焘《续资治通鉴长编》卷二〇三载："张方平言：'知制诰之职所以代王言，为诏令。由此召入禁，令充学士。'"意思是说，翰林学士是替君王起草诏书的，翟奕以尚书省的名义下命令，名义不正。

〔72〕太学生：这里指刘祁和麻革。但据刘祁《归潜志》卷十二《录崔立碑事》载，王若虚与元好问为了避免留下恶名，曾威逼自己与麻革草稿，并又参与了碑文的修改。

〔73〕微服:穿上平民的服装。

〔74〕浮湛(zhàn 站):浮沉。里社:指乡里。

〔75〕郡夫人:即郡君,是对四品官的妻子或母亲的封号。

〔76〕资禀:资质和天赋。

〔77〕公是:公论。

〔78〕呶(náo 挠)呶:唠叨。

〔79〕张九成(1092—1159):字子韶,号无垢居士。汴京(今河南开封)人。南宋绍兴二年(1132)进士。著有《横浦集》等。为官不依附权贵,屡不得志。卒后被追赠太师,封崇国公,谥文忠。一生精研经学,杂以佛学,世称横浦学派。

〔80〕宋子京:即宋祁(998—1061),子京乃其字。宋雍丘(今河南商丘民权县)人。天圣二年(1024)进士。是著名的历史学家,曾任史馆修撰,修《新唐书》列传。后官至翰林学士承旨。卒谥景文。

〔81〕黄鲁直:即黄庭坚(1045—1105),鲁直乃其字,自号山谷道人,晚号涪翁。宋洪州分宁(今江西修水)人。治平四年(1067)进士。著名诗人,开创了"江西诗派"。著有《山谷集》。卒谥文节。

〔82〕刘子玄:即刘知几(661—721),子玄乃其字。唐彭城(今江苏徐州)人。著名史学家,所著的《史通》是我国第一部有关史学评论的专书,是我国史学史上一部极为重要的著作。

〔83〕称是:与此相当。

〔84〕欧、苏:指宋代文学家欧阳修和苏轼。

〔85〕白乐天:即唐代诗人白居易,乐天为其字。

〔86〕秉史笔:从事修史的工作。

〔87〕点窜:指修改。

〔88〕"李右司"四句:李纯甫(1185—1231)字之纯,为金末文坛领袖,曾官左司都事。其人学识广博,善于辩论,学者称屏山先生。室,堵

塞。这里指让其语塞,说不出话来。

〔89〕高琪:即术虎高琪。西北路(今内蒙古多伦北)女真人。护卫出身。历任州官、刺史。金贞祐元年十二月(1214)任平章政事。四年进官尚书右丞相,日益专权。兴定三年十二月(1220)被处死。

〔90〕承望风旨:揣摩和遵照上面的意旨来办事。

〔91〕榜(péng朋)掠:拷打。榜,同"搒",笞击。

〔92〕循吏:指奉法循理的官吏。能吏:能干的官吏。此实指不顾百姓死活的酷吏。

〔93〕惭公:因公而感到惭愧的意思。

〔94〕稳惬:稳妥而令人满意。

〔95〕"至杨吏部"句:杨吏部名云翼(1170—1228),字之美,曾官吏部尚书。杨大参名慥,字叔玉,累官户部尚书,权参知政事,大参为参知政事的别称。

〔96〕投闲置散:指安置在闲散的位子上。

〔97〕衒鬻(xuàn yù 炫寓):卖弄。

〔98〕崖岸:这里指严肃孤高。

〔99〕殷重:重视。殷,大。

〔100〕周浃(jiā 夹)四座:遍布四座。周浃,周匝、完密的意思。

〔101〕却后:往后。

〔102〕磨而不磷:语出《论语·阳货篇》:"不曰坚乎,磨而不磷?"意思是说他的意志像石头一样坚固,磨而不薄。磷,薄,磨损。

〔103〕乐天:即白居易。

〔104〕禅逃:为"逃禅"的倒置,指逃世于佛学中。

〔105〕东方:指汉代的东方朔,其人善于辞令而且好辩。雄:雄辩。

〔106〕便便:善于讲述道理的样子。语出《论语·乡党》:"其在宗庙朝廷,便便言,唯谨尔。"

〔107〕五车:形容读书之广和学识之富。

〔108〕廉:明察。拘拘:拘束的样子。

〔109〕规:劝。匿瑕:语出《左传·宣公十五年》:"川泽纳污,山薮藏疾,瑾瑜匿瑕,国君含垢。"这里比喻掩盖缺点。瑕,玉上的斑纹。

〔110〕翕(xī西):合,聚。

〔111〕沾浃:滋润。浃,通,透。

〔112〕栴(niè聂):树木被砍伐后重新生长的枝条。华:同"花"。

〔113〕瀚:广大的样子。鲸波:大波涛。

〔114〕东观:指宫中藏书和著书之处。銮坡:翰林院的别称。

〔115〕"泰山"二句:《楚辞·招魂》:"魂兮归来,君无上天些。虎豹九关,啄害下人些。"王逸注云:"言天门凡有九重,使神虎豹执其关闭。"禁诃,喝斥禁止。

〔116〕所庐:所居。庐,房舍。这里是以……为房舍的意思。

〔117〕"然则"二句:瑞人神士,语出唐皇甫湜《韩文公神道碑》:"然而天下之进士而后者,望风戁畏,以为瑞人神士,朗出天外,不可梯接。"此言王若虚之不可及。翕忽,迅速的样子。

雷希颜墓铭[1]

南渡以来,天下称宏杰之士三人[2]:曰高廷玉献臣,李纯甫之纯[3],雷渊希颜。献臣雅以奇节自负,名士喜从之游,有衣冠龙门之目[4]。卫绍王时[5],公卿大臣多言献臣可任大事者。绍王方重吏员,轻进士,至谓高廷玉人材非不佳,恨其出身不正耳[6]。大安末,自左右司郎官出为河南府治中[7],卒以高材为尹所忌[8],瘐死洛阳狱中[9]。

之纯以蓟州军事判官上书论天下事[10],道陵奇之[11],诏参淮上军,仍驿遣之[12]。泰和中[13],朝廷无事,士大夫以宴饮为常。之纯于朋会中或坚坐深念,咄咄嗟唶[14],若有旦夕忧者。或问之故,之纯曰:"中原以一部族待朔方兵[15],然竟不知其牙帐所在。吾见华人为所鱼肉去矣。"闻者讪笑之,曰:"四方承平馀五六十年,百岁无狗吠之警,渠不以时自娱乐[16],乃妖言耶?"未几,北方兵动,之纯从军还,知大事已去,无复仕进意,荡然一放于酒[17],未尝一日不饮,亦未尝一饮不醉,谈笑此世若不足玩者。贞祐末[18],尝召为右司都事[19],已而摈不用[20]。

希颜正大初拜监察御史[21]。时主上新即大位,宵衣旰食[22],思所以弘济艰难者为甚力[23]。希颜以为天子富于春秋[24],有能致之资[25],乃拜章言五事[26],大略谓精神为可养,初心为可保,人君以进贤退不肖为职,不宜妄费日力以亲有司之事[27]。上嘉纳焉[28]。庚寅之冬[29],朔方兵突入倒回谷[30],势甚张。平章芮公逆击之[31],突骑退走,填压溪谷间,不可胜算。乘势席卷,则当有谢玄淝水之胜[32]。诸将相异同[33],欲释勿追。奏至,廷议亦以为勿追便。希颜上书,以破朝臣孤注之论,谓:"机不可失,小胜不足保,天所予不得不取。"引援深切,灼然易见。而主兵者沮之[34],策为不行。后京兆、凤翔报北兵狼狈而西[35],马多不暇入衔[36],数日后知无追兵,乃聚而攻凤翔,朝廷始悔之。至今以一日纵敌为当国者之恨。

凡此三人者,行辈相及,交甚欢,气质亦略相同。而希颜以名义自检[37],强行而必致之[38],则与二子为绝异也。盖自近朝,士大夫始知有经济之学[39],一时有重名者非不多,而独以献臣为称首。献臣之后,士论在之纯;之纯之后,在希颜;希颜死,遂有人物渺然之叹[40]。三人者皆无所遇合[41],独于希颜尤嗟惜之云。

希颜别字李默,浑源人。考讳思,大定末仕为同知北京路转运使事[42],希颜其暮子也[43]。崇庆二年中黄裳榜进士乙科[44]。释褐泾州录事[45],不赴;换东平府录事,以劳绩遥领东阿县令[46];调徐州观察判官,召为荆王府文学[47],兼记室参军[48];转应奉翰林文字同知制诰,兼国史院编修官,考满再任。俄拜监察御史,以公事免。用宰相侯莘卿荐[49],除太学博士[50],还应奉[51],终于翰林修撰。累官太中大夫[52]。娶侯氏。子男二人:公孙八岁,宜翁四岁。女二人:长嫁进士陈某,其幼在室。

初,希颜在东平,东平河朔重兵处也[53],骄将悍卒,倚外寇为重[54],自行台以下[55],皆务为摩拊之[56]。希颜莅官[57],所以自律者甚严。出入军中,偃然不为屈,故颇有喧哗者。不数月,间巷间家有希颜画像,虽大将亦不敢以新进书生遇之。尝为户部高尚书唐卿所辟[58],权遂平县事[59]。时年少气锐,击豪右[60],发奸伏,一县畏之,称为神明。及以御史巡行河南,得赃吏尤不法者,榜掠之[61],有至四五百者。道出遂平，百姓相传雷御史至，豪猾望风遁去[62]。蔡下一兵与权贵有连，脱役遁田间[63]，时以药毒杀民家马牛，而以小直胁取之[64]。希颜捕得，数以前后罪，立杖杀之。老幼聚观，万口称快，马为不得行。然亦坐是失官。

希颜三岁丧父，七岁养于诸兄，年十四五，贫无以为资，乃以胄子入国学[65]，便能自树立如成人。不二十，游公卿间，太学诸人莫敢与之齿[66]。渡河后，学益博，文益奇，名益重。为人躯干雄伟，髯张口哆[67]，颜渥丹[68]，眼如望羊[69]。遇不平则疾恶之气见于颜间，或嚼齿大骂不休，虽痛自摧折，猝亦不能变也[70]。食兼三四人，饮至数斗不乱[71]，杯酒淋漓，谈谑间作。辞气纵横如战国游士，歌谣慷慨如关中豪杰，料事成败如宿将[72]，能得小人根株窟穴如古能吏[73]。其操心危，虑患深，则又似夫所谓孤臣孽子者[74]。平生慕孔融、田畴、陈元龙之为人[75]，而人亦以古人期之。故虽其文章号一代不数人，而在希颜仍为馀事耳[76]。希颜年四十六，以八年辛卯八月二十有三日暴卒[77]。后二日，葬戴楼门外三王寺之西若干步。好问与太原王仲泽哭之[78]，因谓仲泽言："星殒有占[79]，山石崩有占，水断流有占，斯人已矣，瞻乌爰止，不知于谁之屋耳[80]。"其十月，北兵由汉中道袭荆襄，京师戒严。铭曰：

维季默父起营平[81]，弱龄飞骞振厥声[82]。备具文武任公卿，百出其一世已惊。紫髯八尺倾汉庭，前有赵张耻自名[83]。目中之敌无遁情，太息流涕请进兵。掩聪不及驰迅霆[84],一日可复齐百城[85]。天网四面开鲵鲸[86],砥柱不救洪涛倾。望君佐王正邦经,或当著言垂日星。一偾不起谁使令[87]?如秦而帝宁勿生,不然亦当蹈东溟[88]。元精炯炯赋子形,溘焉宁与一物并[89]。千年紫气郁上征,知有龙剑留泉扃[90],何以验之石有铭。

〔1〕此文在写法上有别于常见的墓志铭。它没有平铺直叙地只写雷渊一个人的事迹,而是将与他并称的高廷玉、李纯甫的事迹穿插着一起来写,并拿他们三人的品性进行了比较,因此显得比较活泼生动。文章通过对雷渊等三人空负济世之才而不得其用的描写,揭示了金自南渡以来君臣苟且偷安,不思振兴,以致覆亡的事实。

〔2〕宏杰:奇伟杰出。

〔3〕"曰高廷玉"二句:高廷玉,字献臣。金恩州(治今山东武城县)人。大定末进士。贞祐初年,任河南府治中,遇事不逊让,与主帅温迪罕复兴不合,被诬以通逆下狱,瘐死。李纯甫,见《内翰王公墓表》注〔88〕。高廷玉、李纯甫与雷渊,有"中州三杰"之目。

〔4〕衣冠:指士大夫和官绅。龙门:这里比喻高廷玉名高望隆,士大夫或官绅如被他接待就像登龙门一样,会身价大增。

〔5〕卫绍王(?—1213):即完颜永济。金世宗第七子,世宗时封卫王。后章宗无子,立为储嗣。泰和八年(1208)即帝位。在位四年。卒谥绍。

〔6〕出身不正:指系由进士入仕,而非由吏员起家。

〔7〕"大安"二句:大安,金卫绍王完颜永济年号。从公元1209年起至1211年终。左右司,官署名,金设在尚书省下,分管各部事宜。

〔8〕尹:河南府尹。此指温迪罕复兴。

〔9〕瘐(yǔ雨)死:因犯因伤病而死于狱中。

〔10〕蓟州:治所在今天津蓟州区。

〔11〕道陵:指金章宗。他的陵墓称道陵。

〔12〕驿遣之:用驿车送他到任所。

〔13〕泰和:金章宗年号。从公元1201年起至1208年终。

〔14〕嗟喈(jiē介):叹息。

〔15〕朔方兵:指北方的蒙古兵。

〔16〕渠:第三人称代词,他。

〔17〕荡然:无所拘束的样子。放:放纵。

〔18〕贞祐:金宣宗年号。从公元1213年起至1217年终。

〔19〕都事:官名。金设于尚书省左、右司,掌本司案牍及阁库事。

〔20〕摈:摈弃。

〔21〕正大:金哀宗完颜守绪年号。从公元1224年起至1231年终。

〔22〕宵衣旰(gàn赣)食:天未明就起身穿衣,直到很晚了才吃饭,形容帝王勤于政务。旰,晚。

〔23〕弘济:广为救助。甚力:十分努力。

〔24〕富于春秋:指年纪很轻。

〔25〕能致:能致其身的省称。《论语·学而》:"子夏曰:'贤贤易色,事父母能竭其力,事君能致其身,与朋友交言而有信。虽曰未学,吾必谓之学矣。'"能致之资,谓其德能让人愿意为国献身。

〔26〕拜章:上章。

〔27〕不宜妄费日力以亲有司之事:不应当把时间和精力乱花费在处理职能部门的工作上。

〔28〕嘉纳:嘉赏并采纳。

〔29〕庚寅:指金正大七年。即公元1230年。

〔30〕倒回谷:即回谷,地名。在陕西蓝田县东南七盘山。

〔31〕芮(ruì瑞)公:指完颜合达(?—1232)。女真人。名瞻,字景

山。历官至平章政事,封芮国公。后战死兵中。逆击:迎击。

〔32〕谢玄(343—388):东晋名将,丞相谢安的侄子。公元383年他率兵在淝水一战击溃了南下犯晋的前秦苻坚的军队。淝水之战也成为我国古代军事史上以少胜多的一场著名战役。

〔33〕相异同:意见不一致。

〔34〕主兵者:主持军事的人。沮:阻挠。

〔35〕京兆:金京兆府路,治所在今西安市中。凤翔:金路名,治所在今陕西宝鸡凤翔区。

〔36〕入:纳。衔:马嚼子。

〔37〕以名义自检:以名分和道义自我检束。

〔38〕强:努力。必致之:一定要达到目的。

〔39〕经济之学:指经世济民的学问,亦即治理国家的学问。

〔40〕渺然:渺茫,不见踪影。

〔41〕遇合:指得到君王的赏识。

〔42〕大定:金世宗完颜雍年号。从公元1161年起至1189年终。北京路:金北京故址在今内蒙古赤峰市宁城县。转运使:官名。掌军需、粮饷的水陆运输,并兼理边防、狱讼等事。

〔43〕暮子:老年所生的儿子。

〔44〕崇庆二年:即公元1213年。崇庆,金卫绍王后期年号,自公元1212年起至1213年终。黄裳榜:发榜时黄裳为第一名,故以"黄裳榜"指该年的进士榜。进士乙科:进士科的第二档。

〔45〕释褐:指做官。褐,粗布衣,是老百姓的服装,与官服相对。泾州:故址在今甘肃泾川县北。

〔46〕劳绩:功绩。遥领:只担任职名而不莅任。

〔47〕荆王:指完颜守纯,为金宣宗第二子。

〔48〕记室参军:王府的官名,为书记官。

43

〔49〕用：因。侯莘卿：名挚（？—1233），莘卿乃其字。金东平东阿（今山东东阿）人。明昌进士。贞祐四年（1216）任尚书右丞。兴定四年（1220）致仕，居汴京。天兴二年（1233）汴京城陷，为乱兵所杀。

〔50〕除：授。太学博士：学官名，隶属国子监。

〔51〕应奉：官名，即翰林应奉。

〔52〕太中大夫：金文散官名。官阶属四品。

〔53〕河朔：泛指黄河以北地区。

〔54〕外寇：这里指蒙古军。

〔55〕行台：官署名，行御史台的简称，是金、元时期御史台在地方上的分设机构。

〔56〕摩抈：安抚。

〔57〕莅（lì 立）官：到任。

〔58〕高尚书唐卿：即当时的户部尚书高夔。唐卿是他的字。辟：征召。

〔59〕权：职掌。遂平：金县名，治所在今河南省遂平县。

〔60〕豪右：豪强大族。

〔61〕榜掠：拷打。

〔62〕豪猾：豪强不法之人。

〔63〕"蔡下"二句：蔡，蔡州，治所在今河南汝南县。脱役，逃离兵役。

〔64〕小直：低价钱。直，通"值"。胁取：强行买取。

〔65〕胄子：士大夫子弟，也是对国子学生的泛称。

〔66〕与之齿：与他并列。

〔67〕口哆（chǐ 齿）：口阔。哆，张口的样子。

〔68〕颜渥（wò 卧）丹：面色赤红。

〔69〕望羊：目光高视的样子。

〔70〕猝:急速。句意是急切难以变化。

〔71〕斗:酒器名。

〔72〕宿将:老将。

〔73〕根株:比喻小人的家世背景和社会关系。

〔74〕孤臣孽子:语出《孟子·尽心上》:"独孤臣孽子,其操心也危,其虑患也深。"孤臣,指孤立之臣。孽子,庶出的儿子。

〔75〕孔融(153—208):字文举,东汉人。为"建安七子"之一,有才名。后被曹操所杀。田畴(169—214):三国时魏人。董卓之乱后尝率宗族亲党百馀人入山避难,百姓多归之,数年间人口多至五千馀家,道路不拾遗。陈元龙:名登,元龙乃其字。三国魏人。建安中任广陵太守。为人有豪侠之气。

〔76〕馀事:闲馀之事。

〔77〕辛卯:指金哀宗正大八年。即公元1231年。暴卒:突然去世。

〔78〕王仲泽:王渥,字仲泽。太原(今属山西)人。兴定二年(1218)进士。后战死。

〔79〕殒:落。占:征兆。

〔80〕"瞻乌"二句:出自《诗经·小雅·正月》:"瞻乌爰止,于谁之屋。"古时认为乌非吉鸟,它落于谁家的屋子上,就会有凶兆。

〔81〕营平:指营州和平州,辽金州名。治今河北昌黎和卢龙,金属北京路与中都路。曹渊父曾任同知北京路转运使事。

〔82〕弱龄:年纪轻。飞骞:飞腾。厥:其。

〔83〕赵张:指汉代的赵广与张敞,二人都做过京兆尹,抑制豪强,取得了成效。《汉书·赵尹韩张两王传赞》:"吏民为之语曰:'前有赵张,后有三王。'"

〔84〕"掩聪"句:《六韬·军势》:"疾雷不及掩耳,迅电不及瞑目。"

〔85〕"一日"句:用战国时田单用火牛阵击败燕国军队后,乘胜追

45

击,收复齐国失地七十馀城的典故。指倒回谷战胜蒙古军后,雷渊主张乘胜追击。

〔86〕鲵鲸:凶猛的大鱼。此指凶恶之人。这句的意思是说,回谷口一战,由于不听雷渊的建议,而让蒙古军队从包围圈中逃跑了。

〔87〕一偾(fèn奋)不起谁使令:指雷渊庚寅冬上书不行,金兵一败不振,终至于亡国。偾,覆败,偾军,偾国之偾。

〔88〕"如秦"二句:《战国策·赵策三》:"鲁连曰:'……彼秦者,弃礼义而上首功之国也。权使其士,虏使其民,彼则肆然而为帝,过而遂正于天下,则连有赴东海而死矣,吾不忍为之民也。'"此用鲁仲连避秦的典故,说雷渊即使不死,也不会做蒙古的顺民。东溟,东海。

〔89〕"元精"二句:元精,天地的精气。王充《论衡·超奇》云:"天禀元气,人受元精。"《后汉书·郎𫖮传》云:"元精所生,王之佐臣。"溘焉,忽然而逝。一物,指天地间之元气。

〔90〕"千年"二句:用晋张华的故事。相传张华望气时,见斗牛之间有紫气,问雷焕,知为剑气之精,遂派他去挖掘,果然发现了龙泉、太阿两柄宝剑。泉扃(jiōng迥阴平),指黄泉之下。扃,门。

刘　祁

刘祁(1203—1250),字京叔,号神川遯士,浑源(今山西浑源县)人。父刘从益官至金监察御史、应奉翰林文字。刘祁自幼即随祖、父游宦于金都南京(今河南开封市),结识了不少文学之士。曾试进士未中。入元后辗转回到故乡,潜心著《归潜志》,所记皆昔所交游之人与所曾闻见之事。

游林虑西山记[1]

癸卯之冬十月[2],祁自苏门徙居相台[3]。明年秋八月,玉峰魏公自燕赵适东平[4],遂登太山[5],拜阙里[6]。将北归,过相台,会公谓祁曰:"吾闻太行之秀曰黄华,曰骐谷[7],尔其从我一游乎?"祁曰:"诺。"

初出安阳郭西四十里[8],渡洹水,俗号安阳河,夕宿辅岩邑馆[9]。翌日,同邑中士人尊酒坐池上[10]。池有数泉鬣沸[11],如玻璃盆涌出万珠。柳阴映翳,颇萧洒。南谒宋韩谏议坟[12],魏公琦父也[13]。坟皆老柏参天。碑有楼,文则富郑公弼撰[14],王岐公珪书[15],皆完具。旁有浮屠[16],号孝亲院,石刻魏公所建。院规制宏敞,柱皆文石[17],佛像如新。茶坐西寮[18]，彷徉竟日[19]。迟明西上[20]，路皆坡陁冈阜[21]，间以树林。行几四十里，过马店，望林虑诸山，若蚁尖，若黄华，若天平，若銸谷，齿立。玉峰马上笑谈，喜见颜色。前涉横水，水旧有石桥，甚巧丽，今圮坏纷然[22]。晡至林虑山[23]，横峙天西，如城壁相衔[24]，争雄角锐[25]，泼黛凝青[26]，而高下险夷不一。玉峰曰："昔人称林虑名山，信哉！"暮会邑中士大夫[27]，皆曰："游当自黄华始，且北而南可也。"

明日，遂出北城，邑人张君佩玉偕往。西北约二十里，入槲林。林行一二里入谷。两崖夹径，径并东崖[28]，大石鳞差[29]，马足行甚艰。下皆绝壑滪洞[30]，树木蓊郁，水声潺潺，使人耳目儵然[31]。前观山势峭拔奇伟，不觉失声叹异。又一里馀，崖豁地平[32]，丛竹如云。竹中堂殿茅亭数处，乃黄华古禅刹也，今为老氏居[33]。道士数辈来迎，解鞍坐览，乐甚。殿之石柱，刻宋人题名及张相《天觉赋》、高欢《避暑宫》诗[34]。诗云："南北纷纷似弈棋[35]，高王霸业起偏裨[36]。情知骑虎非安计，岂是青山避暑来。"因忆王翰林子端《游黄华诗》[37]，盖此寺废已久，王诗云："王母祠东古佛堂，人传栋宇自隋唐。年深寺废无人往，满谷西风栗叶黄。"饭馀，屏骑乘，杖屦以西[38]，涉小溪，行约一二里，山益奇，巅峰崒岫[39]，回互掩映千万状，不可纪。山端有小峰抉出[40]，如立指，号仙人峰。遇佳处，辄坐树下石，听流泉玉漱[41]，鸟语鹰人[42]。回视向来尘土中，便如隔世。又前数武[43]，地平可耕。崖腋有草庵，且阑篱种菜芋，亦道士舍。西上，路浸高[44]。又二里馀，陟峻阪[45]，号公主关，有崖，号梳洗楼。意其为前代帝子游衍迹[46]。汉武帝女弟封隆虑公主，岂此邪？坂皆巨石，若为堡砦摧裂[47]。无蹊径，扪萝以登[48]。又里馀，路穷，大岩合，若环屏幛。稍南，孤峰削成，拔地划出，号挂镜台。台西树林间，望山脊玉虹蜿蜒下垂，摇曳有声。迫视之[49]，悬泉也。相与暗吒[50]，因列坐台趾方石纵观[51]。盖泉自石门而下，初势甚微，已而散布半空，特诡异。其始来也，如飘风扇雪[52]，弥漫一天。少焉，如骤雨落云，淋漓万壑。或如飞练千尺，腾掷不收，又如珠帘百幅，联翩下坠，乍散乍聚，乍缓乍急，乍去乍来，乍巨乍细，霏微滴沥，溅面洒肌，浩荡铿锵[53]，惊心动魄，可以起壮志，可以醒醉魂，可以洗尘纷，可以平宿愤[54]，亦天下伟观也。下潴为潭[55]，澄泓湛碧[56]，冰莹镜明，向之水声，皆其流派。迨出山而洑[57]，不知其所往，此又异也。

步至岩东北，有大龛如列屋，可坐数十人。寻绎昔人题名在龛壁[58]，玉峰健叹，以为东游未尝见此。移时，缅怀赵武灵王登黄华之上[59]，与肥义谋胡服骑射[60]，教百姓以强其国，亦一时雄杰。张君曰："泉之上有路平坦，直抵天平[61]。望绝壁有石窍[62]，曰青龙洞尾，盖门在天平也，其中暗黝多水[63]。东北有高欢避暑宫殿，址尚存，且有碑。以路绝，不能到。"又曰："高欢葬此山石岩中，铁索纫其棺，尝有人见之。"祁旧读司马氏《通鉴》云[64]，高欢薨，虚葬漳水西,潜凿成安鼓山为穴[65],约其枢而塞之[66]。盖距此不远,与所传小异。张又言,此山佳处甚多,惜不能遍历。

日斜,由旧路而东。石壁而堂[67],石像浮屠精致。行三四里,路忽分,张云:"由南而往殊胜。"崖转三潭,滟出大石间[68],相通,号叠研。皆流泉所潴,细流布石上,萦纡明澈[69]。潭水□□黝碧,云有蛟龙居。共坐潭侧啸咏,仰山俯泉,极快惬。南有古祠破裂,号王母祠。祠壁石刻云:"仙人王津葬母于此。"号仙人冢。土人祠以祈福[70]。祠前有大木九,今馀一焉。赵巙、阎光弼来游,赵镇侍行,盖宋宣和间人也。字画亦不凡。东有龙祠,颇整完,中有石刻纪异[71]。南则地复旷阔。行荒榛蔓草中里馀,复抵寺舍。会日已暮,骑出山,顾念胜游,如在天上。归而寝,不寐。

明发,邑中士大夫燕集,作一日留。会姚公茂诸君南来[72],相约同游碶谷。日昃[73],出南城三十里,入檞林,林比黄华颇大。林行四五里入山,路比黄华颇夷,谷亦旷,树木繁巨,水声比黄华差小[74]。渡溪,至宝岩寺,寺在竹间,旧有名刹,冠一方[75]。遭乱,惟二浮图在。大殿、经阁址宛然新构,功未毕[76]。其南崖号五松亭。亭亡,止馀一松,王子端记之。碑阴刻刘治中涛诗[77],涛亦闻人[78]。东北石屋号戒猴洞,洞中浮屠、石像及诸佛经刻在。石起高齐峰端,有檐甍隐隐,号金门寺云。有僧居,路险林深,游者罕到。会坐西轩,轩外竹成林。流泉琅琅[79],逾轩入竹,如檐溜声不绝[80]。东南山缺,瞰川原。虽峭密不及黄华[81],而宏邃有过之者[82]。寺有浴室,放泉以烧。且入浴[83],神体爽。继饭馀,读张天觉《圣灯图记》及边德举寺碑文[84]。顷之,复杖屦西上。崖北转,有大石方丈馀,雪莹掌平[85],枕溪,号石席。上刻杜相公美所作铭[86],铭云:"溪石齿齿[87],溪水潺潺。鸣玉跳珠[88],水流石间。涓涓溪月,泠泠溪风。风吟松梢,月湛杯中[89]。欲醉而歌,既醉而卧。悠悠千古,浮云之过。"充相人,辞清婉,字画亦遒逸可爱。即共坐赋诗。起而前,山特变化出奇。林益深密,时时伫立从容。霜已降,树林有改色者,于青翠中间见红叶如春华。又清泉白石,举步如图画。天风卒至[90],树声与泉声杂,如笙竽、环珮交鸣,又若琴瑟未终,钟鼓迭起。日光下远,林阴萝影,玲珑斑驳,龙蛇篆隶交[91]。余数人者坐其间,谈道论文,自谓虽此世抢攘[92],亦片日如仙耳[93]。又三四里,路穷岩合,势如黄华山。岩巅飞瀑下流[94],亦如黄华水。山疑楼阁刻画[95],削蜡裁金[96];水则络绎萦绵[97],千丝万络。乃共坐泉间容与[98],天晴月明,映玩逾佳。珠网玉旒摇动半天外[99],晶莹闪烁,姿态横生。溅雪跳冰[100],潭面蜂起[101]。又相与赋诗道其事。岩下多大石,细流穿石罅作金铁声。旧有亭,号知胜,王子端作记,今无馀迹。

归途,题大石龛。晚出山,与公茂诸君别,第以不到天平为恨[102]。还宿林虑,雨,留三日。九月朔霁[103],还相台。越重九之明日,东北行四十里,宿邺镇。镇,古邺地[104],有曹魏所建铜雀、金虎、冰井三台故基[105]。暮,登台置酒,西

望太行,所谓黄华、칙谷、皆隐约可辨。漳水西来,如剑如练,络北台而东[106],盖河朔胜处也。且其地南控大河[107],西连上党[108],东扼齐、魏[109],北负燕、赵[110],实天下襟喉[111],此自古英雄如曹、袁、慕容、高氏所以多据依[112]。又见故城隐嶙[113],冢累累相望,伤时吊古,良用慨然。徙倚至曛[114],宿南台道士舍。晓渡漳水,别玉峰南归。

后月馀,玉峰书来曰:"尔当为予记之。"乃援笔识其始末。

祁居代北[115],乡中名山已历游。尝谓太行魁天下[116],山富奇丽,志欲一览,然非偕巨公伟人不足称山之雄[117]。玉峰,祁姑之夫也,高名大节,一世所推。乃今邂逅得从之游,诚遂所愿。方将阶此过苏门,扣百岩[118],访盘谷[119],登天坛[120],西游河汾,观砥柱[121],上中条,览太华[122],入秦中,以迄天下形胜。已与公有成约,会当治行。嗟乎,世之人皆驱驰智力,以金帛车骑相夸豪,而吾侪独玩心泉石[123],放浪于寂寞之境,要之各有乐,未可以为彼是此非。至于后世,又不知其孰得失,况古之圣贤莫不乐山乐水!若夫究地理,考土风,辨古今,识草木,皆不可谓亡益于学[124]。姑从所好,以毕馀生。或有笑其迂僻者[125],亦不得辞也。

乙卯春正月之望谨记[126]。

〔1〕本文是长篇游记,描写行程、景物都很细致,作者把自然物色和人文景观结合起来描写,颇有动人之笔。文中描写石门悬泉一段文字

尤见出色。林虑山,本名隆虑山,因避东汉殇帝刘隆讳改名。在今河南林州市西。

〔2〕癸卯:为蒙古乃马真后二年,即公元1243年。

〔3〕苏门:古县名。即今河南辉县市。相台:本指铜雀台,三国时曹操筑,在相州,这里代指相州。即今河北临漳县。

〔4〕玉峰魏公:即魏璠,字邦彦,号玉峰。浑源(今属山西)人。金贞祐三年(1215)中进士,累升至翰林修撰。金亡后还乡,后被忽必烈征至和林,多有赞划,并荐名士多人。病卒,谥靖肃。东平:指东平路。元置。故治在今山东东平县。

〔5〕太山:即泰山。

〔6〕阙里:孔子故里。在今山东曲阜市内。

〔7〕碔(hóng洪)谷:与"黄华"同为山名。二山是林虑山中的两座名山。

〔8〕郭:外城。

〔9〕辅岩:县名,元初属彰德府,后并入安阳。

〔10〕尊:同"樽"。酒器。

〔11〕觱(bì必)沸:泉水涌出的样子。

〔12〕韩谏议:名国华(957—1011),字光弼。宋相州安阳(今河南安阳市)人。太平兴国进士。大中祥符初,迁右谏议大夫。后卒于传舍。

〔13〕魏公琦:指韩琦(1008—1075),国华子,字稚圭,自号赣叟。天圣进士。嘉祐元年(1056)官至枢密使。三年,拜相。英宗即位,进右仆射,封魏国公。

〔14〕富郑公弼:即富弼(1004—1083),字彦国。洛阳(今属河南)人。宋天圣中举茂才异等,累擢知谏院。至和二年(1055)召拜同中书门下平章事。英宗即位,召拜枢密使,封郑国公。

〔15〕王岐公珪:即王珪(1019—1085),字禹玉。成都华阳(今四川

成都市天府新区)人。宋庆历进士。熙宁三年(1070)拜参知政事,九年进同中书门下平章事、集贤殿大学士。元丰五年(1082)拜尚书左仆射兼门下侍郎。宋哲宗时封岐国公。卒谥文恭。善文翰,文多宏侈瑰丽,自成一家。

〔16〕浮屠:佛塔。这里指寺院。

〔17〕文:通"纹"。

〔18〕寮:即僧寮,犹僧舍。

〔19〕彷徉:徘徊徜徉。

〔20〕迟明:黎明,天将放亮的时候。

〔21〕坡陁(tuó 驼):亦作"坡陀",这里指山坡。冈阜:山丘。

〔22〕圮(pǐ 匹)坏:倒塌损坏。

〔23〕晡(bū 不阴平):申时。即午后三时至五时。

〔24〕城壁:城墙。

〔25〕角:斗、竞。

〔26〕泼黛凝青:形容山色青翠。黛,青绿色。

〔27〕邑:此指林虑县(即林州),与上文"邑中士人"指辅岩县不同。

〔28〕并:连着,靠着。

〔29〕鳞差:像鱼鳞一样参差排列。

〔30〕㲾(hòng 讧)洞:本意为雾气弥漫无际,此形容崖壑深不见底。

〔31〕翛(xiāo 消)然:无拘无束,轻松的样子。

〔32〕豁:开阔。

〔33〕老氏:指道教。因道教奉老子为太上老君,故云。

〔34〕张相:指张商英(1043—1121),字天觉。蜀州新津(今四川成都新津区)人。宋崇宁初官吏部、刑部侍郎,翰林学士。大观四年(1110),除为尚书右仆射。高欢(496—547):一名贺六浑。东魏时渤海蓨(今河北景县)人。曾参加杜洛周起义。后依靠鲜卑武力,联络山东

士族,掌握魏兵权,称大丞相。执东魏政达十六年之久。死后,其子高洋代魏称齐帝,史称北齐。

〔35〕南北:指我国历史上的南北朝时期,从公元420年至公元589年,其间政权分立,更换频仍。故曰"似弈棋"。

〔36〕偏裨(pí 皮):副将。因高欢最初参加杜洛周起义时任偏将,故云。

〔37〕王翰林子端:即王庭筠(1156—1202),字子端,号黄华山主,别号雪溪。金代辽东(今辽宁营口)人。金大定十六年(1176)进士,历官州县,仕至翰林修撰。著有《王翰林文集》等。

〔38〕杖屦(jù 具):扶杖步行。屦,麻制的鞋。

〔39〕崶岫:险峻的山崖。岫,山穴。

〔40〕抉出:突出独树的样子。

〔41〕玉漱:形容泉声清脆如玉。漱,冲刷。

〔42〕膺(yìng 映):应答。

〔43〕武:古代以六尺为步,半步为武。

〔44〕浸:渐渐。

〔45〕峻阪:陡坡。阪,坡。

〔46〕帝子:公主。游衍:纵意游乐。

〔47〕堡砦(zhài 寨):古代战争中所修筑的防御工事。砦,同"寨"。

〔48〕扪:抓。

〔49〕迫:靠近。

〔50〕喑吒(yìn zhà 印乍):惊呼。

〔51〕台趾:台脚下。

〔52〕扇雪:犹扬雪。

〔53〕铿鍧(hōng 烘):钟鼓相杂之声。这里形容水声宏大。

〔54〕宿愤:久积的怒气。

〔55〕潴(zhū 朱):水积聚。

〔56〕澄泓:水清而深的样子。

〔57〕迨:等到。洑:水潜行地下。

〔58〕寻绎:探索。

〔59〕赵武灵王:战国时赵国君。名雍。曾在公元前302年推行军事改革,实行胡服骑射,使国势大盛。

〔60〕肥义:战国时赵人。曾事赵武灵王。赵王传国与其少子何,肥义任相国。后因赵王长子章作乱而死。

〔61〕天平:指天平山。在河南林州市西。

〔62〕石窌:石洞。

〔63〕暗黝:黑暗。

〔64〕司马氏《通鉴》:指北宋司马光所著的《资治通鉴》。

〔65〕成安:县名,宋时属滏阳郡。元时属磁州。今属河北省。鼓山:即滏山。在今河北磁县西北。磁县金时属磁州。

〔66〕约:捆,缚。

〔67〕石壁而堂:即在石壁上开凿洞室的意思。

〔68〕潋:水波荡漾的样子。

〔69〕萦纡:指细流曲折环绕。

〔70〕土人:指当地人。祠:立祠。

〔71〕纪异:指记述有关龙祠的神异之事。

〔72〕姚公茂:指姚枢(1203—1280),公茂乃其字,号雪斋、敬斋。洛阳(今属河南)人。金亡,至燕京,依附杨惟中。蒙古太宗十三年(1241),官燕京行台郎中,不久弃官居辉州(今河南辉县市),与许衡、窦默讲习理学。后应元世祖之聘,累官至昭文馆大学士、翰林学士承旨。这次与刘祁游衲谷,正是其弃官居辉州时。

〔73〕日昃(zè 仄):太阳偏西。

〔74〕差:稍微。

〔75〕冠一方:犹名冠一方。

〔76〕功未毕:指工程未完成。

〔77〕碑阴:指碑的背面。刘治中涛:刘涛字德润。徐州彭城(今江苏徐州市)人。后唐天成进士。官至右谏议大夫。后退居洛阳,诗书自娱。宋太祖时授秘书监,以老病退。治中乃其官名。

〔78〕闻人:有名的人。

〔79〕琅琅:清脆的流水声音。

〔80〕檐溜声:檐前滴水的声音。

〔81〕峭密:指山势的陡峭和山形的繁密。

〔82〕宏邃:宽阔深邃。

〔83〕旦:早晨。

〔84〕张天觉:名商英,号无尽居士。宋蜀州新津(今四川成都)人。治平二年(1065)进士,以王安石荐入仕。徽宗朝官至尚书右仆射兼中书侍郎。后奉佛。边德举:名元鼎,德举乃其字。丰州(今属内蒙古自治区)人。金诗人。天德进士。曾官至翰林供奉。

〔85〕雪莹掌平:形容大石的洁白和平整。

〔86〕杜相公美(?—1141):名充,公美乃其字。相州(今河北临漳与河南安阳一带)人。宋绍圣进士。后降金,累迁燕京行台右丞相。

〔87〕齿齿:形容排列整齐,像牙齿一样。

〔88〕鸣玉:形容水声清脆。

〔89〕月湛杯中:即月光倒映在杯中的意思。湛,清亮。

〔90〕卒:通"猝"。突然。

〔91〕龙蛇篆隶交:形容树影纵横交错,如龙如蛇,如篆如隶。篆隶,篆书和隶书,形容树影盘曲。

〔92〕抢(chéng成)攘:纷乱,忙乱。

〔93〕片日:片刻时日。

〔94〕巅:山顶。

〔95〕疑:疑似。

〔96〕削蜡裁金:形容山色绚丽。

〔97〕萦绵:盘绕不断。

〔98〕容与:逍遥。

〔99〕珠网玉旒:指山顶流下的瀑布喷沫跳珠。旒,本指古代帝王冠冕前后的玉珠串,这里指瀑布溅起的水珠。

〔100〕溅雪跳冰:即溅沫跳珠的意思。雪,形容溅起的白沫。冰,形容溅起的透明水珠。

〔101〕蜂起:涌起。

〔102〕第:只。

〔103〕朔:初一。霁:天晴。

〔104〕邺:古邑名。春秋时齐桓公始筑城。建安十八年(213)曹操为魏公,曾定都于此。其故址在今河北临漳邺镇村一带。

〔105〕铜雀、金虎、冰井:皆为曹魏时所建台名,故址均在今河北临漳县内。

〔106〕络:环绕。

〔107〕大河:指黄河。

〔108〕上党:古郡名。治所在今山西长治。

〔109〕齐、魏:皆是春秋战国时古国名。分别占有今山东东部和山西中部。

〔110〕负:靠。燕、赵:皆是战国时的古国。分别占有今河北北部和山西北部地区。

〔111〕襟喉:衣领和咽喉,此形容地理位置很重要。

〔112〕曹、袁、慕容、高氏:分别指三国时的曹操、袁绍和十六国时前

燕的国君慕容儁与北齐的国君高洋。以上诸人均曾以邺城为都。

〔113〕隐嶙:突兀的样子。

〔114〕徙倚:徘徊。曛:黄昏。

〔115〕代北:古镇名。治所在今山西代县。

〔116〕魁:位居第一。

〔117〕称:相称。

〔118〕百岩:山名。在河北邢台境内。

〔119〕盘谷:在河南济源县北。

〔120〕天坛:山名。在河南济源市西北,即王屋山的绝顶。相传为轩辕帝祈天之所,故名。

〔121〕砥柱:山名。又名底柱山。在山西平陆县东南五十里黄河中流,南与河南陕县接界。

〔122〕太华:即华山。在陕西华阴。

〔123〕侪(chái 柴):辈。

〔124〕亡:无。

〔125〕迂僻:迂腐不合时宜。

〔126〕乙卯:指蒙古宪宗五年。即公元1255年。此处底本疑误。作者游西山在甲辰(1244)秋八月,后月馀作此记。乙卯去甲辰十一年,与文中所记殊不合。且乙卯时,作者已逝世五年。"乙卯"当是"乙巳"之误。乙巳指蒙古乃马真后四年,即公元1245年。望:十五。

许　衡

许衡(1209—1281)字仲平,号鲁斋。怀孟河内(今河南沁阳)人。幼读经书,有异质。稍长,嗜学如渴,从姚枢、窦默等讲习程朱理学,大有得。蒙古宪宗四年(1254),忽必烈召为京兆提学,后回河南。中统元年(1260),再次被召至京师。二年,拜太子太保,辞不受,改任国子祭酒,不久,以疾辞。至元八年(1271),累官至集贤大学士兼国子祭酒,择蒙古子弟以教。十三年,领太史院事,与郭守敬编定《授时历》。后还河南,病死。著作有《鲁斋遗书》存世。

与窦先生书[1]

老病侵寻[2],归心急迫,思所以上请,未得其门也。迩来相从[3],实望见教,不意复有引荐之言[4],闻之踧踖[5],且惊且惧。邸舍中恳陈所以不可之故[6],至于再三,始蒙惠许[7]。违别三数日[8],复虑他说间之[9],不终前惠[10],是用喋喋重陈向来恳祷不可意[11]。

尝谓天下古今,一治一乱,治无常治,乱无常乱,乱之中有治焉,治之中有乱焉。乱极而入于治,治极而入于乱。乱之终,治之始也;治之终,乱之始也。治乱相循[12],天人交胜[13]。天之胜质,掩文也[14];人之胜文,犯质也。天胜不已,则复而至于平,平则文著而行矣[15]。故凡善恶得失之应[16],无妄然者。而世谓之治,治非一日之为也,其来有素也[17]。人胜不已,则积而至于偏[18],偏则文没不用矣。故凡善恶得失之迹,若谬焉者[19]。而世谓之乱,乱非一日之为也,其来有素也。析而言之[20],有天焉,有人焉。究而言之[21],莫非命也。命之所在,时也。时之所向,势也。势不可为,时不可犯。顺而处之,则进退出处、穷达得丧[22],莫非义也。古之所谓聪明睿知者[23],唯能识此也;所谓神武而不杀者,唯能体此也[24]。或者横加己意,欲先天而开之[25],拂时而举之[26],是揠苗也[27],是代大匠斫也[28]。揠苗则害稼[29],代匠则伤手,是岂成己成物之道哉[30]?即其违顺之多寡,乃在吉凶悔吝之多寡也[31]。生平拙学[32],认此为的[33],信而守之,罔敢自易[34]。今先生直欲以助长之力挤之伤手之地[35],是果相知者所为耶?无益清朝[36],徒重后悔[37],岂交游之泛,不足为之虑耶?

抑真以樗散为可用之材也[38],相爱之深,未应乃尔[39]。若夫春日池塘,秋风禾黍[40]。夏未雨,蚕老麦收[41];冬将寒,困盈箱积[42]。门喧童稚,架满琴书,山色水光,诗怀酒兴,拙谋或可以办此也[43]。是以心思意向,日日在此,安此乐此,言亦此,书亦此。百周千折,必期得此而后已[44]。先生不此之助,而彼之助,是不可其所可[45],而可其所不可也,其可哉?将爱之,实害之。万唯恕察[46],言不能檃括[47],悚息待罪[48]。

〔1〕许衡一生数度进退朝野,至元十年(1273),因不满"权臣屡毁汉法",坚请还乡,此信或写于该时。信中言辞恳切,感情真挚,态度坚决。或许正是由于此信,使窦默为他在皇帝面前恳请,才得以辞归。窦先生,指窦默(1196—1280)。默字子声。初名杰,字汉卿,后改今名。广平肥乡(今属河北邯郸市)人。元初名医、名儒。曾从谢宪子学习程朱理学。忽必列为藩王时,曾召问治道。后即帝位,任窦默为翰林侍讲学士,并加昭文馆大学士。

〔2〕侵寻:逐渐加重。

〔3〕迩来:近来。

〔4〕不意:没料想到。

〔5〕踧踖(cù jí 醋及):局促不安的样子。

〔6〕邸舍:指官员的住宅。故:缘故。

〔7〕惠许:允许。惠,敬辞。表示得到对方恩惠的意思。

〔8〕违别:分别。违,离开。

〔9〕他说间之:有其他的说法令你改变主意。间,挑拨使人不和的意思。

〔10〕不终前惠:不能终守前面的诺言。惠,指前面所说的"惠许"。

〔11〕是用:即"用是",因此。不可:不接受。指被引荐之事。

〔12〕相循:相沿,相顺。

〔13〕交胜:互胜。交,互相交替。

〔14〕掩:盖。

〔15〕著:显。

〔16〕应:报应。

〔17〕来:由来。素:常。

〔18〕偏:与前面说的"平"相反。

〔19〕谬:抵触。

〔20〕析而言之:分开来说,具体地说。析,分开。

〔21〕究而言之:究其原因而说,即往深里说的意思。

〔22〕穷达:指地位的困窘和显达。得丧:得失。

〔23〕睿知:聪明而有智慧。知,通"智"。

〔24〕体:体会,体察。

〔25〕先天而开:指时机不成熟而人为地开启。

〔26〕拂时:违反时机。

〔27〕揠苗:即拔苗助长的意思。揠,拔。

〔28〕代大匠斫:语出《老子》第七十四章:"常有司杀者杀。夫代司杀者,是谓代大匠斫;夫代大匠斫,希有不伤其手矣。"大匠,高明的木匠。

〔29〕稼:庄稼。

〔30〕成己成物:语出《礼记·中庸》:"是故君子诚之为贵。诚者,非自诚己而已也,所以成物也。成己仁也,成物知也。性之德也,合外内之道也。"这里用"成己成物之道"指仁智之道。

〔31〕悔吝:灾祸。

〔32〕拙学:拙于学问。

〔33〕的:确实。

〔34〕罔敢:不敢。易:改变。

〔35〕以助长之力挤之伤手之地:比喻以不合理的方式将自己推到不合适的位置,指引荐之事。

〔36〕清朝:清明的朝廷。

〔37〕重:增加。

〔38〕抑:抑或。樗(chū出)散:不成材的臭椿树,谦指许衡本人。樗,臭椿。散,指因不成材而被闲置。

〔39〕未应乃尔:不应这样。乃,如此。

〔40〕秋风禾黍:指秋天禾黍成熟。

〔41〕蚕老麦收:指因夏天少雨,蚕没有受寒湿之气而得病,麦子也没有因雨水太多而不能收割。

〔42〕囷(qūn逡)盈:粮仓盈满。囷,粮仓。箱积:装粮食的木箱积满了粮谷。

〔43〕拙谋:指自己的智力。拙,自称谦辞。

〔44〕期:期望。

〔45〕不可其所可:指不许可做自己所能做的事。

〔46〕恕察:宽恕并明察。

〔47〕檃(yǐn隐)括:剪裁组织。

〔48〕悚(sǒng耸)息:为书信中的套语。惶恐的意思。

宋　道

宋道(1217？—1286)，字弘道，潞州长子(今山西长子)人。善记诵。金末或金亡后避地襄阳，后北归居河内(今河南沁阳)。蒙古宪宗时，河南经略使赵璧征为幕僚，咨以军事。中统三年(1262)任翰林修撰。后从赵璧平李璮之乱。历官太常少卿、秘书监及太子宾客等。著有《秬山集》。

与襄阳吕安抚书[1]

年月日，具位道谨奉书于襄阳安抚吕君足下[2]：

盖闻天下之事，有变有常，兵家所先，知己知彼。苟昧斯理[3]，克成者难[4]。足下利害类此，故别白而忠告之[5]。

令兄少保制置[6]，出自戎行[7]，驱驰边境，守御奔援，时立武功。南朝列之于三孤[8]，崇之以两镇[9]，以至开荆南之制阃[10]，总湖北之利权[11]，其报效酬勋亦已至矣[12]。而乃渐亏臣节，专立己威，爵赏由心[13]，刑戮在口[14]，藉上流之势不朝贡于钱塘[15]，托外援之辞聚甲兵于鄂渚[16]。江左君臣忧其跋扈[17]，以为王敦、桓玄复生于今日也[18]。天不假年[19]，近闻捐馆[20]。继知黩贵代秉军麾[21],且吕氏子弟将校,往往典州郡而握兵马者[22],何哉？盖南朝姑息令兄之故耳。自今已往,岂复有容足之地乎？

足下在吕氏族中最才且贤,必将易置腹心[23],尺书见召[24],鱼脱于渊[25],其祸不可测也。去岁大兵南下[26],经略襄汉,诸军将校屡请攻围,我主惠爱仁慈,远览周虑,以南北生灵皆吾赤子,当告之以训辞,示之以形势,彼果不降,攻之未晚。故休兵秣马[27],蓄力待时[28]。今白河、鹿门雉堞相望[29],安阳、光化舟舰交通[30],东遏馈运之师[31],西绝樵苏之路[32],生擒大将,兵民震惊。足下内忧家事之多艰,外睹孤城之日蹙[33],诚危急之秋也。

兹者炎火收威[34],商金变律[35],风折胶而弓劲[36],草垂实而马肥[37],行当整齐士卒,淬砺戈矛[38],断凤林之关[39],决檀溪之水[40],称万山之道[41],堑白铜之堤[42]。前茅饮马于江陵[43],后劲摧锋于樊邑[44]。用天下堂堂之众,击汉阴蕞尔之城[45],似不难矣。慕府恭承帝命[46],征讨招怀。拒逆者诛,迎降者赏。若能翻然改图[47],军门送款[48],飞闻天阙[49],必有殊恩,岂止转祸为福？实千载一时之机会也。汉上土疆,君当常保,他人孰能有之？如阁于谋虑[50],迷而不复[51],事机一去,虽悔奚追[52]？国家大信[53],明若江水,进退裁决,惟足下留意焉。

〔1〕元世祖至元十年(1273),元兵大举进攻襄阳,这是作者在元兵发动进攻之前,向当时镇守襄阳的南宋京西安抚副使吕文焕所写的劝降书。此书下笔有力,用语简洁,充满了自信,给人一种居高临下的气势,

充分表现了蒙古军队必胜的信心。襄阳吕安抚,指吕文焕。宋安丰(今安徽寿县)人。南宋末年知襄阳府兼京西安抚副使,镇守襄阳。至元十年(1273),襄阳失陷后降元,并向忽必烈献攻鄂之策,自请为前锋。十一年为荆湖行省参知政事,随伯颜灭宋。后历任中书左丞、江淮行省右丞。

〔2〕具位:设置主人之位。旧时书信中不明说写信人职位,只说具位,表示谦敬。

〔3〕昧:不明白,糊涂。

〔4〕克:能。

〔5〕别白:分辨明白。

〔6〕令兄少保制置:指吕文焕之兄吕文德(?—1269)。其人素有才勇,在淮东制置使赵葵军中抗击蒙古,累有战功。宋开庆元年(1259)受任为京西湖北安抚制置使、知鄂州兼侍卫马军都指挥使。景定二年(1261)超擢太尉、夔路策应使。未几兼四川宣抚使。次年,进开府仪同三司。

〔7〕戎行:军队。

〔8〕南朝:指南宋。三孤:指少师、少傅、少保。其地位仅次于三公,而在众卿之上。

〔9〕崇:尊。两镇:指鄂州和夔州。这是当时长江防线上的两个重镇。

〔10〕开:开辟,设立。制阃(kǔn 捆):此指京西湖北安抚制置使衙门。阃,本义为门槛,特指郭门、国门,借指统兵在外的将军。

〔11〕总:总揽。

〔12〕报效:指朝廷报答效力之臣。酬勋:指酬劳有功之士。至:极。

〔13〕由心:随心所欲。指没有标准。

〔14〕刑戮(lù 路)在口:即刑戮随口。指不依国家的法典。

67

〔15〕上流:指长江上游。势:险要的形势。钱塘:指杭州,当时是南宋的都城。这里指南宋朝廷。

〔16〕托:借托。鄂渚:指湖北沿江一带。

〔17〕江左君臣:指南宋君臣。

〔18〕王敦(266—324):字处仲,琅玡临沂(今山东临沂市)人。东晋大臣。与弟王导同心翼戴晋元帝司马睿,并讨平杜弢之乱。以功进征南大将军,拜侍中。后遂专制朝廷。元帝忧愤而死。明帝起兵讨之。敦死,发冢暴尸,焚其衣冠,跪而刑之。桓玄(369—404):字敬道。东晋谯国龙亢(今安徽怀远西)人。名将桓温子,袭爵南郡公。后因与朝廷对立,发兵灭晋,自立为楚。不久因宋武帝刘裕起兵声讨,兵败被杀。

〔19〕天不假年:意思是寿命不长。假,借。

〔20〕捐馆:死亡的委婉说法。

〔21〕黥(qíng 情)贵:遭过刑罚而后得贵的人。、黥,古代的一种刑罚,在面额刺字,并涂以墨。代秉军麾(huī 灰):即代掌军权的意思。麾,古代指挥军队的旗子。按史,继吕文德督师援襄的人是李庭芝。

〔22〕典:主管。

〔23〕易置腹心:相当于说南宋朝廷会另派心腹大臣来。

〔24〕尺书:书信。这里指南宋朝廷的诏书。

〔25〕鱼脱于渊:比喻其若离开襄阳去杭州,即像鱼离开了水一样,处境很危险。这是离间之意。

〔26〕大兵:指蒙古军队。

〔27〕休兵:停兵。秣(mò 末)马:喂马。

〔28〕蓄力待时:积蓄力量,等待时机。

〔29〕白河:即古淯(yù 育)水。源出河南境内,经南阳、新野至湖北襄阳与唐河相会,注入汉江。鹿门:指鹿门山,在湖北襄阳市东南。雉堞:城墙上凹凸迭起的短墙。这里泛指蒙古占领区所修筑的城墙。

〔30〕安阳:今湖北十堰市郧阳区附近。光化:今湖北老河口市。以上两处都是襄阳的上游。

〔31〕遏:阻止。馈运之师:指运送粮草的部队。

〔32〕绝:阻断。樵苏:打柴割草。

〔33〕蹙(cù 醋):窘迫。

〔34〕炎火收威:指夏令已过去。

〔35〕商金变律:意为已到秋天。古代将阴阳五行与五音、四季相配。五音中的商音与四季中的秋季均属金,故商金即指秋天。律:指季节和气候。

〔36〕弓劲:弓硬。

〔37〕草垂实:草上垂着籽实。

〔38〕淬(cuì 脆):铸造刀剑时把烧红了的刀剑浸入水中急冷下来,使其能达到较高的硬度。砺:磨。

〔39〕凤林:凤林关。在今湖北襄阳市附近。

〔40〕檀溪:在湖北襄阳市西南。

〔41〕称:顺着。万山:在今襄阳市西北。即汉皋山。

〔42〕堑:坑,壕。特指护城的壕沟。这里是以……为堑的意思。白铜堤:亦在襄阳市。

〔43〕前茅:指前锋部队。饮马:进攻的委婉说法。江陵:今湖北荆州。

〔44〕摧锋:摧败敌锋。樊邑:樊城,今襄阳市一部分。

〔45〕汉阴:汉水之南。当指襄阳。古时以水之南为"阴"。蕞(zuì 最)尔:小的样子。

〔46〕幕府:这里指蒙古将帅的军幕。

〔47〕翻然:迅速转变的样子。改图:另作打算。

〔48〕送款:指纳款投降。款,诚心。

〔49〕飞闻天阙：飞报朝廷。天阙，指蒙古朝廷。

〔50〕闇（àn 暗）：愚昧，糊涂。

〔51〕迷而不复：执迷不悟。复，返回，醒悟。

〔52〕奚追：哪能再追得上呢。

〔53〕信：信誉。

郝　经

郝经(1223—1275),字伯常,泽州陵川(今山西晋城)人。金亡后迁河北,在学问上曾得元好问指授,后又接受赵复所传朱熹之学。蒙哥时代入忽必烈幕府,甚受器重。忽必烈即帝位,郝经以翰林侍读学士充国信使使宋,被宋相贾似道羁留于仪真(今江苏仪征),共十六年。得释北归后未久即去世。著有《郝文忠公集》。

横翠楼记[1]

易、定诸山尾常山而北,旁礴巍迤[2],自北而东,挟碣石以入于海[3],蟠燕亘赵[4],肆其雄丽[5]。顺天一道[6],连城数十,牙错棋制[7],突兀乎其间[8]。而塘泺诸泉贯城而入,萦带弥漫[9],斋沦泓澄[10],城市之间,遂有江湖之趣。腴家鼎族[11],往往筑台榭,树楼观,以肆其观览焉。岁甲寅秋[12],郭君仲伟起楼于市阛之北[13],敞轶掀翥[14],越尘哄而上[15],坐视诸山,瞰临源泉,云容天影,水光山色,峨翠蛮碧[16],献奇供异[17]。名之曰"横翠",言诸山之翠,横列于下也。仲伟春秋甚富[18],尝学于荐绅先生[19]。喜交游,许与结纳皆天下豪右[20]。每于是楼之上置酒燕集[21],而余必在焉。其春烟满帘，春云绘山，西郎十二[22]，颜行玉立[23]，澄渌潇荡[24]，白鸟容与[25]，冯栏抚几，觞豆粲如[26]，志得气许[27]，把臂畅饮，开露肝臆[28]，削去町畦[29]，杯沉山影[30]，酒激纹浪[31]，吞江南之清风，吸燕赵之劲气，亦一快也。至于夏秋之交，天虚气清，红蕖绿芰[32]，香满櫋栋[33]，诸峰隐隐，出没云锦，白露滴玉，霞绮焕月，代讴燕歌[34]，间起迭作，四座淋漓，杯盘错遏[35]。壮怀清怨，写入瑶瑟[36]，银管风生[37]，翠绡凉重[38]。开元之旧曲[39]，明昌之新声[40]，揄扬缥渺[41]，浮动喜气，一楼之上，独见太平。营营之滞思[42]，冥冥之隐忧[43]，扰扰之尘蔓，孰得孰失，尽为释然。远韵高清[44]，脱去凡近，超超胜概[45]，莫得名言。呜呼！人寓形于天地，而适情于万物，初不为物役也[46]。翛然而往[47]，翛然而来，不为拘拘，不为孑孑[48]，遂古一乐也[49]。或浮沉于杯酒，或放旷于山林，或优游于廊庙[50]，用舍乘化[51]，不锢不滞，夫是之谓达士[52]。今观仲伟之自处，非古所谓达者欤？楼之成，四远英贤往往为之赋诗[53]，而请余为记。姑书其所见，且以识登览之所得云。丙辰春三月十五日记[54]。

〔1〕本文是作者应友人郭仲伟之请，为新建的"横翠楼"所作，写景抒怀，都显生动。文中好用四字句，乃至连用十六句，当是沿袭赋篇作法，却也自见特色。

〔2〕"易、定"二句：易，指易州，治所在今河北易州市。定，指定州，治所在今河北定州市。常山，即恒山，五岳中的北岳，主峰在今河北曲阳

县西北。旁礴,即磅礴。嶷(nì 逆)迆(yǐ 以),高峻连绵的样子。

〔3〕碣(jié 杰)石:山名,在今河北昌黎县西北。

〔4〕蟠(pán 盘):曲折环绕。亘(gèn 艮去声):绵延不断。

〔5〕肆:极。

〔6〕顺天:路(行政区域)名,治所在今河北保定市。

〔7〕牙错:犬牙相错,比喻地界曲折交错。棋制:如棋子分布,互相牵制。

〔8〕突兀:高耸的样子。

〔9〕"而塘泺"二句:塘泺(pō 坡),是北宋在今保定、廊坊等地沿宋辽边境挖掘的塘泊,水网密集,有防御作用。萦带,旋绕的带子,喻泉水回旋曲折。弥漫,四处分布。

〔10〕氲(yūn 氲)沦:水深广貌。泓澄:水深而清澈。

〔11〕腴(yú 于)家:富裕之家。鼎族:显赫的家族。

〔12〕甲寅:蒙古宪宗四年,即公元1254年。

〔13〕市阛(huán 环):指市场、市区。

〔14〕敞轶:轩敞,高大开豁。掀翥(zhǔ 主):同"轩翥",飞举的样子。

〔15〕尘哄:世俗的喧闹。

〔16〕峨翠:指青山。蜚碧:指绿水。蜚当为"翡"之误。

〔17〕献奇供异:指景观奇异,是拟人的说法。

〔18〕春秋甚富:是说很年轻。春秋,指年龄。

〔19〕荐绅:同"缙绅"。指有官位或做过官的人。

〔20〕许与:赞许并与之交往。豪右:豪强大族。右有"强"的意思。

〔21〕燕集:宴会。燕,通"宴"。

〔22〕西郎:指乐舞者。《诗经·邶风·简兮》以"西方美人"喻"卫之贤者仕于伶官"。

〔23〕颜行(háng杭):排在前列。玉立:喻风姿优雅。

〔24〕澄渌(lù路):清澈。澹荡:舒缓荡漾。

〔25〕白鸟:白羽毛的鸟,如白鹤、白鹭之类,喻学子洁白的品格。容与:安闲自得的样子。

〔26〕觞豆:泛指饮食。觞为酒器,豆为食器。粲如:饮食精洁的样子。

〔27〕气许:意气满足。

〔28〕开露肝胆:喻坦诚相见。

〔29〕町畦(qí齐):田界。喻人与人之间的隔阂。

〔30〕杯沉山影:酒杯中映出山的影子。

〔31〕纹浪:指酒面荡起细纹。

〔32〕蕖(qú瞿):荷花。芰(jì计):菱角。

〔33〕榱(cuī崔):橡子。

〔34〕代讴燕歌:泛指今河北省一带的歌谣。代为古国名,在今河北蔚县一带。

〔35〕错遝:交错,杂乱。

〔36〕写(xiè械):同"泻",宣泄。瑶瑟:用玉装饰的瑟(sè,古代弦乐器)。

〔37〕银管:笛或箫一类的乐器,管上用银作字,标明音调高低。

〔38〕绡(xiāo消):生丝织成的薄绢。此指伶人的衣饰。

〔39〕开元:唐玄宗李隆基早期年号(713—741)。

〔40〕明昌:金章宗完颜璟早期年号(1190—1195)。

〔41〕揄扬:高扬。缥渺:又作缥缈,高远隐约。

〔42〕营营:往来盘旋的样子。滞思:困惑难解的心绪。

〔43〕冥冥:深远。隐忧:很深的忧虑。

〔44〕远韵:高雅的韵调。

〔45〕超超:超越凡俗。胜概:佳境,美丽的景色。

〔46〕初:本。为物役:被外物驱使。

〔47〕翛(xiāo消)然:自然超脱的样子。

〔48〕孑(jié杰)孑:孤单貌。

〔49〕遂古:往古,上古。

〔50〕优游:悠闲自得。廊庙:指朝廷。

〔51〕用:被任用。舍:不被任用。乘化:顺应自然。

〔52〕达士:明智通达之士。

〔53〕四远:四方边远之地。

〔54〕丙辰:蒙古宪宗六年。即公元1256年。

王 恽

王恽(1227—1304),字仲谋,号秋涧。卫州汲县(今河南卫辉市)人。蒙古世祖中统元年(1260),由东平详议官被选至京城,次年春,任翰林修撰。至元五年(1268)拜监察御史。十四年(1277)为翰林待制。先后任河南、河北、山东等地提刑按察副使,后又任福建闽海道提刑按察使。至元二十九(1292)年起为翰林学士。后参与纂修《世祖实录》。著有《秋涧集》等。

烈妇胡氏传[1]

刘平妻胡氏,滨州渤海县秦台乡田家子[2]。至元庚午[3],平絜胡洎二子南戍枣阳[4]。垂至,宿沙河岸[5]。夜半,有虎突来,咥平左髀曳之而去[6]。胡即抽刀前追,可十许步[7],及之,径刺虎划肠而出,毙焉。趣呼夫[8],犹生,曰:"可忍死去此[9]。若他虎复来,奈何?"委装车[10],遂扶伤携幼,涉水而西。黎明及季阳堡,诉于戍长赵侯,为救药之。军中聚观,哀平之不幸,咤胡之勇烈也。信宿[11],平以伤死。赵移其事上闻[12],得复役终身[13]。嘻!胡柔懦者也。非不惧兽之残酷,正以援夫之气激于衷[14],知有夫而不知有虎也。平虽死,其志烈言言[15],方之太山号妇[16],

何壮毅哉[17]！

〔1〕此文写至元年间滨州刘平的妻子胡氏从虎口中夺回丈夫，只身刺杀猛虎的勇烈之举。此事在当时和后世影响很大，元代杨维祯《杀虎行并序》、吴师道《杀虎行》、胡奎《刘氏杀虎行》和明代李东阳《刘平妻》等诗都为此而作。《元史》卷二百《列传》第八十七"列女一"也纪之。

〔2〕滨州：今属山东省。田家子：农家人。

〔3〕至元庚午：即至元七年，为公元1270年。

〔4〕挈：带。洎（jì 既）：及。戍：这里指服役。枣阳：今属湖北省。

〔5〕沙河：当指南汝河上游。在今河南省境内。

〔6〕咥（dié 碟）：咬。髇：未见字书，似当作"髆"，肩胛。

〔7〕可：大约。十许步：十馀步。

〔8〕趣（cù 醋）：通"促"。赶快。

〔9〕去此：离开这里。

〔10〕委：丢弃。装车：运行装的车。

〔11〕信宿：住了两夜。

〔12〕移：递送。上闻：报闻于上级。

〔13〕复役：免除徭役。

〔14〕衷：内心。

〔15〕言言：很盛的样子。

〔16〕方：比较。太山号妇：典出《礼记·檀弓下》："孔子过泰山侧，有妇人哭于墓者而哀。夫子式而听之，使子路问之，曰：'子之哭也，壹似重有忧者。'而曰：'然。昔者吾舅死于虎，吾夫又死焉，今吾子又死焉。'夫子曰：'何为不去也？'曰：'无苛政。'子曰：'小子识之！苛政猛于虎

也。'"太山,即泰山。

〔17〕杨维祯《杀虎行》诗末云:"可怜三世不复仇,泰山之妇何足数?"用的是同样的对比。壮毅:壮烈坚强。

方　回

方回(1227—1307),字万里,号虚谷,别号紫阳山人。徽州歙县(今安徽歙县)人。南宋理宗景定三年(1262)进士及第。曾提领池阳郡茶盐干官。后知严州。元兵至,不战,举城迎降。受命为建德路总管。晚年则倡讲道学。著有《桐江集》、《瀛奎律髓》等书。

秀亭记[1]

桐江之水至清也,山至奇也。山水之间,其林壑至幽而深也。沿歙浦溯浙涛上下泳游[2],镠沙玉石[3],星灿弈布[4];虾须鱼髯[5],黛曳锦摇[6]。绀苔之发[7],翠藻之缕[8],可俯舷仰视而细数[9]。至其遇迅滩[10],扼湍濑[11],雷吼雪喷,旋涡跳沫,牵者偻[12],篙者呼[13],足蹈樯如飞猱[14],寸攀尺进。一失手,磴撞矶触[15],老鼋馋蛟相贺于渊洑矣[16]。

夹以穹岸,束以峭壁,危峰怪岫,障日潝雾[17]。试尝扪萝危陟[18],穿榛曲步[19],高挂青霄,下入异谷。种橡艺葵之土[20],无一席之平,而枯椿断崖,隔径绝蹊,横如修蛇[21],偃如寝虎[22]。间与厮畬掘苓者值[23],有木客毛人[24],奔麕急鹿之意[25],互骇而交愕[26],乃者偃武节,荡兵氛[27]。疑衲子梵场[28]，羽流隐洞[29]，必有阴专环而私擅胜者[30]。究求探讨，无修廊巨阙[31]，金飞碧耀之观[32]；无燠房凉廊[33]，茗树药窝[34]，谈禅问道，憩惫涤霜之所[35]。非颓丘败冢之惨怆[36]，即芜社荒祠之圮落[37]。顾问荛夫纺姬[38]，亦有胂赀大姓[39]，朱户华轩，退官寓公[40]，名园珍墅[41]，可寓目者乎[42]？率瞠然不答[43]。

夫如是，余虽为太守七年于兹，境与心违[44]，事随影瘵[45]，未尝有一日之乐也。侨寓之北[46]，子垣之东[47]，峻阜孤圆[48]，夷址中削[49]。烦痾之暇[50]，独盘礴临眺其上[51]，脑鼻芬馨[52]，齿舌津液[53]，耳纳佳韵[54]，目眩殊彩[55]，臂指便轻，发毛飒爽。更谯治寺之丹垩[56]，市楼里闬之黑白[57]，墙仞塔级[58]，酤帘思旌[59]，绚竹树而飞烟霞[60]。风帆沙鸟之去来，旅鞍征帽之出没[61]，台钓翳弋[62]，饷槛樵镵[63]，经水云而纬坂隙[64]。葩卉竞而阳春媚[65]，电霆驾而时雨作[66]。气肃景朗[67]，绮织绣组[68]，黄稻粟而丹柏枫[69]；尘销雨霁[70]，瑶镂瑜雕[71]，素冰霜而缟雪月[72]。尽去鸿于无壁之天[73]，煜疏灯于欲暝之野[74]。角遥吹其如怨[75]，笛孤起而忘归[76]。余于是叹而笑曰："异哉！此亦足以忘忧矣。"而太守不知[77]，乃延宾客致父老而征其故[78]。曰："此所谓秀亭者，三植三废[79]，今二百馀年矣。""亭之兴复尝有记乎[80]？"曰："无之。"

嘻！是邦也，水至清也而激，山至奇也而刻[81]，林壑至幽深也而阒寂[82]。惟斯亭也，挹清敛奇[83]，擢幽拔深，无激刻阒寂之病,而有千幻万化不可名之秀[84]。民何独不然?龃龉于险阻之域[85],杌楻于冥昧之区[86],茹凄酸[87],揽凉瘠[88],忧丛而乐溃[89],秀安在哉?据之要会而通其塞[90],纳之宏敞而明其晦[91]。生意妍好[92],嘉气娟净[93],冶思泽态[94],腾菁发华[95],乐至而忧遗,秀者出矣。无位之士[96],忧乐惟己[97]。忧人之忧,乐人之乐者,太守责也。余日与同志舣咏于斯[98],其能登邦人于乐而脱其忧[99],如斯亭之足以颖脱群秀否乎[100]?抑昔人有亭而无记,摭其秀不衷其实[101],余也荫茂木以代亭[102],绘太空而作记[103],物易朽而文难磨[104],盖不以奓橡错槛秀其秀于一时[105],而将以精钩神索实其秀于无穷也[106]。至元十八年辛巳三月望方回记[107]。

〔1〕此文写于作者任严州知府时。南宋严州府下辖淳安、建德、桐庐等地。文中描绘了桐江一带的秀丽山水,文笔优美,辞采华茂,富于变化。作者通过对自然风光的描绘,表达了自己身为知府,"忧人之忧,乐人之乐",不以自然之乐为满足,而希望能"登邦人于乐而脱其忧"的美好心愿。桐江,水名,在浙江桐庐县境内与桐溪相汇合,称桐江。

〔2〕歙(shè 设)浦:在安徽歙县东南十五里,是新安江与练溪交汇的地方。溯:逆着水流而上。浙涛:指浙江。

〔3〕镠(liú 刘):纯美的黄金。

〔4〕弈:棋。

〔5〕鱼鲛(jiǎo 角):鱼须。

〔6〕黛曳锦摇:形容鱼虾的须斑呈现出不同的颜色,在水中摇曳摆动。

〔7〕绀(gàn赣)苔:指沿岸所生的红青色的苔藓。绀,深青中透红的颜色。发:指苔藓的毛须。

〔8〕翠藻:指江中浮动的绿色的水藻。

〔9〕俯舷:爬在船舷上向下俯视。

〔10〕迅滩:水流迅疾的险滩。

〔11〕湍濑:湍急的水流。濑,沙石上的急流。

〔12〕牵者:指牵夫。偻:脊背弯曲。形容用力拉牵的样子。

〔13〕篙者:撑篙驾船的人。

〔14〕蹈:踩。这里指踩着杆子往上爬。樯:桅杆。猱(náo挠):猿猴的一种。

〔15〕磴撞矶触:即撞磴触矶。磴(dèng凳),指岸边的石级。矶,江河边上突出的石头。

〔16〕老鼋(yuán元)馋蛟:指各类水怪。洑(fú浮):漩涡。

〔17〕障日:遮蔽太阳。滃(wěng蓊):云气四起的样子。

〔18〕危陟:冒险攀登。

〔19〕穿榛:穿越树丛。曲步:曲腿行走。

〔20〕艺:种植。葖(tū秃):萝卜。

〔21〕修:长。

〔22〕偃:倒卧。寝虎:睡虎。

〔23〕间:偶尔。劚畲(zhǔ shē 主奢):指垦荒种地。劚,挖。畲,放火烧荒播种。苓:草药名,分茯苓和猪苓。值:相遇。

〔24〕木客:传说中的山中怪兽。形颇似人,手脚爪如钩。唐皮日休《寄琼州杨舍人》诗说:"行遇竹王因设奠,居逢木客又迁家。"毛人:传说中的野人。

〔25〕麇(jūn君):獐子。形似鹿,易受惊,善奔走。

〔26〕骇:与"愕"互文,都是吃惊的意思。

〔27〕"乃者"二句:意思是说,垦荒掘苓的人突然间遇到外人,都显得很警惕,马上做出了自卫的准备,待到看清对方后,便放松了下来。偃,停止。武节,勇武之气。荡,清除。

〔28〕疑:怀疑。衲子:指和尚。因和尚穿百衲衣,故称。梵场:指寺院。

〔29〕羽流:指道士。因道士有穿羽衣之说,故称。隐洞:隐居的山洞。

〔30〕阴:暗中。专:专有。环:指环绕的美景。擅:独占。胜:胜景。

〔31〕巨阙:高大的殿阙。

〔32〕金飞碧耀:金碧辉煌,光芒四射的样子。观:宫观。

〔33〕燠(yù预)房:暖房。牖:窗子。

〔34〕茗树:茶树。药窝:长满草药的坑窝。

〔35〕憩:休息。涤:清除。霿(méng萌):愚蒙。

〔36〕颓丘:倒塌的山丘。败冢:荒坟。

〔37〕芜社荒祠:荒芜废弃的社庙和祠堂。圮(pǐ匹)落:坍塌败落。

〔38〕顾:访问。荛(ráo饶)夫:打柴草的人。纺妪(yù玉):纺织的老妇人。

〔39〕腴赀(zī姿)大姓:指富家大姓。腴,丰裕。赀,钱财。

〔40〕退官寓公:退休的官员和侨寓的贵公。

〔41〕珍墅:精美的别墅。

〔42〕寓目:指观赏。

〔43〕率:都。瞠然:瞪着眼睛答不出来的样子。

〔44〕境与心违:即环境不称心意。违,违背。

〔45〕事随影瘵(zhài寨):即事事不如意。瘵,病,困顿。

〔46〕侨寓:指所侨居的地方。

〔47〕子垣:指房屋周围的小矮墙。

〔48〕峻阜:高高的土山。

〔49〕夷址中削:中间有一块平坦的地方如同削出来的一样。

〔50〕烦痾(ē 阿):烦闷。痾,病。

〔51〕盘礴:徘徊。临:向下看。眺:向远看。

〔52〕脑鼻芬馨:形容空气新鲜,头脑清醒。

〔53〕齿舌津液:形容因精神爽快而齿舌生津。

〔54〕纳:接纳,指听。佳韵:指大自然中悦耳的声音。

〔55〕眩:迷乱。形容看不过来。殊彩:指周围大自然中缤纷奇特的色彩。

〔56〕更谯(qiáo 桥):打更的谯楼。治寺:治所附近的寺庙。丹垩(è 饿):指用红色粉刷的墙壁的颜色。

〔57〕里闬(hàn 汉):闾巷中的门。闬,里门。

〔58〕仞:古代长度单位,八尺(一说七尺)为一仞。这里指墙的高度。塔级:塔的层数。级,层。

〔59〕酤帘:酒店前的帘子。思旌:祭悼死者的旌幢。

〔60〕绚竹树而飞烟霞:此句的正常顺序应是竹树绚而烟霞飞。绚,绚烂多彩。

〔61〕旅鞍征帽:代指过往的行旅之人。

〔62〕台钓:在高台上垂钓。翳弋(yì 义):披着用草木做的伪装射鸟。翳,草木做的用来隐藏射者的伪装。弋,射鸟。

〔63〕饷榼(kē 苛):送饭时用来装水或酒的器具。樵镵(chán 缠):砍柴用的镵。镵,一种铁制的掘土或砍物的工具。

〔64〕经水云而纬坂隰(xí 习):指把云霞流水和坂坡隰原联缀成一幅图画。坂,坡。隰,低湿的平地。

〔65〕葩卉竞:指鲜花争放。媚:明媚。

〔66〕电霓驾:闪电兴起,彩虹高驾。时雨:阵雨。作:起。

〔67〕气肃景朗:空气清肃,阳光明朗。景,阳光。这句是写时序已到了秋天。

〔68〕绮织绣组:形容大自然秋天的景色像五彩丝织品一样。绮,有花纹的丝织品。组,编织。

〔69〕桕(jiù旧):木名。又叫乌桕,落叶乔木,叶子经秋变红。

〔70〕霁:雨过天晴。这句是说雨季结束,时令已进入冬天。

〔71〕瑶镂瑜雕:形容大自然冬天的景象是冰封雪裹,宛如用白玉雕镂而成的一般。瑶、瑜,都是美玉名。

〔72〕素:此字《宛委别藏四十种》本《桐江集》原空缺,兹据上下文意补。缟:白。

〔73〕无壁:形容天空晴朗,视线广阔,毫无遮挡。

〔74〕煜:明亮。欲暝:天将黑的样子。

〔75〕角:号角。

〔76〕孤起:指在寂静的四周升起了孤单的笛声。忘归:使听者忘归。

〔77〕太守:方回自指。

〔78〕致:招徕。征:询问。

〔79〕植:树立。

〔80〕兴复:修复。尝:曾。记:文体名。多记述建亭的原因和时间等。

〔81〕刻:陡峭。

〔82〕阒(qù去)寂:静寂。

〔83〕挹(yì亿):本义为舀,这里是聚集的意思。敛:聚集。

〔84〕不可名:说不出。名,命名。

〔85〕龃龉(jǔ yǔ举宇):上下牙齿对不上。这里比喻同四周环境不相适应。

〔86〕杌楻(wù niè 务聂):同"杌陧"。不安的样子。冥昧:幽暗的样子。

〔87〕茹:吃,经受。凄酸:辛酸。

〔88〕揽:承受。凉瘵:荒凉和贫瘠。

〔89〕丛:丛聚。溃:溃散,消失。

〔90〕要会:道路交会的要地。塞:闭塞。

〔91〕纳:放置。宏敞:宽敞的地方。晦:阴暗。

〔92〕生意:生气意态。妍:美好。

〔93〕嘉气:美好的气氛。娟净:美好纯净。

〔94〕冶思泽态:指良好的心情和光鲜的容态。

〔95〕腾:升。菁:华彩。

〔96〕无位之士:指没有官爵的人。

〔97〕忧乐惟己:忧乐只取决于自身。

〔98〕觞咏:饮酒咏诗。

〔99〕登邦人于乐:使邦人登于快乐的境地。邦人,指本乡之民。

〔100〕颖脱:明显地超出。

〔101〕撫:取。裒(póu 抔):聚。

〔102〕荫茂木以代亭:以茂木的树荫代替亭子。

〔103〕绘:描绘。

〔104〕磨:磨灭。

〔105〕砻(lóng 聋)椽:磨光的椽子。错槛:错杂的栏杆。秀:第一个"秀"是动词,意思是使其秀。第二个"秀"是名词,当秀丽讲,指秀亭之景。

〔106〕钩:与"索"同意。思索,探索。实:充实。

〔107〕至元十八年:即公元1281年。望:月圆之时,一般指农历每月的十五日。

觉喜泉记[1]

《九成宫醴泉铭》，欧阳率更书[2]，而醴泉之名千百世不朽，以其字也；灵隐冷泉亭[3]，得骆宾王、宋之问之句[4]，而冷泉之名千百世不朽，以其诗也；欧阳公为孤山僧惠勤赋《山中乐》[5]，苏长公名其泉曰"六一泉"[6]，而六一泉之名，亦千百世不朽，以欧、苏文章甲天下也。泉不能自重，赖人以为重。吴隐之所酌贪泉不贪[7]，柳子厚所穴愚泉不愚[8]，人重则泉重，明矣。

天目山之东峰，吴门天纪行恢长老居之[9]，回之诗友也。一入山，数载不出，只身之外，无侍者。年三十六，力修苦行[10]，时以佳句见寄。邻僧智俊、大用、祖意、大喜、崇清五上人俾回记其所居之泉曰"觉喜"[11]。回粗读佛书，通晓觉喜之意，然不敢舍本来面目，出口谗言，又自知无妙画佳吟大手笔[12]，词藻足为斯泉之重。虚翁拈醉翁之调而歌曰[13]：山行六七里，渐闻水声，潺潺然泻出于两峰之间者，觉喜泉也。有庵岿然临于泉上[14]。结庵者谁？山之僧曰行恢也。虚翁为谁？紫阳方回也。

〔1〕此文记叙觉喜泉的由来，并得出"泉不能自重，赖人以为重"的结论。从而突出觉喜泉主人行恢长老力修苦行的高尚之德。
〔2〕"《九成宫醴泉铭》"二句：《九成宫醴泉铭》，唐碑。魏徵撰文，

欧阳询书丹。立于唐太宗贞观六年(632)。碑文记载唐太宗在九成宫避暑时发现涌泉的事。欧阳率更,指欧阳询(557—641)。询字信本,潭州临湘(今湖南长沙)人。唐代书法家。曾官太子率更令,故后世又称欧阳率更。

〔3〕灵隐:山名。在杭州市西湖西北。山上有灵隐寺,寺前有飞来峰、冷泉、龙泓洞等胜景。冷泉亭:在灵隐寺前冷泉之上。

〔4〕骆宾王:唐代文学家。婺州义乌(今浙江义乌)人。曾任临海丞。后随徐敬业起兵反对武则天,兵败后下落不明,或说被杀,或说出家为僧。宋之问:唐代诗人。一名少连,字延清,汾州(今山西汾阳)人,一说虢州弘农(今河南灵宝)人。上元进士,官至考功员外郎。睿宗时被贬钦州,后赐死。据《唐诗纪事》卷七记载:"宋之问贬黜放还,至江南,游灵隐寺。夜月极明,长廊行吟曰:'鹫岭郁岧峣,龙宫锁寂寥。'句未属。有老僧点长明灯,问曰:'少年夜久不寐,何耶?'之问曰:'适偶欲题此寺,而兴思不属。'僧请吟上联,即曰:'何不云:楼观沧海日,门对浙江潮。'之问愕然,讶其遒丽。又续终篇曰:'桂子月中落,天香云外飘。扪萝登塔远,刳木取泉遥。霜薄花更发,冰轻叶未凋。待入天台路,看余渡石桥。'迟明更访之,则不复见矣。寺僧有知者曰:'此宾王也。'"此句即用此典实。

〔5〕欧阳公:指宋代文学家欧阳修。惠勤:和尚名。此事典见苏轼《六一泉铭·序》。

〔6〕苏长公:指苏轼。六一泉:在杭州市西湖孤山下。欧阳修在杭州时,与西湖僧人惠勤交好。后苏轼任杭州太守,为了纪念欧阳修,把惠勤讲堂后的泉水称为六一泉,并作有《六一泉铭并序》。

〔7〕吴隐之(?—413):字处默。晋鄄城(今山东鄄城县)人。博涉文史,以儒雅见称。初任辅国功曹,累迁至晋陵太守、广州刺史,皆有操守。贪泉:在今广东省南海县西北。又名石门水、沉香浦、投香浦。相传

人若饮了该泉的水,便会变得贪心无厌。晋吴隐之生性廉洁,桓玄为了革除岭南的弊政,乃任命他为广州刺史。隐之到贪泉上曾酌水而饮,并赋诗说:"石门有贪泉,一酌重千金。试使夷齐饮,终当不易心。"

〔8〕柳子厚:唐代文学家柳宗元,字子厚。愚泉:柳宗元贬徙永州时,在所居附近曾挖一泉,取名愚泉。并作有《愚溪诗序》一文。

〔9〕吴门:今江苏省苏州市。行恢:和尚的法名。长老:指道行较高的和尚。

〔10〕力修苦行:刻苦修行。力,致力。

〔11〕上人:对和尚的尊称。俾:使,让。

〔12〕妙画:高妙的绘画。佳吟:指好诗句。

〔13〕虚翁:方回自称,因其号虚谷,故有此称。醉翁:指欧阳修。欧阳修自号醉翁,曾作有《醉翁亭记》一文。

〔14〕庵:小庙。岿然:高高挺立的样子。

心境记〔1〕

世之人喜新而恶常,厌夫埃坌卑湫之为吾累〔2〕,而慕夫空妙超旷以自为高〔3〕,则山经海图崖梯波航之所传闻〔4〕,足以幻世而骇众〔5〕。其说以为扶桑之东有三神山〔6〕,长生之药所自出;昆仑之巅曰阆风〔7〕,其中有五城十二楼,西王母居焉〔8〕。代之五台清凉〔9〕,蜀之青神大面〔10〕,凌云、三峨兜绵之台〔11〕,金桥金灯示现之地〔12〕,四明有普陀落伽大士之岛〔13〕,天台有刘晨、阮肇桃花之溪〔14〕,则又皆其近在中国而间有至焉者也。是以幽人逸客之有志于斯者〔15〕,或欲弃捐世事[16]，赢粮而从之[17]。

惟晋陶渊明则不然[18]，其诗曰："结庐在人境，而无车马喧。"[19]有问其所以然者，则答之曰："心远地自偏。"吾尝即其诗而味之[20]，东篱之下，南山之前，采菊徜徉[21]，真意悠然。玩山气之将夕[22]，与飞鸟以俱还，人何以异于我，而我何以异于人哉？"盥濯息檐下，斗酒散襟颜。"[23]人有是，我亦有是也。其寻壑而舟也[24]，其经丘而车也[25]，其日涉成趣而园也，岂亦抉天地而出而表[26]，能飞翔于人世之外耶[27]？

顾我之境与人同，而我之所以为境，则存乎方寸之间[28]，与人有不同焉者耳。昔圣门之言志也[29]，子路则"率尔而对"矣。"求，尔何如？""赤，尔何如？"则亦各言之矣。然后点也"铿尔，舍瑟而作，曰：'异乎三子者之撰。'"[30]然则此渊明之所谓心也，心即境也，治其境而不于其心[31]，则迹与人境远[32]，而心未尝不近[33]。治其心而不于其境，则迹与人境近，而心未尝不远。蜕人欲之蝉[34]，不必乘列子之风也[35]。融天理之春[36]，不必吹邹衍之律也[37]。以此心处此境者，桐江马君天骥也[38]。观其境而知其心者，前太守紫阳方回也[39]。

于是援无弦琴而为之歌曰[40]：境而仙乎，敷落其天乎？境而佛乎，《华严》其国乎[41]？境而隐乎[42]，石其漱、流其枕乎[43]？农其家不啬不奢，我境桑麻[44]；儒其居奚槁奚脤[45]，我境诗书[46]。境之圃蔬可以俎[47]，莫狐予侮[48]；

境之泉钓则有鲜〔49〕,莫蛟予涎〔50〕。匪宫珠兮室贝〔51〕,匪玉堂兮门金〔52〕。问世之雄风安在,曰:"九万里斯在下矣。"〔53〕此所以为心境之心。

〔1〕此文为一篇说理之作,作者集中论述了治境在于治心,若"治其境而不于其心,则迹与人境远,而心未尝不近",这也就是陶渊明所说的"心远地自偏"。所以他以为人如果要想超脱尘俗,就应在自身修养上下功夫,不必依赖外部的环境和条件。

〔2〕埃坌(bèn本四声):尘埃。坌,尘土。卑湫(jiǎo狡):低湿之地。湫,低洼。

〔3〕空妙:佛教语,指空寂精微。超旷:超世旷俗。高:高明。

〔4〕山经海图:泛指记录山脉海洋的舆地类书籍。其中通常记载有关各地名山和大海的传说。崖梯:指登山探胜。波航:指海外游历。

〔5〕幻:迷惑。

〔6〕扶桑:旧时谓东方极远之地有古国名扶桑。三神山:指蓬莱、方丈、瀛洲三岛,在渤海中,相传为神仙所居。

〔7〕昆仑:山名。本在新疆西藏交界的地方,东延入青海省境内。这里指所谓神话昆仑,乃是传说中的西方神山,与现实中的昆仑山没有关系。阆风:山名。相传为仙人所居,在昆仑之顶。

〔8〕西王母:神话传说中的女神。相传她虎齿、蓬发、戴胜、善啸。后世戏曲小说多以她为美貌之女神。

〔9〕代:战国时国名,都城在今河北省蔚县。这里当指代州,即秦汉时的雁门郡(今山西代县)。五台:山名。在今山西省忻州市。清凉:是五台山的别名。

〔10〕蜀:指四川省一带。青神:疑为"青城"之误。青城,山名,在四川省都江堰市。大面:也指青城山。青城山是岷山的第一峰,前称青

城峰,后叫大面山。

〔11〕凌云:台名。在河南洛阳市。三国时魏文帝曹丕筑。三峨:指峨嵋山。在四川省西南部。因峨嵋山有大峨、中峨、小峨三峰,故有三峨之称。兜绵:兜罗绵,印度的一种木本棉花,这里形容缭绕在凌云台和峨嵋山上的白云。

〔12〕金桥:据《名山记》载,相传峨嵋雷洞山空中曾出现过一道金桥,并有紫云捧之,过了很久才消除。金灯:金灯出现的传说也见于《名山记》。相传峨嵋山曾出现过文殊现灯的奇观。

〔13〕四明:元代庆元路的别称,因境内四明山得名。治今浙江宁波。普陀:指普陀山。在浙江省东部。落伽大士之岛:指落伽山,为普陀山东南的一个小岛,相传观音大士曾在此修行。

〔14〕天台:县名。在浙江省东部。刘晨、阮肇:相传为东汉时人。据刘义庆《幽明录》记载,东汉永平年间,浙江剡县人刘晨、阮肇到天台山采药迷路,饥食山中野桃,寻水来到一条大溪边,遇到两个仙女,被邀至其家。过了半年以后,二人回到家中,子孙已过了七代人。

〔15〕幽人逸客:指喜欢过隐居生活的人。

〔16〕世事:指各种世俗的事务。

〔17〕赢粮:带着干粮。赢,背,担。从:追随。

〔18〕陶渊明:东晋著名诗人。

〔19〕"结庐"两句:出自陶渊明《饮酒二十首》之五。结庐,结舍,建屋。人境,尘世。

〔20〕即:就着。味:体味。

〔21〕徜徉:逍遥徘徊。

〔22〕玩:玩赏。

〔23〕"盥濯"两句:出自陶渊明《庚戌岁九月中于西田获早稻》诗中。盥濯,洗漱。斗,一种酒器。

〔24〕壑:大水沟。舟:乘舟。

〔25〕车:乘车。

〔26〕抉天地而出而表:即超出天地之外的意思。抉,撬开。表,在……之外。

〔27〕人世:尘世。

〔28〕方寸:指心。

〔29〕圣门:指孔子之门。言志:谈论志向。

〔30〕"子路"以下数句:这段文字节引自《论语·先进》。记录了孔子和他的学生子路(名由)、冉有(名求)、公西华(名赤)、曾皙(名点)谈论志向的内容。率尔,轻率的样子。铿尔,象声词,把瑟推置一边的声音。舍,放下。作,站起来。三子,指子路、冉有、公西华,因曾皙是最后一位发言的,故云。撰,具,这里指前面三个人所持的志向。

〔31〕于:及,到。

〔32〕迹:踪迹。

〔33〕心未尝不近:指心中并没有摆脱俗心杂念,仍然与世俗的观念离得很近。

〔34〕蜕人欲之蝉:像蝉脱壳一样脱去世俗的欲望。

〔35〕列子:名御寇,郑国人。相传是战国时道家学派思想家。据《庄子·逍遥游》载:"夫列子御风而行。"

〔36〕天理:宋元理学家所强调的一种存在于天地自然之中的绝对理念。

〔37〕邹衍:战国时齐国人。律:这里指用竹管或金属管制成的定音或测验气候的工具。《列子》记邹衍吹律使北地气候暖和,因有"邹律"之说。

〔38〕马天骥:桐江(今浙江桐庐县)人。生平不详。

〔39〕前太守:方回曾任严州知府,此时已离任此职。紫阳:山名,在

93

安徽歙县城南。

〔40〕无弦琴:据萧统《陶渊明传》记载:"渊明不解音律,而蓄无弦琴一张,每酒适,辄抚弄以寄其意。"这里借无弦琴来表示作者在物我两忘时的一种悠然自适的情怀。

〔41〕《华严》:佛经名。全名为《大方广佛华严经》。

〔42〕隐:隐居。

〔43〕石其漱、流其枕:即以石为枕,临流水而洗漱的意思。这是对隐士生活的写照。

〔44〕我境桑麻:指农家以桑麻之事为心境之所在。

〔45〕奚:哪里。槁:贫寒。腴:丰裕。

〔46〕我境诗书:指读书人以诗书为自己的心境之所在。

〔47〕圃:菜园子。蔬:蔬菜。俎(zǔ 祖):本为切肉或切菜用的小案板。这里是烹调的意思。

〔48〕莫狐予侮:即没有狐狸会来欺侮我。因为狐狸是不吃蔬菜的。

〔49〕鲜:指鱼。

〔50〕莫蛟予涎:即没有蛟龙会对着我垂涎。因为蛟龙是在大海中。

〔51〕匪:通"非"。室贝:贝壳装饰的房屋。

〔52〕玉堂:美玉砌成的华堂。门金:黄金做成的门。

〔53〕"九万里"句:此句出自《庄子·逍遥游》。意思是当人们真正超越了尘俗的观念以后,尘俗的世界就被远远地抛在你的下面了。

姚 燧

姚燧(1238—1313)，字端甫，号牧庵，河南洛阳人。三岁而孤，由伯父姚枢抚育长大，随许衡受学。三十八岁时，始为秦王府文学。不久，授奉议大夫，兼陕西、四川、中兴等路儒学提举，累官翰林直学士、大司农丞。元成宗元贞元年(1295)，以翰林学士主修《世祖实录》。后拜江西行省参政。武宗至大二年(1309)，授翰林学士承旨、知制诰兼修国史。四年，南归。姚燧为文闳肆该博，有西汉风。著有《牧庵集》。

序江汉先生事实[1]

某岁乙未[2]，王师徇地汉上[3]。军法，凡城邑以兵得者[4]，悉阬之[5]。德安由尝逆战[6]，其斩刘首馘[7]，动以十亿计[8]。先公受诏[9]，凡儒服挂俘籍者皆出之[10]，得故江汉先生[11]。见公戎服而髯[12]，不以华人士子遇之[13]。至帐中，见陈琴书[14]，愕然曰[15]："公亦知事此耶？"公为之一莞[16]。与之言，信奇士[17]，即出所为文若干篇。以九族殚残[18]，不欲北[19]，因与公诀，蕲死[20]。公止共宿，实羁戒之[21]。既觉[22]，月色烂然，惟寝衣留故所。公遽鞍马周号于积尸间[23]，无有也；行及水裔[24]，见已被发脱履[25]，仰天而祝[26]。盖少须臾[27]，蹈水未入也。公曰："果天不生君[28]，与众已同祸。爰其全之[29]，则上承千百年之统[30]，而下垂千百世之绪者[31]，将不在是身耶？徒死无义[32]，可保君而北无他也。"

至燕[33]，名益大著[34]。北方经学，实赖鸣之[35]。游其门者将百人[36]，多达材其间[37]。燧生也后，不及拜其屦前，获识其子卿月者七年矣[38]，凡再见之[39]。初以府僚见之洛阳[40]，虽尝以好兄余[41]，犹未语此。今以宪属来邓[42]，始及之[43]，且德先公不忘也[44]。

燧曰：呜呼！自先公言之[45]，夫既受诏，出之军中，而使之死不以命，非善其职。且儒同出者将千数，才得如先生一人，而使之泯没无闻[46]，非崇其道[47]。此公所惧而必生之也[48]。自先生观之，孰亲于其七尺之躯，而大其所关[49]？人持瓦缶[50]，将败之[51]，犹有惜而不果者[52]。必茹毒罹祸[53]，不可一日居[54]，故忍而为此[55]，出处非不思也[56]。乃中夜以兴[57]，蹀膏血以御魑魅[58]，径林莽以触虎豹[59]，而始及水，仰天而祝，其行非不决也[60]。夫思而后行，行之以决，则其势多难夺于中路[61]。使非先公自行[62]，而他人赴之，能舍所忍为[63]，以回其复生之志[64]，收其已游之魄，反就是一日不可居之祸毒乎[65]？由是言之，先生之死，求以无辱，不以全归[66]。其生也，不以有赴，而以知己，此其胸中揆制一时相为高下之权衡也[67]。然古之人为知己死者有之，无有为知己而生者。先生以古人所不为者报之先公[68],而先公所受先生也已多矣。奚德哉[69]?卿月与余相视一泫[70]。卿月归,序所与言者赠之。

〔1〕此文记述了元初著名理学家赵复入元时的一些事实,对元军在征服过程中残酷的杀戮行为也有所反映。江汉先生,姓赵名复,字仁甫。德安(今湖北安陆)人。元初理学的代表人物。因其家居江汉之上,故以江汉自号,学者称之为江汉先生。著有《传道图》、《伊洛发挥》等。

〔2〕乙未:指蒙古太宗七年,即公元1235年。

〔3〕王师:指元朝的军队。徇:攻取。汉上:指汉江一带。

〔4〕以兵得:指通过战争而攻取。

〔5〕悉:全。阬(kēng 坑):通"坑",活埋。

〔6〕由:由于。逆战:迎战,此处意为抵抗。

〔7〕刈(yì 忆):杀。馘(guó 国):古时战争中割取所杀敌人的左耳以计数献功。

〔8〕动:动辄。十亿:形容数量之多。

〔9〕先公:指姚枢(1203—1280),字公茂,号雪斋,又号敬斋。洛阳人。姚燧伯父。受知于忽必烈,累官翰林学士承旨。先,已故的。

〔10〕出:挑选出来。《元史》卷一八九《赵复传》载:"太宗乙未岁,命太子阔出师师伐宋,德安以尝逆战,其民数十万,皆俘戮无遗。时杨惟中行中书省军前,姚枢奉诏即军中求儒、道、释、医、卜士,凡儒生挂俘籍者,辄脱之以归,复在其中。"

〔11〕故:已故的。

〔12〕戎服:军服。

〔13〕华人:指汉人。遇:对待。

〔14〕陈:陈列。

97

〔15〕愕然:吃惊的样子。

〔16〕莞(wǎn晚):笑的样子。

〔17〕信:确实。

〔18〕九族:这里意为很多亲族。殚(dān丹)残:全被杀。殚,尽。残,杀。

〔19〕北:北上。

〔20〕蕲(qí齐):通"祈"。求。

〔21〕羁戒:看守。羁,守束。戒,防备。

〔22〕觉:睡醒。

〔23〕遽:急忙。鞍马:骑马。周号:绕着圈呼喊。

〔24〕水裔:水边。裔,边。

〔25〕被发:披发。

〔26〕祝:祈祷。

〔27〕少须臾:迟片刻。

〔28〕生:使活着。

〔29〕爱:于。全:保全。

〔30〕承:继承。统:道统。

〔31〕垂:传。绪:馀绪。

〔32〕徒:白。

〔33〕燕:燕京,即今北京。为元朝首都。

〔34〕名:名声。益:更。

〔35〕赖:依靠。鸣:宣传。《元史·赵复传》说:"北方知有程、朱之学,自复始。"

〔36〕游:从游,学习。

〔37〕达材:通显的人才。

〔38〕获:得以。卿月:赵复子,生平不详。

〔39〕凡:总共。再:两次。

〔40〕府僚:幕僚。

〔41〕好:世好。指上辈有交情。兄余:以我为兄。

〔42〕宪属:御史的属官。邓:指邓州。即今河南邓州市。

〔43〕及:谈到。

〔44〕德:感激。

〔45〕自先公言之:从(我)已故伯父的角度讲。

〔46〕泯没:消失。

〔47〕崇其道:使其道发扬广大。崇,广大。

〔48〕必:一定。生之:让他活下来。

〔49〕大:大于。所关:指所关心之事,指所持之道。

〔50〕瓦缶(fǒu否):瓦罐。

〔51〕败:打破。

〔52〕犹:仍。惜:可惜。不果:不实行。

〔53〕茹毒罹祸:遭受痛苦和祸害。毒,痛苦。罹,遭。

〔54〕居:停留。即忍受的意思。

〔55〕忍:忍心。

〔56〕出处:进退。

〔57〕中夜:半夜。兴:起。

〔58〕蹀(dié碟):踏,踩。御:抵挡。魑魅(chī mèi吃媚):传说中能害人的怪物。这里泛指鬼魂。

〔59〕径:经过。触:冒着。

〔60〕决:果决。

〔61〕势:情势。夺:改变。中路:中途。

〔62〕使:假使。

〔63〕舍:放弃。忍为:忍心要做的事。

〔64〕回：唤回。复生：重新活下来。

〔65〕就：走向，靠近。

〔66〕全归：全身而回。

〔67〕揆制：估量裁决。相为高下：比较孰高孰低。

〔68〕报：报答。

〔69〕奚德哉：哪里用得着感激呢？

〔70〕泫（xuàn 炫）：流泪。

南平楼记[1]

天下有形便之地，如衣之领，身之项也。在战国世[2]，秦函谷、齐历下、韩宜阳、魏马陵、赵井陉、燕易水[3]，我守之足以为固[4]，敌有之，踵不旋[5]，国随以亡。方地千里且然，况楚之襄汉为南土六千里，东南两际海[6]，可出战以入守之领项乎[7]？晋羊祜之规以平吴[8]，梁萧衍之资以袭齐[9]，无不由此者也。其甚惜者[10]，当顾成庙襄阳下矣，守臣北人[11]，歌讴思归，弃而弗戍[12]，使宋窃筑[13]。辟荆制阃[14]，因唐节度牙城南门为雄楼[15]，扁曰"山南东道[16]"，恃为北鄙[17]，以扞天刑[18]。岂彼炎赵九鼎[19]，时未沦泗耶[20]？

世祖潜藩[21]，岁壬子[22]，尝置屯田万户府于邓[23]。后易为都督府，又易为统军司[24]。戍兵积谷，与襄掎角[25]，凡十五年[26]。乃大集天下之兵，又长围六年而下之[27]。其明年[28]，诏故太傅巴延公节度围襄诸军[29]，而济以新师南伐[30]。比其启行[31]，实下申令斯楼[32]。旬月乱汉而南[33]，浮江而东[34]。濒岸之城[35]，迎下恐后。虽惊风之振槁叶[36]，瓴水之建高屋[37]，有未易以喻其速者。宋社既墟[38]，循本以求[39]，高观而思，则斯楼其南平之基乎[40]？后为戍守故万户杨侯珪府之[41]，治事其上[42]。岁久檐倾榱腐，人之过之必仰视，鞭马疾驰，惴惴然恐瓦木之击轧[43]。嗣侯万户显祖谋新之[44]，赋竹木瓦一军[45]。或劝其听省命[46]；或以为役大作众[47]，非尽岁成功不能；或教小易故败[48]，无大擿修[49]。则应之曰："事所义为[50]，奚省之白[51]？吾一军三抽其一，可不再月而落[52]。且材已集，为苟完计[53]，羸将安施[54]，分有之乎[55]？吾不能为。就省罪其擅兴[56]，请身任之[57]，不以累诸君也。"副万户张侯塔塔尔岱[58]，亦以为然，从而鼓舞之[59]，不盈一月而断手[60]。呜呼果哉！

大德苍龙辛丑端月丙午[61]，两万户侯觞宾其上[62]。酒酣[63]，余起谓侯曰："是扁'山南东道'者，胜国之臣所书[64]，岂堂皇巍焕之吾元[65]，可仍夫人之旧称乎[66]？其易为南平楼。"两万户侯跽受曰[67]："甚善。"遂酌酬而楚歌曰[68]："繄南土之幅裂兮[69]，实三甲子焉于兹[70]。世祖自其龙潜兮[71]，肇屯田于汉之湄[72]。夜火鼓之千里兮[73]，昼万耦其耘耔[74]。蓄威武以积岁兮[75]，乃大济以天下之师。三进夹寨而薄隍兮[76]，逾五稔乃下之[77]。制曰:乘势可逞志兮,亦犹镃基之待时[78]。前太傅假以黄钺兮[79],即襄阳其祸旗[80]。将师景从纷如云兮[81],罾龙虎之陆离[82]。"曰:"受誓于斯楼兮,义声先路而交驰[83]。齐千万艘以奋棹兮[84],江永之不可方思[85]。彼孱主度不能国兮[86],组面缚而颈縻[87]。思就是振古之功兮,太傅固命世之雄奇[88]。匪世祖之神明兮,混庭臣伟论其畴知[89]。缅今在天之灵兮[90],犹臣都而君咨[91]。"曰:"授神舆于今皇兮[92],克玉执而盈持[93]。来万方而臻百瑞兮[94],如舜恭己而衣垂[95]。"谇曰:"太史生斯昭代兮[96],亦井坐而天窥[97]。乏求金马碧鸡之才兮[98],歌乐职其或宜[99]。书南平揭之犟楹兮[100],颂宝历于无期[101]。"两万户侯无他言,惟北向瞻跂曰[102]:"鼓鼙之臣[103],知捐身图报而已。"

〔1〕此文记述了南平楼在元军南下过程中的重要作用,及其楼的重建和"南平"之名的由来,同时也展示了元军南下时的气势。颇有历史价值。后至元六年(1340),南平楼经过重修,虞集又作《襄阳路南平楼记》,曾述及往事。

〔2〕战国:此处指东周时代,从公元前770年周平王迁都开始,到公元前256年结束。

〔3〕函谷:秦国的东关,在今河南省灵宝市北。东自崤山,西至潼津,深险如函,通名函谷。历下:齐国城名,今山东济南市历下区。因在历山之下,故名。宜阳:战国时韩国邑名。今属河南省。马陵:在今河北大名县东南,战国时实属齐。魏将庞涓为齐将田忌、孙膑所败,自刭于此。井陉:战国赵邑。故城在今河北石家庄市北。易水:在河北省西部,源出易县。战国时主流域在燕国。

〔4〕固:坚固。

〔5〕踵不旋:来不及转身,比喻时间极短。踵,脚后跟。旋,转。

〔6〕际海:接连大海。

〔7〕领项:比喻像领项一样的咽喉要地。

〔8〕羊祜(221—278):字叔子。晋武帝时,累官尚书右仆射,都督荆州诸军事,筹划灭吴。在襄阳十年,开屯田,储军粮,积极作灭吴的准备。与吴将陆抗对境,务修德以怀吴人。规:规划。吴:三国时期孙权所建立的政权,首都在建业(今江苏南京)。公元280年为晋所灭。共历四帝,五十九年。

〔9〕萧衍(464—549):即梁武帝。字叔达,南兰陵(今江苏常州西北)人。公元502年至549年在位。资:取资,借助。齐:南北朝时期萧道成于公元479年取代刘宋政权,在建业建立的新政权。公元502年被萧衍攻灭。

〔10〕惜:可惜。

〔11〕北人:北方人,指蒙古将领。元太宗窝阔台时蒙古军曾攻取襄阳,虏掠而还。后宋军又克襄阳。

〔12〕戍:守卫。

〔13〕窃筑:偷偷地修筑城池。

〔14〕辟荆:清除荆棘。制阃:此指设立军事指挥中心。阃,统领一方军事的将帅。

〔15〕因:就。牙城:唐代藩镇主帅所居之地。雄楼:高楼。

〔16〕山南东道:唐代初设山南道,治所在襄阳。后以所辖区域太大,分为东、西二道,山南东道仍以襄阳为治,设节度使衙门。

〔17〕北鄙:北方的边境。

〔18〕扞(hàn旱):抵御。天刑:上天所施的刑罚,此指元军的进攻。

〔19〕炎赵:指宋朝。古代以五行配各个朝代,以顺应五行相克的道

103

理,宋属火德,故称炎赵。九鼎:古代象征国家政权的传国之宝。宋徽宗崇宁三年(1104)曾铸九鼎。

〔20〕沦泗:相传周显王时九鼎没于泗水。此处"沦泗"喻国衰将亡。

〔21〕世祖:元朝开国皇帝忽必烈的庙号。潜藩:指皇帝未登极之前在藩镇。

〔22〕壬子:蒙古宪宗二年,即公元1252年。

〔23〕邓:邓州(今属河南)。

〔24〕统军司:官署名。辽、夏、金、元时期的重要军事机构。

〔25〕掎(jǐ己)角:构成牵制或夹击的形势。

〔26〕凡:总共。

〔27〕下:攻下。

〔28〕明年:第二年。元世祖至元十一年,即公元1274年。

〔29〕巴延:为伯颜的不同译名。伯颜(1236—1295)为元初名臣。受忽必烈赏识,拜中书左臣相,升同知枢密院事。至元十一年(1274)统兵伐南宋,于至元十三年陷临安,宋亡。后屡次讨平诸王叛乱,辅佐元成宗铁穆耳即位,拜太傅。死后追封淮王,谥"忠武"。节度:节制调度。

〔30〕济:补充。

〔31〕比:当。

〔32〕申令:号令。

〔33〕旬月:一个月。乱:横渡。汉:汉江。

〔34〕江:长江。

〔35〕濒岸:沿岸,临岸。

〔36〕振:吹动。

〔37〕瓴(líng伶):一种装水的陶瓶。建:放。

〔38〕社:社稷。墟:成为废墟。

〔39〕循:顺着。求:追寻。

〔40〕基:基础。

〔41〕戍守:武装守卫。故:已故的。杨侯珪:杨珪,翼城(今属山西)人,元初武将。府:官府。这里是作为官府的意思。虞集《襄阳路南平楼记》说,元军攻下襄阳后,"区宇既定,撤兵以息民。其留镇襄阳者,两万户之兵也。于是其帅杨侯珪,以至元十九年,即故山南东道节度之牙门,作新楼于其上,戎幕治焉。"

〔42〕治事:处理事务。

〔43〕轧(yà 亚):压。

〔44〕嗣侯:继其位的万户侯。显祖:人名,生平不详。新:翻新。

〔45〕赋:征收。

〔46〕省:指荆湖行省。命:命令。

〔47〕役:指工程。

〔48〕易:改易,替换。故败:原来破败的地方。

〔49〕摘(tī 踢):剔除。

〔50〕义为:即义当为。

〔51〕奚:哪里。这里是哪里用得着的意思。白:禀告。

〔52〕不再月:即不用两个月。落:落成。

〔53〕苟完:凑合着完工,指小修小补。计:打算。

〔54〕赢:剩余。安施:哪里用。

〔55〕分:理。

〔56〕擅兴:擅自兴建。

〔57〕任:承担。

〔58〕张侯塔塔尔岱:汉人张姓,取蒙古名塔塔尔岱。

〔59〕从:跟着。

〔60〕盈:满。断手:指竣工。

〔61〕大德:元成宗年号(1297—1307)。辛丑:指公元1301年。端月:正月。

〔62〕觞宾:招待宾客喝酒。

〔63〕酒酣:酒喝到尽兴的时候。

〔64〕胜国之臣:此处指宋朝的大臣。胜国,已亡之国,通常指前朝。

〔65〕巍焕:形容形象高大鲜明。元:元朝。

〔66〕仍:延袭。夫人:那人。指南宋人。

〔67〕跽(jì计):长跪。即两膝着地,上身挺直。

〔68〕酌酬:酌酒酬谢。楚歌:用楚声歌唱。

〔69〕繄(yì义):句首助词,无实义。南土:指南宋的国土。幅裂:像布幅一样被割裂。

〔70〕三甲子:古时用甲子纪年,甲为天干首位,子为地支首位,用甲子依次相配,可得六十数。所以三甲子即一百八十年。指自北宋亡到作者写此文时。

〔71〕龙潜:指未做皇帝时。封建时代认为皇帝是真龙天子,故这里把他未做皇帝时称为龙潜。潜,潜伏。

〔72〕肇:开始。湄:水边。

〔73〕火鼓:指屯田的军队夜间娱乐的篝火和鼓声。

〔74〕耦(ǒu偶):古时耕作两人一组叫耦。耘:除草。耔(zǐ子):给苗根培土。

〔75〕蓄:蓄积。威武:指强大的武力。

〔76〕夹寨:城郭之外再筑一道城叫夹寨。这里形容南宋的城防很坚固。薄:迫近。隍:没有水的护城壕。

〔77〕稔(rěn忍):年。

〔78〕"制曰"二句:典出《孟子·公孙丑上》:"齐人有言曰:'虽有智慧,不如乘势;虽有镃基,不如待时。'"镃(zī姿)基,锄头。

〔79〕前太傅:指巴延。假:借。黄钺:黄金饰成的一种形状似斧的兵器,后世用作帝王的仪仗。有时派大臣出兵,也假之以示威重。

〔80〕祃(mà骂)旗:古代出兵前所举行的祭旗之礼。

〔81〕景从:形容士兵们像影子一样紧紧跟着主帅。景,通"影"。

〔82〕矕(mǎn满):望。龙虎:指士兵们。陆离:参差错综的样子。

〔83〕义声:正义的呼声。交驰:交相传递。

〔84〕千万艘:指千万只战船。棹(zhào赵):船桨。

〔85〕永:水流长。方:并船航行。此句典出《诗经·周南·汉广》:"江之永矣,不可方思。"

〔86〕孱主:指南宋孱弱的君主宋末帝赵昺。国:保有国家。

〔87〕组面缚而颈縻(mí迷):这是古代国君投降的一种形式。组,丝织的有花纹的带子。縻,拴。

〔88〕固:本来。雄奇:指英勇奇伟的人才。

〔89〕混:混同,混杂。畴:谁。

〔90〕缅:怀念。在天之灵:指元世祖忽必烈的在天之灵。

〔91〕都:叹词。这里表示感叹。咨:叹息。

〔92〕神舆:神圣的车驾。这里指国家。今皇:当今的皇上。指元成宗孛儿只斤铁穆耳。

〔93〕克:能。

〔94〕来:招来。万方:指万方之人。臻:使来到。瑞:祥瑞的事情。

〔95〕舜:传说中的"五帝"之一,号有虞氏。是著名的贤君。

〔96〕"谇(suì岁)曰"二句:谇,告。太史,作者自指。昭代,光明的时代。

〔97〕井坐而天窥:即坐井观天。

〔98〕金马碧鸡:金马、碧鸡都是神的名字,同时又是山名。金马山在云南昆明市东,碧鸡山在昆明市西南,二山都有神祠。相传汉代曾祭

祀过二神,遣谏议大夫王褒持节而求之。这句话是说自己没有王褒那样的才能。

〔99〕歌乐职其或宜:这句的意思是说,写歌乐之辞或许还比较合适。

〔100〕揭:张贴。翚(huī灰)楹:五彩华丽的柱子。

〔101〕宝历:指国祚。即国家的统治。无期:没有期限。即万岁永存的意思。

〔102〕瞻跂(qǐ乞):踮起脚后跟往远处看。

〔103〕鼓鼙(pí皮)之臣:指武臣。因古时打仗要用击鼓来指挥,故云。鼙,古代军中用的一种小鼓。

送李茂卿序〔1〕

大凡今仕惟三涂:一由宿卫〔2〕,一由儒,一由吏。由宿卫者言出中禁〔3〕,中书奉行制敕而已〔4〕,十之一〔5〕;由儒者则校官及品者提举教授〔6〕,出中书,未及者则正录而下,出行省宣慰〔7〕,十分之一半;由吏者省台院、中外庶司、郡县〔8〕,十九有半焉。吏部病其自九品而上,宜得者绳绳来无穷,而吾应者员有尽〔9〕,故为格以扼之〔10〕,必历月九十始许入品,犹以为未也〔11〕。再下令后是增多至百有廿月〔12〕。呜呼!积十年矣,劳乎哉!

李君茂卿,尝同燧受学先师司徒公〔13〕,儒者也。父户部,恩泽既推其兄之子。及将试吏,堂帖令出掾湖广省〔14〕。盈九十月,将赴铨中书〔15〕,燧贺之曰:人有不职,幸不纠于御史者[16],君以勤效[17],无此;人有饕墨,幸不罹罪罟者[18],君以清慎[19],无此;人有依庇有力[20],窃窃离所事同列之欢[21],以自求容一时[22],幸不遣斥者,君以中行不阿[23],无此;人有挟仕而商,赋之州县[24],而倍责赢入以肥其家[25],幸不讼于民,与众树姻党[26],子弟入官以妨后至之涂,幸不贬于士者,君禄入外无他营[27],舍仆马则顾影无朋举[28],无此。举无为,为贺其可贺者。

谚曰:两姑之间难为妇。上政事堂下参幕[29],多或二十人。其事之来,抱按求署[30],无一可后者,皆视其色,听其言,动立移晷,比不龃龉[31],使驯驯如式[32],从己而出,譬则庖人善适众口酸咸嗜好之不齐。然非暂也,必八年之久。大而经国子民[33],细而米盐甲兵,于尽得夫人之情,而熟知夫事之势,增益其所不能者,不既多乎[34]?今之老于刀笔筐箧[35],以致达官贵人者,皆下视吾缝掖[36],以为言阔事情而不适为用者[37],恃其能此焉尔。君既能之,是行也,以军国公相知之有素,无曰峻擢,惟循所宜资[38],亦畀善所[39]。昔也人吏之,今焉吏人。其留中[40],其居外[41],主乎闻司徒平生六经仁义之言[42],而济以今所能[43],古所谓以儒术饰吏事者,非君其谁哉?大德己亥秋八月上弦日姚燧书[44]。

〔1〕本文是作者在同窗学友李茂卿将至中书赴选时所作的一篇赠序,其中阐明了为官应以勤勉、清慎、中行不阿和廉洁自守的道理,同时也说明做官时处理上下关系和应付各种事务的不易。勉励李茂卿要不

辱使命，真正地做到以"儒术饰吏事"。

〔2〕"大凡"二句：仕，做官。涂，通"途"。宿卫，在宫中值宿警卫。

〔3〕中禁：指皇宫。

〔4〕中书：指中书省。是总管国家政务的行政机构。敕：皇帝的诏令。

〔5〕十之一：即这一类人占总数的十分之一。

〔6〕品：官员的品位。教授：学官名。元代于中央及诸路散府的学校均置。

〔7〕"未及"二句：中书省若没有录够人数，就从各行省和宣慰司补录。

〔8〕庶司：各官署，各衙门。

〔9〕"宜得者"二句：宜得者，指应当得到官位的人。绳绳，连续不断。员：名额。

〔10〕格：标准。扼：控制。

〔11〕未：不解决问题。

〔12〕百有廿月：一百二十月，即十年。

〔13〕先师：已去世的老师。司徒公：指许衡。司徒本为三公之一，即太傅，一般由宰相担任，因许衡曾官集贤大学士，元成宗大德元年（1297）追赠司徒，故称之。

〔14〕堂帖：指吏部下达的文书。掾：指任属官。

〔15〕铨：对官员的选拔。

〔16〕"人有"二句：不职，不称职。幸，侥幸。纠，纠劾。御史，官名，负责对官吏进行监督和弹劾。

〔17〕勤效：勤勉恳效力。

〔18〕"人有"二句：饕（tāo 滔）墨，贪冒，贪婪的意思。罹（lí 离），遭。罟（gǔ 古），渔网，此比喻法网。

〔19〕清慎:清廉谨慎。

〔20〕依:投靠。庇:保护。有力:指权贵。

〔21〕窃窃:私语的样子。所事同列:指一起共事的同僚。

〔22〕容:被容纳。

〔23〕中行不阿:指行为端正,不依附权贵。

〔24〕赋:征收赋税。

〔25〕倍责:加倍要求。赢入:指多收入的部分。

〔26〕姻党:指亲戚。

〔27〕禄:官员的俸禄。营:追求。

〔28〕舍:除了。朋举:指结党而互相推举。

〔29〕政事堂:官员处理政务的地方。参幕:指官员的幕僚。

〔30〕按:通"案"。文书。署:签批。

〔31〕"动立"二句:晷(guǐ 鬼),日规。立晷测影,移晷知时。比,等到。龃龉(jǔ yǔ 举与),牙齿上下不合,比喻相冲突。

〔32〕驯驯:顺服的样子。式:法式。

〔33〕经国子民:经理国家,管理百姓。子,以……为子。这里指管理,统治。

〔34〕既:已。

〔35〕刀笔筐箧:指幕府文书之职。刀笔,指书写工具。筐箧,存放文书的箱子。

〔36〕下视:轻视。缝掖:宽袖单衣,古代儒生之服,因以指代儒生。

〔37〕言阔事情:指言语空洞而不切实际。阔,不切实。

〔38〕"无曰"二句:无曰,不要说。峻擢,指职位提升得很高。循,根据。

〔39〕畀(bì 敝):给。善所:好地方。

〔40〕留中:留在京中。

〔41〕居外:指在外地任职。

〔42〕主乎:主于。此句是劝他不要忘记老师的教诲。

〔43〕济:补充。

〔44〕大德己亥:元成宗大德三年,即公元1299年。上弦日:农历每月的初八日左右。

林景熙

林景熙(1242—1310),又作景曦,字德旸(一作阳),号霁山。温州平阳(今属浙江)人。宋咸淳七年(1271)自太学生授泉州教授。历礼部架阁,转从政郎。入元后隐居不仕,往来吴、越二十馀年。世称霁山先生。工诗。著有《霁山集》。

蜃说[1]

尝读《汉·天文志》[2],载"海旁蜃气象楼台",初未之信。庚寅季春[3],予避寇海滨。一日饭午,家僮走报怪事曰:"海中忽涌数山,皆昔未尝有。父老观以为甚异。"予骇而出,会颍川主人走使邀予[4]。既至,相携登聚远楼东望。第见沧溟浩渺中,蠢如奇峰,联如叠巘,列如碎岫[5],隐见不常[6]。移时,城郭台榭,骤变欸起[7],如众大之区,数十万家鱼鳞相比,中有浮图老子之宫[8],三门嵯峨[9],钟鼓楼翼其左右,檐牙历历,极公输巧不能过[10]。又移时,或立如人,或散如兽,或列若旌旗之饰,瓮盎之器,诡异万千。日近晡,冉冉漫灭。向之有者安在?而海自若也。《笔谈》纪登州海市事[11],往往类此,予因是始信。

噫嘻！秦之阿房[12]，楚之章华[13]，魏之铜雀[14]，陈之临春、结绮[15]，突兀凌云者何限，运去代迁，荡为焦土，化为浮埃，是亦一蜃也。何暇蜃之异哉！

〔1〕海市蜃楼本是自然界的一种幻景。本文作者记述了他在浙东海边所见到的这种现象，并进而借题发挥，把人间的繁华也比成了这种幻景，以此来抒发他对宋朝灭亡的感慨。

〔2〕《汉·天文志》：指《汉书·天文志》。《汉书》乃东汉时班固所著，其《天文志》则为马续续成。

〔3〕庚寅：指元世祖至元二十七年，即公元1290年。

〔4〕颍川主人：未详所指，应为陈姓。陈姓乃颍川（古郡名，治所在今河南禹州市）大族，古代常以颍川代指姓陈。走使：派人。

〔5〕"联如"二句：叠巘（yǎn 演），重叠的山峰。巘，原指大小成两截的山。砕，此形容散开。岫（xiù 秀），有穴之山。

〔6〕隐见不常：即时隐时现，出没无常。见，通"现"。

〔7〕欻（xū 须）：忽然。

〔8〕浮图老子之宫：指佛寺和道观。

〔9〕三门：指寺庙的大门。寺庙的大门一般均有左中右三道门，故云。

〔10〕公输：公输班，即鲁班。春秋时鲁国的巧匠。

〔11〕《笔谈》：指宋人沈括的《梦溪笔谈》。登州：治所在今山东烟台市蓬莱区。《梦溪笔谈》卷二十一"异事"类记载了登州海市的景况，故云。

〔12〕阿房：秦宫名。极度富丽。故址在今陕西西安市西北。

〔13〕章华：楚灵王所建的宫和台名。故址在今湖北监利县西北。

〔14〕铜雀:魏武帝曹操所建的台名。故址在今河北临漳县西南。

〔15〕临春、结绮:南朝陈后主(陈叔宝)所建的两个楼阁名。故址在今江苏南京市。

卢 挚

卢挚(1243？—1317？)，字处道，一字莘老，号疏斋。涿州(今河北涿州市)人。官至翰林学士承旨。擅诗文，工散曲。为元代前期的重要文学家。其诗文与刘因、姚燧齐名，世称"刘卢"、"姚卢"。著有《疏斋集》，已佚。

与姚江村先生书[1]

大德四年岁舍庚子[2]，冬十一月七日，后学涿郡卢挚顿首再拜[3]，寓书江村先生执事[4]：

挚由诸生承乏侍从[5]，遂叨持宪节[6]，膺一道之寄[7]，始来湘中。窃伏惟念材能谫薄[8]，无所肖似。既视印省俗[9]，谒先圣校官[10]，诚不自揆力揣分[11]，盖尝以蜀之文翁、闽之常衮自诡[12]，庶几无负国家委任、部使者勉励宣明之意[13]。而潭学素号多士[14]，志于殖学艺文[15]，不骫流俗[16]，笃好古道者，莫不踶跂振跃[17]，操觚挈牍[18]，咀英蘸，漱芳润[19]，以求理义之指归[20]，辞章之统绪[21]。是正其所未至而难其人。不唯逢掖诸生之所拳拳[22]，至于搢绅、处士愿欲喜乐者林林然，亹亹焉亦莫不以得师取友为务为言者[23],皆是也。

挚是时为言江村先生之贤,向也得其人于文字中[24]。前岁使过筠,亦尝观道德、听言论于须臾之顷,迄今耿耿不能忘也。盖先生之文,先秦西汉之文,本六籍而支三传[25],左右以群史诸子者也[26]。其渊粹博赡,当与王介甫、曾子固颉颃[27]。至于近代叶适、洪咨夔、刘克庄诸人[28],则瞠若乎后尘者也。挚知先生者如此。挚也言之,潭之搢绅、逢掖然之。

居无何,挚以不习风土,得疾在告,濒于危殆屡矣[29]。移病归田之章[30],至于数四,竟未得请。迨秋冬之交,方稍稍向平。前月初吉[31],爰举释菜之典[32],文学诸君遂复有绛帐江村之请[33],即舆议往。司讲黎生季芳饬礼币以东[34],若夫弟子事师之勤,具于别幅[35],俾不肖者尺牍先焉。惟先生慨然而来,嘉惠学徒。生如挚者,亦时时簉迹衿佩之末[36],以抠衣函丈[37],日闻所未闻,见所未见。湖湘之间,文风丕变。不惟此邦盛事,使楚越列郡,亦皆靡然知所兴起[38]。异时挚获附骥尾,有光汗青之编[39],果可以侪蜀文、匹闽衮者,实昉于先生[40],岂不伟欤!

或者有谓先生作止语默之间[41],静重不苟[42],虽挚与诸生所以乡慕依托者[43],出于偻偻之诚[44],乃轻于然诺,不于再于三,然后命驾,则师道不尊,或微辞婉让以自诿,则挚窃谓先生必不然矣。盖见义勇为,乐与人为善,实虚焉,有无焉,挚知先生者如此。若夫握瑜怀瑾以自珍[45],佩兰袭芷以自洁[46],珍则珍矣,清则清矣,异乎时中者矣[47]。先生必不然矣,惟先生亮之。

〔1〕姚江村先生:指姚云,字圣瑞,号江村。高安(今属江西)人。宋咸淳进士。初调高邮尉,后任工刑部架阁。入元,授承直郎,抚、建两路儒学提举。秩满家居。工词。

〔2〕大德四年:即公元1300年。岁舍庚子:犹岁次庚子。

〔3〕涿郡:今河北涿州市,为卢挚的郡望。

〔4〕寓:寄。执事:本指侍从。书信中常用于表示对对方的谦敬。

〔5〕承乏:谦辞,犹充数。侍从:意为侍于君侧,尚书、侍郎都可作此称。

〔6〕叨(tāo 滔):谦辞。相当于"忝",表示自己当之有愧。持宪节:这里指任岭北湖南道的肃政廉访使。

〔7〕膺(yīng 英):接受。一道之寄:指任一个地方的行政长官。道,古代行政区划单位,这里指元代的监察区划名。

〔8〕伏惟:古时用为下对上进言时的敬辞。谫(jiǎn 减)薄:浅薄。

〔9〕视印:指官员到任接受印玺。省俗:了解民情。

〔10〕先圣:孔子。校官:当指学宫,或称学庙,内祀孔子。

〔11〕不自揆力揣分:相当于说不自量力。揆,度量。

〔12〕文翁:汉代人。少好学,通《春秋》。景帝末为蜀郡守,修官学,兴教化。蜀地文化因之大兴。后武帝以此为鉴,令郡国皆立学校。常衮(729—783):唐代人。天宝进士。代宗时累官门下侍郎,同平章事。德宗朝贬为福建观察使。当时福建文教未兴,衮为设乡校以教导之,自是文风渐盛。自诡:自我要求。诡,责成,要求。

〔13〕部使者:即部使,指肃政廉访使的官职。

〔14〕潭:潭州。今湖南长沙。

〔15〕殖学:树立学问。

〔16〕骫(wěi伟):弯曲。这里指被扭曲、被歪曲。

〔17〕踬跂(zhì zhī 治支):勉力以赴的样子。

〔18〕操觚(gū 姑)挈牍:指写文章和读书。觚,本为书写用的木板。牍,古代书写用的木牍,代指书籍。

〔19〕潄:含吮。

〔20〕指归:根本。

〔21〕统绪:指文章的源流。

〔22〕逢掖:指儒生。拳拳:关心的样子。

〔23〕亹(wěi伟)亹:勤勉不倦的样子。

〔24〕向:从前。

〔25〕六籍:指《诗》《书》《礼》《乐》《易》《春秋》等六部儒家的早期经典。三传:指阐发《春秋》大义的《左氏传》《公羊传》《谷梁传》三部书。

〔26〕左右以群史诸子:辅助以各种史书和诸子百家的著作。左右,辅助,配合。

〔27〕王介甫:指王安石(1021—1086),介甫是他的字。曾子固:指曾巩(1019—1083),子固是他的字。两人均为北宋文学家。颉颃(xié háng 协杭):不相上下,抗衡。

〔28〕叶适(1150—1223):字正则,世称水心先生。温州永嘉(今浙江温州)人。宋代哲学家和文学家。洪咨夔(1176—1236):字舜俞,号平斋。临安於潜(今浙江杭州市临安区)人。宋代思想家。刘克庄(1187—1269):字潜夫,号后村居士。兴化军莆田(今福建省莆田市)人。宋代文学家。

〔29〕濒:接近。危殆:危险。屡:多次。

〔30〕移病归田:归田养病。章:指向皇帝告病的章表。

〔31〕初吉:指阴历的初一。

〔32〕爰:于是。释菜之典:古代开学时举行的祭祀先圣先师的典礼。

〔33〕绛帐:老师的代称。这里是以……为老师的意思。因汉代马融曾设绛帐授徒,故称。

〔34〕司讲:主管讲座的人。黎生季芳:生平不详。饬(chì 赤):修,备。礼币:礼物。

〔35〕具:备。别幅:另外一张纸,即另一封信。

〔36〕簉(zào 造):附属。这里是添赘的意思。衿佩:指生徒。语出《诗经·郑风·子衿》:"青青子衿,悠悠我心……青青子佩,悠悠我心。"毛《传》曰:"青衿,青领也,学子之所服。""佩,佩玉也。士佩瓀珉而青组绶。"故以衿佩借指学子。

〔37〕抠衣:提起衣服前襟。古人迎趋时的动作,表示恭敬。函丈:对老师的敬称。

〔38〕靡然:草木顺风倒伏的样子。这里比喻楚越各地士人闻风而动。

〔39〕光:发扬,光大。汗青之编:这里指乡邦文献。汗青,指古代书写用的竹简。青竹需烤干方能使用,烤时水分渗出,形如出汗,故称。

〔40〕昉:开始。

〔41〕作止语默:指举止言语。

〔42〕静重:沉静庄重。不苟:不随便。

〔43〕乡:通"向"。

〔44〕偻(lóu 楼)偻:恳切的情意。

〔45〕握瑜怀瑾:形容人怀有特异的才能。瑜、瑾,均为美玉名。

〔46〕佩兰袭芷:形容人的高洁。兰、芷,均为香花香草名。袭,

穿着。

〔47〕时中:儒家认为人处身行事,若能合乎时宜,既不过头也无不及,就称为时中。

戴表元

戴表元(1244—1310),字帅初,一字曾伯,庆元奉化(今浙江宁波市奉化区)人。聪明早慧,自幼能文。宋咸淳七年(1271)中进士,任建康(今江苏南京)教授。宋恭帝德祐元年(1275)迁临安府,不就。后转授都督掾,行户部掌故,均未到任。入元后,长期以授徒卖文为生,悉心学问文章。大德八年(1304)被荐授信州路教授,时年已六十一岁。再迁婺州,以疾辞。后又有人以修撰、博士荐,不起。卒于家。戴表元以改革宋末萎蔽文风为己任,为文清雅,名重东南。著有《剡源集》。

乔木亭记[1]

乔木亭在清河张君燕居之东[2]。张君望清河,籍西秦[3]。其先世忠烈王尝以功开国于循[4],而邸于杭[5]。子孙五世,而所居邸之坊[6],至今称清河焉。

余儿童游杭,见清河之张方盛[7],往来轩从骖盖填拥[8],岁时会合[9],鸣钟、鼍鼓、笙、丝、磬、筑相宴乐[10],飞楼叠榭[11],东西跨构[12],累累然无闲壤[13]。岂惟清河[14]?虽他贵族,盖莫不然[15]。如此不数十年[16],重来杭,睹宫室衣冠[17],皆非旧物[18],他族亦皆湮微播徙殆尽[19]，而惟清河之张犹存[20]。余尝登所谓乔木亭而喜之[21]，风烟蔽遮，林樾清凑[22]。美乎哉！其可以庶几古之故国乔木者乎[23]！主人对余而叹曰[24]："嗟乎[25]！吾乔木乎是亭者，几不为吾有[26]，吾幸而复得之[27]。吾生于忠烈之家，自吾之先[28]，未尝无尺寸之禄[29]。当其时，出而逸游[30]，入而恬居[31]，耳目之于靡曼妖冶[32]，心体之于芬华安燕[33]，固未尝知有乔木之乐也。自吾食贫[34]，不免于寒暑饥渴之患[35]。吾之处世，不待倦而休，涉事[36]，不待困而悔[37]。日夜谋所以居吾躬者百方[38]，欲复畴昔之仿佛不可得[39]。时时无以寄吾足[40]，骋吾心，则瞰好风景佳时[41]，取古圣贤之遗言就乔木之傍而讽之[42]。其初不过物与意会[43]，久而觉其境之可以舒吾忧也[44]。为之徘徊，为之偃息[45]，为之留连，不忍舍去。故倦则倚乔木而憩[46]，闷则扣乔木而歌[47]，沐则晞发于乔木之风[48]，卧则曲肱于乔木之阴[49]，行止坐卧，起居动静，无一事不与乔木相尔汝[50]。盖吾昔也无求于乔木，而今者知乔木之不可一日与吾疏也[51]。吾是以必复而有之[52]。"

余闻其言，益惊喜。昔人有欲存谢公宅者[53]，云爱召公者，爱其甘棠，有文靖之德，而不能芘数亩之宅[54]。李卫公爱平泉草木[55]，至自作记戒子孙[56]。夫勋名世禄之家[57]，自不能保其存[58]，而使子孙存之，子孙又不能存，而使他人存之。今清河忠烈王诸孙，乃自能以力学好修[59]，存其先业，至于皆仆而独完[60]，几弃而复振[61]，不惟无愧于后,而反若有光于前,真美乎哉!于是张君止叹而作[62],洗酌而谢曰:"非君,吾亦不自知吾美之至此也。盍书其词于吾亭以自劝[63],且亦劝后之人[64]?"

〔1〕这篇文章是作者为他的朋友张枢所作。张枢是南宋著名将领张俊的五世孙,是著名词人张炎的叔辈。《孟子·梁惠王》有云:"所谓故国者,非谓有乔木之谓也,有世臣之谓也。"后世化用,常把"故国乔木"释为见乔木而思故国。宋亡元兴,张枢既是张俊的后裔,戴表元文中说他"取古圣贤之遗言,就乔木之旁而讽之",正合"乔木""世臣"之意,可见出故国之思。

〔2〕清河:郡国名,汉时建,治所在今河北清河东南。张君:指张枢(1260—1325),字仲实。曾官江阴学正。张氏郡望在清河,魏晋时代清河张姓是大族。燕居:闲居之处。

〔3〕籍:籍贯。西秦:指陕西和甘肃中部以东地区。

〔4〕忠烈王:指张俊(1086—1154)。张俊字伯英,成纪(今甘肃天水)人。南宋四大将领之一,有战功。曾官至枢密使。晚年封清河郡王,拜太师,备受高宗宠遇,死后追封循王。开国:指有功而封藩。循:循州,治所在今广东省龙川县。

〔5〕邸(dǐ 抵):指高级官员的住宅。这里用作动词,是建邸的意思。杭:杭州。

〔6〕坊:指城市内所划分的、为街道所包围的方形区域。

〔7〕方:正。盛:兴盛。

〔8〕轩从驺(zōu 邹)盖:指车马侍从。轩,车子。从,随从。驺,骑马驾车的侍从。盖,车盖。填拥:形容众多的样子。

〔9〕岁时:年头节下。会合:聚会。

〔10〕鸣钟、鼍(tuó 驼)鼓、笙、丝、磬、筑:均为乐器名。其中笙是管

乐器,丝、筑是弦乐器,其余三种都是打击乐器。鼍,鳄鱼的一种,古代用它的皮蒙鼓。丝,指琴瑟一类的弦乐器。宴乐:娱乐。

〔11〕飞楼叠榭:形容建筑华丽奇特。榭,建在高台上的敞屋。

〔12〕构:架,搭。

〔13〕累累:重叠的样子。

〔14〕岂惟:岂只。

〔15〕盖:大概。

〔16〕不:不到。

〔17〕睹:看到。衣冠:指士大夫。

〔18〕皆非旧物:指都不再是从前的样子。

〔19〕他族:其他家庭。湮微:埋没衰败。播徙:迁徙。

〔20〕惟:只有。犹:仍。

〔21〕喜之:喜欢它。

〔22〕樾(yuè 越):通"樾"。指成荫的树。凑:聚集。

〔23〕庶几:差不多赶得上。古之故国乔木:典出《孟子·梁惠王下》。后世诗文中以"故国乔木"表达见乔木而思故国或故园意,与《孟子》原意有出入。

〔24〕叹:感叹。

〔25〕嗟乎:感叹语。相当于"哎啊"。

〔26〕几:几乎。有:拥有。

〔27〕复:又。

〔28〕先:先祖。

〔29〕尺寸之禄:犹微禄,此处为谦辞。禄,俸禄。

〔30〕逸游:放纵游乐。

〔31〕恬居:安居。恬,安静。

〔32〕靡曼妖冶:泛指歌舞娱乐。靡曼,柔细的音乐。妖冶,指美丽

125

华艳的舞女。

〔33〕芬华:芬芳华丽的服饰。安燕:安闲,安适。

〔34〕食贫:生活贫困。

〔35〕患:担忧。

〔36〕涉:经历。

〔37〕悔:后悔。

〔38〕谋:思谋。居:处。躬:身体。百方:千方百计。

〔39〕复:恢复。畴昔:从前。仿佛:大致的样子。

〔40〕寄:存放。

〔41〕瞰:窥。

〔42〕古圣贤:指孟子,见注〔23〕。讽:诵读。

〔43〕物:外物。意:心意。会:交会。

〔44〕觉:发现。舒:宣泄。

〔45〕偃息:仰卧休息。

〔46〕憩:休息。

〔47〕扣:敲打。

〔48〕沐:洗发。晞:吹晒干。

〔49〕曲肱(gōng 工):枕着胳膊而卧。肱,胳膊。语出《论语·述而》:"曲肱而枕之,乐亦在其中矣。"

〔50〕相尔汝:以"尔""汝"相称呼,表示亲昵。尔、汝,都是第二人称代词,相当于"你"。

〔51〕疏:疏远、离开。

〔52〕是以:因此。

〔53〕昔人:指谢混。谢公:指谢安(320—385),字安石。东晋政治家。孝武帝时位至宰相。曾指挥其侄谢玄率军取得淝水之战的胜利。被封为建昌县公,拜太保。卒赠太傅,谥文靖。他死后,桓玄(桓温之

子)拟将他的宅居改为军营,为谢混劝止。

〔54〕"云爱"四句:谢混劝止桓玄时说:"召伯之仁,犹惠及甘棠;文靖之德,更不保五亩之宅?"召(shào 哨)伯,即召公,姓姬名奭。曾助周武王灭商,被封于燕。因其采邑在召(今陕西岐山西南),故称召公或召伯。甘棠,乔木名,也叫棠梨。《史记·燕召公世家》载:"召公巡行乡邑,有棠树,决狱政事其下。自侯伯至庶人,各得其所,无失职者。召公卒而民人思召公之政,怀棠树不敢伐,歌咏之,作《甘棠》之诗。"又《诗经·召南·甘棠》云:"蔽芾甘棠,勿剪勿败,召伯所憩。"文靖:指谢安。芘(bì 必),通"庇",保护。

〔55〕李卫公:指李德裕(787—850),唐代政治家、文学家。字文饶,赵郡赞皇(今河北赞皇县)人。出身世家。武宗时由淮南节度使入相。后宣宗立,因遭牛党构陷,被贬崖州司户,卒于任。平泉:即平泉庄,是李德裕的别墅。地在今河南洛阳市南二十里,方圆四十里。

〔56〕自作记戒子孙:李德裕曾作《平泉树石记》,故云。

〔57〕勋名世禄之家:指功臣世家。

〔58〕保:保证。

〔59〕力学:勉力学习。修:修持。

〔60〕仆:衰败。这里指其他功臣之宅第皆已衰败。完:完好。

〔61〕几:几乎。弃:这里是被抛弃的意思。振:振兴。

〔62〕作:起立。

〔63〕盍:何不。

〔64〕劝:勉励。

送张叔夏西游序[1]

玉田张叔夏[2],与余初相逢钱塘西湖上[3],翩翩然飘阿锡之衣[4],乘纤离之马[5]。于是风神散朗[6],自以为承平故家贵游少年不翅也[7]。垂及强仕[8],丧其行资[9],则既牢落偃蹇[10]。尝以艺北游[11],不遇失意[12],亟亟南归[13]。愈不遇,犹家钱塘十年[14]。

久之,又去东游山阴、四明、天台间[15],若少遇者[16],既又弃之西归。于是余周流授徒[17],适与相值[18],问叔夏何以去来道途[19],若是不惮烦耶[20]?叔夏曰:"不然。吾之来本投所贤[21],贤者贫;依所知[22],知者死。虽少有遇,而无以宁吾居[23],吾不得已违之[24]。吾岂乐为此哉[25]!"语竟[26],意色不能无阻然[27]。少焉[28],饮酣气张[29],取平生所自为乐府词自歌之。噫呜宛抑[30],流丽清畅[31],不惟高情旷度不可亵企[32],而一时听之,亦能令人忘去达穷得丧所在[33]。盖钱塘故多大人长者,叔夏之先世高曾祖父[34],皆钟鸣鼎食[35],江湖高才词客姜夔尧章、孙季蕃花翁之徒[36],往往出入馆谷其门[37]。千金之装,列驷之骍[38],谈笑得之,不以为异。迨其途穷境变,则亦以望于他人,而不知正复尧章、花翁尚存,今谁知之?而谁暇能念之者?嗟乎!士固复有家世材华如叔夏,而穷甚于此者乎?

六月初吉[39],轻行过门,云将改游吴公子季札、春申君之乡[40],而求其人焉。余曰:"唯唯。"因次第其辞以为别[41]。

〔1〕这是戴表元的名篇,它记述和描写张炎的失意困顿。元代至元到大德年间,南方文士被起用的大有人在,但张炎却总是"不遇"。元

代并不是词人辈出的时代,张炎的《词源》和论词主张一直要到清代才大放光芒。这篇文章对张炎才华的刻画颇有佳笔,全篇则流露出沧桑之感,遣词用语上显示了古文家"家法"。仇远和袁桷的《赠张玉田》诗也写张炎的落魄江湖,三者可参看。序,赠序,文体的一种。

〔2〕玉田张叔夏:即张炎(1248—1320?),字叔夏,号玉田,又号乐笑翁。张俊六世孙。工词,著有《山中白云词》及《词源》。后者影响很大。

〔3〕钱塘:今浙江杭州。

〔4〕阿锡:又作"阿緆"。一种薄而轻的贵重织物。司马相如《子虚赋》有"被阿緆"之说。《文选》注云:"阿,细缯也;緆,细布也。"并说"緆与锡古字通"。

〔5〕纤离:古代良马名。《荀子·性恶》:"骅骝、骐骥、纤离、绿耳,此皆古之良马也。"

〔6〕风神:风度气质。散朗:散淡爽朗。

〔7〕承平故家:升平时代的世家大族。不翅:无异于。翅,通"啻"。

〔8〕垂:接近。强仕:四十岁。《礼记·曲礼上》:"四十曰强,而仕。"

〔9〕丧:失去。行资:旅费。

〔10〕牢落:无所寄托的样子。偃蹇:困顿。

〔11〕北游:指至元二十七年(1290),张炎曾至大都谋官。

〔12〕不遇:不为人赏识。

〔13〕亟亟:急速。

〔14〕犹:仍。家:安家。

〔15〕山阴:古县名,今浙江省绍兴市的一部分。四明:元代庆元路的别称,因境内四明山得名。治所在今浙江宁波市。天台:县名,今属浙江,在浙江省东部。

〔16〕若:似。少:稍微。

〔17〕周流:辗转。授徒:指当儒官。

〔18〕适:恰巧。值:相遇,碰面。

〔19〕去来道途:往来奔走于路上。

〔20〕若是:像这样。惮:怕。

〔21〕投:投靠。贤:有才德的人。

〔22〕依:依靠。知:知己。

〔23〕宁:安定。

〔24〕违:离开。

〔25〕乐:喜欢,愿意。

〔26〕竟:毕。

〔27〕意色:意气神色。阻:通"沮",沮丧。

〔28〕少焉:一会儿。

〔29〕饮酣:酒喝到尽兴处。气张:意气偾张。

〔30〕噫呜:歌唱的声音。宛抑:宛转低回。

〔31〕流丽:犹流利。清畅:清新畅快。

〔32〕袭企:犹企近。袭,亲近。企,企及。

〔33〕达穷:得志与不得志。得丧:得失。

〔34〕先世高曾祖父:指张炎的先世张俊等人。

〔35〕钟鸣鼎食:击钟奏乐,列鼎而食。形容地位显赫的富贵之家。

〔36〕姜夔:字尧章,自号白石道人。饶州鄱阳(今江西鄱阳)人。宋著名词人。著《白石道人集》。孙季蕃(1179—1243):名惟信,字季蕃,号花翁。宋开封(今属河南省)人。居婺州(今浙江金华)。光宗时弃官隐居西湖。善雅谈,工词。

〔37〕馆谷:食宿,留宿接待。

〔38〕列驷:指专车。古代一般四匹马驾一辆车。

〔39〕吉:阴历的初一。

〔40〕季札、春申君之乡:指吴中,今上海、苏南一带。季札,春秋时吴国贵族。吴王诸樊之弟。曾多次推让君位。好交天下士,有名于诸侯。后封于延陵(今江苏常州)。春申君(?—前238),名黄歇。战国时楚国贵族,有贤名。门下有食客三千。相传黄浦江由他所开,故又名黄歇浦和春申江。

〔41〕次第其辞:写文章的谦辞。次第,排比组织。

质野堂记〔1〕

剡源先生幼而嚣居〔2〕,长而浪游,老而羁栖〔3〕,独常常以为异时傥得馀闲〔4〕,营一区之宅于山林间,则将名之曰质野,以遂吾志。自为斯言,憧憧然往来于心者五十年,而不能成也。盖方其盛时〔5〕,川浮惊流,陆走峻坂;鲸鲵满前,狼虺怖后〔6〕。窃自思吾惟学文干禄〔7〕,以至危于道路,使但为寻常人,何患无容足之地而安哉?及失势而奔逃〔8〕,扶携老弱,经涉险阻,见所过穷村鄙人〔9〕,篱垣洁修〔10〕,鸡犬欢睦,又未尝不起卜邻结社之羡〔11〕。

乃大德丙午之孟冬归自上饶〔12〕,于是筋骸倦衰,世念益薄〔13〕,而眼前子息〔14〕,各以长大,平生婚嫁,渐就清简。发橐中装〔15〕,舟车薪米、佣赁杂费之馀〔16〕,尚留三千缗〔17〕,以为陆贾分金则不给〔18〕,以为萧何买田则难多〔19〕。且专议兴筑,伐材于近冈,聚土于后麓。役工以券而使之自食[20],烦邻于暇而量予之直[21]。不三月,质野堂成。以次充安阁、岩峣亭、缩轩、雪镜诸役,仍旧名而增新构[22],前后左右,凡一百三十六楹[23]。溪山面势,烟云情貌,无不欣合;桑蔬径术[24],禾麦行伍,无不周密。客有在傍叹曰:"先生之志则少遂矣。抑欲以质野自晦,而未忘于名也,何居[25]?"先生曰:"子不观于山川草木虫鱼之为物乎?物之居于世,未有无名者也。草木虫鱼之可资于用也,黄帝名之[26];山川之著也,禹名之[27]。惟羽毛有识之属,能以声自名其名者[28],然后人亦因其名而名之。以余之区区,持衰穷之身托于山川,群于草木虫鱼羽毛之属以为居游[29]。顾五十年欲成一质野堂不能得,而今也晚暮[30],幸得成之,而得自名之,而何不可乐?而复何讥乎?"客闻而愈笑,先生亦笑。因复自名为质野翁,以记其辞于质野堂云。

〔1〕本文写作者修筑"质野堂"的经过。作者不是官高位显之人,但从文中描写看来,所谓"质野堂",颇有规模,很像是山中别墅。文中透露出来的作者山居的布局、构想,实是一种山水审美观念的反映。

〔2〕剡源先生:作者自指。嚣居:居住在吵闹的地方。

〔3〕羁栖:停留在外。

〔4〕异时:他日,将来。

〔5〕盛:指壮年。

〔6〕"川浮"四句:形容自己奔走道路,经历艰险。峻坂,高峻的山坡。鲸鲵(ní),水中的大鱼。虺(huǐ),传说中的一种毒蛇。

〔7〕干禄:指做官。干,追求。禄,俸禄。

〔8〕失势:失去权势地位。实指宋亡。

〔9〕鄙人:指乡野之人。

〔10〕篱垣:篱笆墙。洁修:整齐。

〔11〕卜邻结社:犹结为邻居,指定居。卜,选择。社,里社。

〔12〕大德丙午:为元成宗大德十年,即公元1306年。孟冬:冬季由第一个月,即农历十月。上饶:地名,即今江西上饶。

〔13〕世念:用世的念头,即出仕做官的想法。

〔14〕子息:孩子。息,儿子。

〔15〕橐(tuó驼)中装:语出《汉书·陆贾传》:"赐贾橐中装,直千金。"此指囊中之钱。

〔16〕佣赁:原意是受雇于人,为人劳役。这里当指雇用劳役。

〔17〕缗(mín民):古代一千个钱串成一串叫一缗。

〔18〕陆贾分金:陆贾是汉初政治家。从高祖定天下。后奉命出使南越,说服南越王尉佗向汉称臣。佗喜其为人,赐"橐中装",有千金之数。吕后当权时,他病免家居,以千金分给五子。

〔19〕萧何买田:萧何是汉初著名政治家。曾辅佐刘邦,为一代开国名相。据史书记载,他曾广买"田宅数千万"。

〔20〕券:钱钞。自食:自备饮食。

〔21〕量:酌量。直:同"值",报酬。

〔22〕仍旧名:沿用原来的名字。增新构:增添新的建筑。

〔23〕楹:本为柱子,这里指房子的间数。

〔24〕径术:道路。术(術),道。《礼记·月令》:"审端径术。"此指树道菜畦。

〔25〕何居:犹何如、如何。"居"字为语助词。

〔26〕黄帝名之:《史记·五帝本纪》记黄帝"时播百谷草木,淳化鸟兽虫蛾"。

〔27〕禹名之：《史记·夏本纪》记夏禹"定高山大川"。

〔28〕以声自名其名者：此句和下句意为人们根据其叫声为某些鸟类取名。

〔29〕居游：居息游乐。

〔30〕晚暮：指人的晚年。

寒光亭记[1]

寒光亭在溧阳州西五十里梁城湖上[2]。亭之下为寺，曰白龙。岁月湮漫[3]，不知兴创之所由始[4]。宋元丰间重修塔记称[5]："父老相传，已七百载。"则沿而至今，可知其久也。

东闽浙[6]，西淮襄[7]，宦客游人之所必至[8]，至必有歌诗咏叹，以发寒光之美[9]，无虚览者[10]。张安国、赵南仲、吴毅父雄词健墨[11]，最为人所推重。而栋宇垂废[12]，不足以相映发[13]。州有进士汤君，以文辞为之徽施于江湖之往来[14]，值一二名公卿喜之[15]，亭得改立。如此十年，又废。大德辛丑春[16]，进士君之诸孙实来相游寻。顾瞻徘徊，则昔之华榱画槛[17]，惟荒榛存焉[18]。喟然曰："兹亭之兴，吾祖固有力，今安得瘳其勤[19]？"倾赀庀工[20]，亭又加筑。既又捐田白龙，以为修葺之助[21]。功完事具[22]，寺僧乃为进士君置祠[23]，而来征记于余[24]。人尝言：江南佳山川，造物者靳畀于人[25]，而惟僧佛者可以得而居之。是盖不然。

人之获如此意者[26]，孰加于王侯将相[27]？彼其占形胜，营园池，斥台榭[28]，徒欲乐于其身；有馀，丐及于宾游童伎[29]。僧佛之乐，常愿与人同之[30]。故人之从之，材者不吝于言，仁者不吝于财，无怪也。此非惟有数[31]，而用心之公私广狭[32]，吾徒有愧焉者多矣[33]，岂止于系一亭之兴废而已哉！

  进士君诸孙曰德裕，曰佑孙。寺僧曰祖慧。余剡源戴表元[34]。十年丙午季秋二十六日记[35]。

〔1〕此文借寒光亭之兴废和重修，驳斥了所谓江南山水佳者多为僧道所居的观点，说明僧道所居之山之所以美，乃因其用心公，能为人共游赏，故人乐献言助财，使之日臻于美。并由此引出了用心之公私广狭不仅关系于一亭之兴废，更关系着做人之意义的深刻道理。

〔2〕溧阳州：治今江苏溧阳。

〔3〕岁月湮漫：因时间长远而模糊。

〔4〕兴创：创建。所由始：缘由。

〔5〕元丰：宋神宗赵顼后期年号（1078—1085）。重修塔记：指重修塔时所立的碑记。

〔6〕闽浙：泛指福建和浙江一带。

〔7〕淮：淮西。泛指今安徽西部河南东部一带。襄：襄阳。泛指今湖北襄阳一带。

〔8〕宦客：在外做官的人。

〔9〕发：揭示。

〔10〕虚览：白白地观赏。

〔11〕张安国（1132—1170）：名孝祥，字安国，号于湖居士。历阳乌

江(今安徽和县)人。南宋绍兴进士。因上书为岳飞昭雪,为秦桧所忌。历礼部员外郎、起居舍人、权中书舍人。善诗文,工词,是豪放派的重要作家。赵南仲(1186—1266):名葵,字南仲,号信庵。衡山(今属湖南)人。少随父抗金,后以军功授承务郎,知枣阳军。淳祐间,曾官至右丞相兼枢密使。吴毅父(1196—1262):名潜,字毅父,号履斋。宣州宁国(今属安徽)人。南宋嘉定进士。历官江东安抚留守、淮东总领、兵部尚书、浙东安抚使。曾两度入相。善诗词,多感怀之作。雄词健墨:指以上三人所写的歌咏寒光亭的作品。

〔12〕栋宇:指房屋。垂废:接近塌毁。

〔13〕不足以相映发:指破旧的建筑与名公题词不相称。

〔14〕徼(yāo邀):求取。施:布施。往来:指往来之人。

〔15〕值:碰上。

〔16〕大德辛丑:指元成宗大德五年,即公元1301年。

〔17〕榱(cuī崔):椽子。槛:栏干。

〔18〕荒榛:杂乱丛生的草木。

〔19〕隳(huī灰):毁坏。这里是断绝的意思。

〔20〕倾赀:出资。赀,同"资"。庀(pǐ匹):备,招募的意思。

〔21〕修葺:修理。指后续维修。

〔22〕具:完备。

〔23〕祠:祠堂,供祭祀用的房屋。

〔24〕征:求。

〔25〕造物者:造物主。靳:吝惜。畀(bì必):给予。

〔26〕获:得到。这里是有的意思。意:想法。

〔27〕孰:谁。加于:胜于。

〔28〕斥:开拓。

〔29〕丐:施予。宾游:指宾客。伎:乐舞伎人。

〔30〕同之:共同分享。

〔31〕数:天数。

〔32〕广狭:宽广与否。

〔33〕吾徒:我们。

〔34〕剡(shàn善)源:剡水之源,实指剡溪,河流名。在浙江嵊州。戴表元是奉化人,移居剡县(今浙江嵊州)。

〔35〕十年:指元成宗大德十年,即公元1306年。

文溪记[1]

明之北四十里而近[2],有溪曰文溪。郡志以为山水掩映,碧而成文之名也。学佛者本畅师爱之[3],卜邻而居[4],久而情谊声迹,与溪相驯[5]。人之自远外慕师而来者,亦号师为文溪焉[6]。

余尝诘之:"是溪之初,本无即名之者也,而不害其为溪[7]。自夫人以文名之,而爱始生。爱生则人不能忘,而是名且将为溪累[8],而溪又以累子,何如?"师曰:"吾何以知名累之有无乎哉[9]?吾以一身寄于空虚,混混乎与众幻俱驰[10],与群有俱休[11]。顾不可无食也,而撷于溪之毛[12];不可无饮也,而掬于溪之泉[13]。暇则杖溪云而游[14],喜则藉溪石而谣[15]。吾取于溪,若是足矣,而何知夫溪之为我,我之为溪乎?而何者为名,何者为累乎?且吾久之殆将忘我,岂惟忘溪,又将忘人,而人与溪之自不相忘,则吾又何容知乎[16]？南望骠骑出疆[17]，张将军意子中书郎齐芳之所隐[18]；西背阚峰[19]，吴侍中泽故居在焉[20]；北引达蓬[21]，土人相传秦始皇常登此山，谓可以达蓬莱[22]；而东眺瀚海，方士徐福之徒所谓跨溟濛[23]，泛烟涛，求仙采药而不返者也。俯仰二千年，是溪之左右前后，汲汲而趋者[24]，非以全身，则欲适志。当其盛强，恨不疾鞭而先[25]，秉烛而乐。今其遗存几何？庸讵知陵谷犹未变迁之间[26]，而吾区区者乃独得而专之[27]？专之复几何？而能不为众人之所晦。是岂不可为慨然而思，廓然而悟乎？而吾与子皆可以忘言矣。"

于是，余聆其说，喜师道之将成，而离于名，远于累，不久也。又嘉其言之足以达其意，亦如是溪之不期于文而文也。遂摭而述之[28]，以为记。

〔1〕本文借文溪引出了关于人生累名的疑问，又通过僧人本畅的回答说明了名之所以累人，乃在于人之汲汲于世，不能忘于名。从而表达了一种向慕泉林，超然出世的高洁之志。文溪，在今浙江省宁波市，汇集众山之水，清澈见底。

〔2〕明：明州，唐置。治所在今浙江省宁波市鄞州区。

〔3〕本畅：和尚的法名。

〔4〕卜：选择。

〔5〕相驯：相顺、相从义。

〔6〕号：称。

〔7〕害：妨碍。

〔8〕累：负担。

〔9〕名累:受名声的牵累。

〔10〕混混:犹混沌。众幻:指世间万物。僧人忘身物外,故视万物为幻形。驰:这里指运行。

〔11〕群有:指各种存在。

〔12〕撷:采。溪之毛:指长在水中的可食用的藻类。

〔13〕掬:用两手捧。

〔14〕杖溪云:以溪云为杖。这里是乘着溪云的意思。

〔15〕藉:垫靠。

〔16〕何容:怎么可能。

〔17〕骠骑:骠骑山。在宁波市,旧名灵山。因东汉骠骑将军张意之子齐芳隐居在此,所以更名。

〔18〕隐:隐居。

〔19〕阚(kàn看去声)峰:山名,在宁波市。因三国时吴太傅阚泽曾住在这里,故名。

〔20〕侍中:官名。阚泽曾任吴国侍中。

〔21〕达蓬:达蓬山,在浙江慈溪市东南。相传秦始皇欲从此航海达蓬莱,故名。

〔22〕蓬莱:相传在海中,为神仙所居。

〔23〕方士:方术之士。指古代求仙、炼丹,追求长生不死之术的人。徐福:一作徐市。秦方士。字君房,或说是琅邪(今山东青岛)人。曾上书秦始皇,称海上有蓬莱、方丈、瀛洲三座仙山,并请得童男童女数千人,乘楼船入海访求。结果一去不复回。溟濛:指大海。

〔24〕汲汲:急切追求的样子。趋:追求。此句指上文说到的张齐芳等人。

〔25〕疾鞭而先:挥鞭驱马而抢先。

〔26〕庸讵(jù巨):怎么,哪里。陵谷变迁:指历史的沧桑变化。

〔27〕区区:自称的谦辞。专之:这里是独占意。
〔28〕摭(zhí直):摘取。

敷山记[1]

昔余尝读晋人《绝交书》、《誓墓文》[2],心诚怪之。以为诸公酬咏山林,沉溺乡井[3],亦云过矣。久之叹曰:嗟乎!士大夫心知材业无所益于时,宁出此焉,犹可矫懦激顽哉[4]!然此事贫者亦不易为,则好义之士,又有为之哀工穿碉[5],致镪买山[6],以成其高者。若吾家处士之于吴中[7],符山人之于襄阳[8],风流客主,天下两贤之,而今岂复有斯人乎?

庚寅之冬[9],遇吴兴姚子敬于杭[10]。子敬倾然为予道敷山之事[11]。敷山者,西于吴兴十有馀里,山中卷外截[12],水罄折行平原茂樾间[13]。左右之徐山、杼山[14],挟敷山而蹲。敷山之前,苍峭亘连[15],圭起簇伏,望而知为美壤也,然已入于势家[16],莫可物色。更累十年[17],子敬之邻有曹君者,始售而有之[18]。既克有之,则以予子敬。於[19],子敬欲窥一区之地以居久矣[20],而不敢望如敷山之美也。曹君曰:"敷山之美,我幸有之,子贫而贤,我以成子[21]。"子敬曰:"我诚不敢望敷山之美也,而不敢不成曹君之义。且吾亲年高,他日倘幸以为寿藏[22],而筑室读书于其侧,耕渔以给口,藏修以养体,咏歌以舒志,洋洋乎曹君之赐[23]，吾事毕矣。"

吾闻之惊喜。夫子敬之所以得于曹君，与曹君之所以知子敬，视古人何远哉！虽然，曹君义人也。子敬非材业无所益于时者也，予未识子敬时，凡从吴兴来者，夸子敬不容口。曹君亦用是贤贤乎[24]？及既识子敬，乃恂然一儒徒[25]，清苦刻厉[26]，议成而言[27]，虑定而动，其不负敷山审矣[28]。则曹君不为伤义，子敬不为沽惠也[29]。虽然，子敬材诚高，业诚良[30]，知子敬者，或不皆如曹君之真。将有结驷千乘，兼金束带，问途于敷山之下，是吴兴之荣，子敬之达，非敷山之得曹君也[31]。子敬曰："吾何暇于是？抑子之言为悫[32]，姑为我记之。吾将自书以镌于敷山之石。"子敬名式。曹君名元，弟名浚者字资深，名渊者字子澄。余剡源戴表元，字帅初。庚寅之岁，是为某年。谨记。

〔1〕此文记述了敷山之美与姚子敬得敷山的经过，赞扬了曹君赠山之义，突出了姚子敬之贤。借一座山同时衬托出了两个人的形象。

〔2〕《绝交书》：即《与山巨源绝交书》，西晋诗人嵇康作。嵇康与山涛(字巨源)同属"竹林七贤"，后山涛由选曹郎迁官大将军从事中郎，欲荐嵇康代其原职。嵇康遂作书拒绝，表明自己不愿做官的坚决意志。《誓墓文》：东晋书法家王羲之与骠骑将军王述齐名，但王羲之不齿王述为人。后王述地位比王羲之高，王羲之深以为耻，遂于父母坟前作文自誓，辞官归隐。

〔3〕沉溷(hùn 诨)：沉沦混迹，苟且过活。溷，混杂。

〔4〕矫：纠正。懦：指懦弱的人。激：激励。顽：无知的人。

〔5〕裒(póu 抔)：聚。穿：挖。礀：同"涧"。

〔6〕致:给予。锵(qiǎng抢上声):银子。

〔7〕吾家处士:这里疑指南朝宋时戴颙,他因病由桐庐山中去往吴中,当地士人为他筑室,"聚石引水,植林开涧",照顾他的隐士习性。事见《宋书·隐逸传》。吾家,指同姓之人。处士,指隐居不仕的人。

〔8〕符山人:据唐人范摅《云溪友议》卷上《襄阳杰》载,唐人符载曾派童子送信给襄阳司空于頔,向他乞百万买山钱,于頔如数付之,并附赠了纸墨衣服。

〔9〕庚寅:指至元二十七年,即公元1290年。

〔10〕吴兴:地名。今浙江省湖州市。姚子敬:名式,作者的朋友,曾任绍兴府教授。

〔11〕倾然:源源本本。

〔12〕中卷:中间曲折。外截:外部峭齐。

〔13〕罄(qìng庆)折:本为弯腰鞠躬,这里是曲折的意思。茂樾(yuè月):茂密的树林。

〔14〕徐山、杼(zhù注)山:均为山名。都在湖州市。

〔15〕苍峭:苍崖峭壁。亘连:接连。

〔16〕势家:有权势的人家。

〔17〕累:积。这里是再过的意思。

〔18〕售:买。

〔19〕於(wū巫):感叹词。

〔20〕窥:察看。这里是寻找的意思。

〔21〕成:成全。

〔22〕寿藏:寿终埋葬的地方,指墓地。

〔23〕洋洋:盛大的样子。

〔24〕贤贤:第一个"贤"是动词,是当贤人来对待的意思。第二个"贤"是名词,指贤人。

〔25〕恂然:忠厚朴实的样子。

〔26〕刻厉:刻苦自励。

〔27〕议成而言:意见考虑成熟了才说。议,意见。

〔28〕负:辜负。审:确实。

〔29〕沽惠:猎取别人的恩惠。

〔30〕业:学业。

〔31〕"将有"以下六句:是预祝姚式飞黄腾达的贺语。结,联结。驷,四匹马拉的车。兼金,价值倍于常金的好金子。这里表示来者带着价值不菲的聘金。问途于敷山之下,是找寻姚式的委婉语。

〔32〕悫(què 却):诚实。

邓 牧

邓牧(1247—1306),字牧心,自号三教外人,世称文行先生。钱塘(今浙江杭州市)人。少喜《庄子》,成年后淡薄名利仕进。宋亡,隐于馀杭大涤山洞霄宫,与谢翱、周密等遗民相往来。著有《洞霄图志》、《伯牙琴》等。

雪窦游志[1]

岁癸巳春暮[2],余游甬东[3],闻雪窦游胜最诸山,往观焉。廿四日,由石湖登舟[4],二十五里下北口堰达江[5]。江行九折,达江口。转之西,大桥横绝溪上[6],覆以栋宇。自桥下入溪行,九折达泉口。凡舟楫往还,视潮上下,顷刻数十里;非其时,用人力牵挽,则劳而缓焉。初,大溪薄山转[7],岩壑深窈,有曰仙人岩,巨石临水,若坐垂踵者[8];有曰金鸡洞,相传凿石破山,有金鸡鸣飞去,不知何年也。水益涩[9],曳舟不得进,陆行六七里,止药师寺。寺负紫芝山[10],僧多读书,不类城府。

越信宿[11],遂缘小溪,益出山左,涉溪水,四山回环,遥望白蛇蜿蜒,下赴大壑,盖涧水尔。桑畦麦陇,高下联络,田家隐翳竹树,樵童牧竖相征逐[12],真行画图中!欲问地所历名,则舆夫朴野[13],不深解吴语[14],或强然诺,或不应所问[15],率十问仅得二三。次度大溪,架木为梁,首尾相啮,广三尺馀,修且二百跬[16],独野人往返捷甚[17]。次溪口市[18],凡大宅多废者,间有诵声出廊庑[19],久听不知何书,殆所谓《兔园册》耶[20]?

渐上,陟林麓,路益峻,则睨松林在足下。花粉逆风起为黄尘,留衣襟不去,他香无是清也。越二岭,首有亭当道,髹书"雪窦山"字[21]。山势奥处,仰见天宇,其狭若在陷井;忽出林际[22],则廓然开朗,一瞬百里。次亭曰隐秀,翳万杉间[23],溪声绕亭址出山去。次亭曰寒华,多留题,不暇读;相对数步为漱玉亭,覆泉,窦虽小,可汲,饮之甘。次大亭,直路所入,路析为两[24]。先朝御书"应梦名山"其上[25],刻石其下,盖昭陵梦游绝境[26],诏图天下名山以进,兹山是也。左折松径,径达雪窦。自右折入,中道因桥为亭,曰锦镜。亭之下为圆池,径馀十丈,植海棠环之,花时影注水涘,烂然疑乎锦,故名。度亭支径亦达寺而缭曲[27]。主僧少野有诗声[28],具觞豆劳客[29],相与道钱塘故旧,止余宿。余度诘旦且雨[30],不果留。

出寺右偏,登千丈岩,流瀑自锦镜出,泻落绝壁下,潭中深不可计;临崖端,引手援树下顾,率目眩心悸。初若大练,触崖石,喷薄如急雪飞下,故其上为飞雪亭。憩亭上,时觉沾醉,清谈玄辩,触喉吻动欲发,无足与云者;坐念平生友,怅然久之。寺前秧田羡衍[31],山林所环,不异平地。然侧出见在下村落,相去已数百丈;仰见在上峰峦,高复称此[32]。

次妙高台,危石突岩畔,俯视山址环凑,不见来路。周览诸山,或绀或苍[33],覆盂者[34],委弁者[35],蛟而跃、兽而踞者,不可殚状[36]。远者晴岚上浮[37],若处子光艳溢出眉宇[38],未必有意,自然动人,凡陵登[39],胜观华焉。

土人云,又有为小雪窦,为板锡寺,为四明洞天。余亦兴尽。不暇登陟矣。

[1]《雪窦游志》是一篇有名的游记散文。作者追记自己游览雪窦时的情景,文字简洁生动。文中写景状物往往是信手拈来,点到为止,但却因其下笔准确,所以显得活泼自然,宛然如在目前,令人读罢大有身临其境的感觉。雪窦,四明山支脉的最高峰,在今浙江宁波市西南。

[2] 癸巳:指元世祖至元三十年,即公元1293年。

[3] 甬东:古地名。即今浙江省舟山市。

[4] 石湖:湖名。在宁波市东。

[5] 北□堰(yàn 艳):中间原缺一字。

[6] 横绝:横跨。

[7] 薄:贴着。

[8] 坐垂踵:垂足而坐。踵,脚跟。这里指脚。

[9] 涩:指因潮退水浅,舟行不畅。

[10] 负:背靠着。

[11] 越信宿:过了两夜。再宿曰信。

[12] 牧竖:牧童。相征逐:互相追逐玩耍。

[13] 舆夫:轿夫。朴野:质朴而没文化。

〔14〕吴语:指江浙地区的方言。

〔15〕"或强"二句:强然诺,勉强答应。不应所问,所答非所问。

〔16〕修:长。跬(kuǐ 傀):半步,一举足的距离,相当于今之一步。

〔17〕野人:当地的土著人。

〔18〕次:停。溪口:四明山脚下的古镇。

〔19〕间:间或,偶尔。廊庑(wǔ 五):堂屋两侧的厢房和走廊。

〔20〕《兔园册》:本为唐人编写的童蒙读物,书中集录了许多古今史事和典故。这里用作对乡间学堂里的通俗课本的代称。

〔21〕髹(xiū 休)书:用红黑漆书写。髹,红黑色的漆。

〔22〕际:边。

〔23〕翳:遮蔽。

〔24〕析:分开。

〔25〕先朝:指宋朝。御书:皇帝亲手书写。这里指宋理宗赵昀的题字。

〔26〕昭陵:指宋理宗。

〔27〕缭曲:迂回曲折。

〔28〕主僧:主持寺院的僧人。少野:和尚的法名。诗声:诗名。

〔29〕觞豆:酒杯和食具。这里指酒食。劳:犒劳,招待。

〔30〕度:估量。诘旦:第二天早晨。

〔31〕羡衍:广阔平坦。

〔32〕称此:与此相当。

〔33〕绀(gàn 赣):黑中带红的颜色。苍:深绿色。

〔34〕覆盂者:形容山形如倒扣的盂。

〔35〕委弁(biàn 下)者:形容山形如委弃在地的帽子。弁,古代的一种皮帽。

〔36〕殚:尽。

〔37〕岚:山间雾气。

〔38〕处子:处女。

〔39〕陵登:登高。

麻　革

麻革(？—1244以后)，字信之，虞乡(今属山西永济)人。金正大中与张澄、杜仁杰辈隐于内乡(今属河南南阳)山中，教授生徒，并日以做诗为业，人称贻溪先生。入元后继续不仕，为"河汾诸老"之一。著有《贻溪集》。

游龙山记[1]

余生中条王官五老之下[2]，长侍先人西观太华[3]，迤逦东游洛[4]，因避地家焉[5]。如女几、乌杈、白马诸峰[6]，固已厌登饱经，穷极幽深矣。革代以来[7]，自雁门逾代岭之北，风壤陡异，多山而阻，色往往如死灰，凡草木亦无粹容。尝切慨叹，南北之分何限此一岭[8]，地脉遽断绝不相属如是耶[9]？越既留滞居延[10]，吾友浑源刘京叔尝以诗来，盛称其乡泉石林麓之胜。浑源实居代北，余始而疑之。虽然，吾友著书立言，蕲信于天下后世者[11]，必非夸言之也，独恨未尝一游焉。

今年夏，因赴试武川归道浑水[12]，修谒于玉峰先生魏公[13]。公野服萧然[14]，见余于前轩。语未周浃[15]，骤及是邦诸山:"若南山、若柏山业已游矣,惟龙山为绝胜,姑缺兹以须诸文士同之[16],子幸来,殊可喜。"乃选日为具[17],拉诸宾友骑自治城西南行十馀里抵山下。山无麓,乍入谷,未有奇,沿溪曲折行数里,草木渐秀润,山竦出,崭然露芒角[18],水声锵然鸣两峰间,心始异之。又盘山行十许里,四山忽合,若拱而提,环而卫者,嘉木奇卉被之,葱茜酦郁[19]。风自木杪起[20],纷披震荡,山与木若相顾而坠者,使人神骇目眩。又行数里,得泉之泓澄渟潴者焉[21],泆出石罅,激而为迅流者焉。阴木荫其颠,幽草缭其趾[22],宾欲休,咸曰:"莫此地为宜。"即下马披草[23],踞石列坐,诸生瀹觞以进[24]。酒数行,客有指其西大石曰:"此可识[25]。"因命余,余乃援笔书凡游者名氏及游之岁月而去。又行十许里,大抵一峰、一盘、一溪、一曲,山势益奇峭,树林益多杉桧栝柏,而无他凡木也。溪花种种,金间玉错[26],芬香入鼻,幽远可爱。木萝松鬣[27],胃人衣袖[28]。又萦纡行数里得冈之高[29],邌陟而上,马力殆不能胜。行茂林下又五里,两岭若歧[30],中得浮屠氏之居曰大云寺[31],有僧数辈来迎。延入[32],馆于寺之东轩。林峦树石,栉比楯立[33],皆在几席之下。憩过午,谒主僧英公,相与步西岭,过文殊岩。岩前长杉数本挺立,有磴悬焉,下瞰无底之壑。危峰怪石,巉屼巧斗[34],试一临之,毛骨森竖。南望五台诸峰[35],若相联络无间断。西北而望,峰豁而川明[36],村墟井邑[37],隐约微茫,如弈局然[38]。徜徉者久之,夤缘入西方丈[39],观故侯同知运使雷君诗石及京叔诸人留题[40]。回乃径北岭登萱草坡,盖龙山绝顶也。岭势峻绝,无路可跻[41],步草而往,深弱且滑甚,攀条扪萝[42],疲极乃得登。四望群木,皆翠杉苍桧,凌云千尺,与山无穷。此龙山胜概之大全也。降,乃复坐文殊岩下,置酒小酌。日既入,轻烟浮云与暝色会。少焉月出,寒阴微明,散布石上。松声翛然自万壑来[43],客皆悚视寂听[44],觉境逾清、思逾远。已而相与言曰:"世其有乐乎此者与?"酒醺[45],谈辩蜂起,各主其家山为胜[46],更嘲迭难不少屈[47]。玉峰坐上坐,亦怡然一笑,《诗》所谓"善戏谑兮,不为虐兮"者是也[48]。至二鼓乃归,卧东轩。

明旦复来,各有诗识于石。午饭主僧丈室。已乃循岭而东,径甚微,木甚茂密,仅可通马。行又五里,至玉泉寺,山势渐颇隘,树林渐稀阔,顾非龙山比。寺西峰曰望景台,险甚。主僧导客以登,历嵚岑[49],坐盘石。其傍诸峰罗列,或偃或立,或将仆坠,或属而合,或离而分,贾奇献异不一状[50]。北望川口最宽肆,金城原野,分画条列,历历可数。桑乾一水[51],纡绕如玦[52],观览旷达,此玉泉胜处也。从此归,路险不可骑,皆步而下。重溪峻岭,愈出愈有,抵暮乃得平地,宿李氏山家。卧念兹游之富与夫昔所经见而不能寐,若太华之雄尊[53],五老之巧秀[54],女几之婉严[55],乌权、白马之端重[56],兹山固无之。至于奥密渊邃[57],树林荟蔚繁阜[58],不一览而得,则兹山亦其可少哉?人之情大抵得于此而遗于彼,用于所见而不用于所未见,此通患也。不知天壤之间,六合之内,复有几龙山也?

因观山,于是乎有得。徒以文思浅狭且游之亟[59],无以尽发山水之秘,异时当同二三友幅巾藜杖[60],于于而行[61],遇佳处辄留,更以笔札自随,随得随纪,庶几兹山之仿佛云。己亥岁七夕后三日,王官麻革记[62]。

〔1〕元大德三年(1299)七月,麻革因至武川考试,路经浑源,遂应魏璠之邀,与诸文士游览了当地的名胜龙山。龙山又名龙封山,在今山西省浑源县西南,山上风景秀丽,地势险峻,甚为当地的名士所称赞。此前,麻革已从《归潜志》作者刘祁(字京叔,号神川遁士)的赠诗中得知了此山,且亦思欲一游。至此他终于得偿夙愿,与诸人同登其境,目睹其中的种种险胜之处,因作此文。

〔2〕中条:山名。在山西省南部。王官:山谷名。五老:山名。均在山西永济市。

〔3〕侍:陪同。先人:指自己的父亲。太华:指华山,在陕西省华阴市。

〔4〕迤逦:曲折连绵。

〔5〕避地:因逃难而移居他处。家:落家,安家。

〔6〕女几、乌杈、白马:皆山名。均在河南洛阳附近。

〔7〕革代:易代,改朝换代。此指元朝统一中原。

〔8〕何限:何止。

〔9〕遽:就。属:连。

〔10〕越:句首助词,无实义。居延:古县名。故治在今内蒙古额济纳旗境内。

〔11〕蕲(qí齐):通"祈"。求。

〔12〕武川:县名。在今内蒙古。

〔13〕修谒:拜访。玉峰先生魏公:指魏璠。见刘祁《游林虑西山记》注〔4〕。

〔14〕野服:穿着乡间的便装。萧然:清静散朗的样子。

〔15〕周浃:深入。

〔16〕姑:姑且。须:等待。

〔17〕具:酒馔。

〔18〕崭然:突出的样子。芒角:指棱角。

〔19〕葱茜:草木青翠茂盛的样子。酞郁:即浓郁。酞,厚。

〔20〕木杪:树梢。

〔21〕泓澄:水深而清澈。渟滀(tíng chù 廷触):水汇聚貌。

〔22〕幽草:深草。

〔23〕披草:拨开草。

〔24〕瀹(yuè 月)觞:温酒。瀹,煮。觞,酒杯。

〔25〕识:题字。

〔26〕金间玉错:形容溪畔的野花像黄金和美玉一样地错杂相间。

〔27〕木萝:树上的藤萝。松鬣(liè 列):松针。

〔28〕罥(juàn 倦):缠绕,牵绊。

〔29〕萦纡:曲折环绕。

〔30〕岐:通"歧"。分岔。

〔31〕浮屠氏:指和尚。

〔32〕延:邀请。

〔33〕栉比楯立:形容树木像梳齿一样稠密,山石像竖立的盾牌一样突兀。栉,梳子或篦子。楯,通"盾",盾牌。

〔34〕巑岏(cuán wán 攒阳平玩):高峻的样子。

〔35〕五台:山名。在山西省忻州市。

〔36〕豁:开阔。明:明净。

〔37〕村墟:村落。井邑:村庄。井,井字形的田地。

〔38〕弈局:棋盘。

〔39〕夤缘:攀缘爬登。

〔40〕雷君:指雷渊。生平见本书所选元好问《雷希颜墓铭》。

〔41〕跻(jī饥):登。

〔42〕条:藤条。扪:抓着。萝:藤萝。

〔43〕翛(xiāo消)然:无拘无束的样子。

〔44〕悚视:警惕地观望。寂听:静听。

〔45〕醺(xūn勋):醉。

〔46〕各主其家山为胜:各人都说自己家乡山水最好。

〔47〕更嘲迭难:指人们为争胜而互相嘲笑和问难。屈:让步。

〔48〕善戏谑兮,不为虐兮:两句诗出《诗经·卫风·淇奥》。

〔49〕嵚(qīn侵)岑:高峻的山。

〔50〕贾:卖。此处有卖弄的意思。

〔51〕桑乾:河流名。源出山西,流入河北,是永定河的上游。

〔52〕纡绕:环绕。玦(jué绝):一种环形而有缺口的佩玉。

〔53〕太华:即华山。雄尊:雄伟独立。

〔54〕五老:五老峰。在山西永济市东南。

〔55〕婉严:秀丽端庄。

〔56〕端重:端庄,庄重。

〔57〕奥密渊邃:深邃幽远。

〔58〕荟蔚繁阜:茂密繁盛。阜,盛,多。

〔59〕亟:急,匆忙。

〔60〕幅巾:古时男子不戴冠时用来裹束头发的丝巾。

〔61〕于于:自足、自得的样子。

〔62〕己亥:元成宗大德三年,即公元1299年。

吴　澄

吴澄(1249—1333),字幼清,晚字伯清,抚州崇仁(今江西崇仁)人。宋末举进士不第,还乡筑草庐,讲学著书其中,学者称草庐先生。元初应召入京,旋以母老辞归。大德末年,授江西儒学副提举,不久以疾辞。至大间,召为国子监丞。皇庆元年(1312)升司业,又辞归。至治三年(1323),迁翰林学士。泰定年间,以经筵讲官主持修《英宗实录》,事毕弃职南归。著有《吴文正公集》等。

送何太虚北游序[1]

士可以游乎?"不出户,知天下"[2],何以游为哉!士可以不游乎?男子生而射六矢,示有志乎上下四方也[3],而何可以不游也?

夫子[4],上智也[5],适周而问礼[6],在齐而闻《韶》[7],自卫复归于鲁,而后《雅》、《颂》各得其所也[8]。夫子而不周、不齐、不卫也,则犹有未问之礼,未闻之《韶》,未得所之《雅》、《颂》也,上智且然,而况其下者乎?士何可以不游也!然则彼谓不出户而能知者,非欤?曰:彼老氏意也[9]。老氏之学,治身心而外天下国家者也[10]。人之一身一心,天地万物咸备[11]，彼谓吾求之一身一心有馀也，而无事乎他求也[12]，是固老氏之学也。而吾圣人之学不如是[13]。圣人生而知也，然其所知者，降衷秉彝之善而已[14]。若夫山川风土、民情世故、名物度数[15]、前言往行，非博其闻见于外，虽上智亦何能悉知也？故寡闻寡见，不免孤陋之讥。取友者，一乡未足，而之一国；一国未足，而之天下；犹以天下为未足，而尚友古之人焉[16]。陶渊明所以欲寻圣贤遗迹于中都也[17]。

然则士何可以不游也？而后之游者，或异乎是。方其出而游乎上国也，奔趋乎爵禄之府[18]，伺候乎权势之门[19]，摇尾而乞怜，胁肩而取媚[20]，以侥倖于寸进。及其既得之，而游于四方也，岂有意于行吾志哉！岂有意于称吾职哉！苟可以夺攘其人[21]，盈厌吾欲[22]，囊橐既充[23]，则阳阳而去尔[24]。是故昔之游者为道，后之游者为利。游则同，而所以游者不同。余于何弟太虚之游，恶得无言乎哉！太虚以颖敏之资，刻厉之学，善书工诗，缀文研经[25]，修于己，不求知于人，三十馀年矣。口未尝谈爵禄，目未尝睹权势，一旦而忽有万里之游，此人之所怪而余独知其心也。世之士，操笔仅记姓名，则曰："吾能书！"属辞稍协声韵[26]，则曰："吾能诗！"言语布置，粗如往时所谓举子业[27]，则曰："吾能文！"阛门称雄[28]，矜己自大，醯瓮之鸡[29]，坎井之蛙[30]，盖不知瓮外之天，井外之海为何如，挟其所已能，自谓足以终吾身、没吾世而无憾，夫如是又焉用游！太虚肯如是哉？书必钟、王[31],诗必陶、韦[32],文不柳、韩、班、马不止也[33]。且方窥闯圣人之经[34],如天如海,而莫可涯,讵敢以平日所见所闻自多乎[35]?此太虚今日之所以游也。是行也,交从日以广[36],历涉日以熟,识日长而志日起,迹圣贤之迹而心其心,必知士之为士,殆不止于研经缀文工诗善书也。闻见将愈多而愈寡[37],愈有馀而愈不足,则天地万物之皆备于我者,真可以不出户而知。是知也,非老氏之知也。如是而游,光前绝后之游矣,余将于是乎观。

澄所逮事之祖母[38],太虚之从祖姑也[39],故谓余为兄,余谓之为弟云。

[1]此文借送何太虚北游之机论述了通过游历来开拓眼界、增加见闻的必要性,同时也批评了老子闭塞耳目的保守态度和假游历之名而干谒权门的卑鄙之徒。

[2]"不出户,知天下":语出《老子》第四十七章。

[3]"男子"二句:《礼记·内则》曾说,国君的儿子生后三日,命射人以桑木为弓,以六支蓬矢射向天地四方,象征好男儿志在四方。

[4]夫子:指孔子。

[5]上智:最有智慧。

[6]适周而问礼:据《史记·孔子世家》载,孔子曾至周问礼于老子。

[7]在齐而闻《韶》:见《论语·述而》:"子在齐闻《韶》,三月不知肉味。"韶,相传是舜时的音乐。

[8]"自卫"二句:《论语·子罕》记孔子周游列国,最后从卫国回归鲁国,整理乐曲,把高雅的《雅》、《颂》从一般音乐中区别了出来。

〔9〕老氏:指老子。

〔10〕外天下国家:指把天下国家的事情当作外务。

〔11〕天地万物咸备:语出《孟子·尽心上》:"孟子曰:万物皆备于我矣。"这里借孟子的话来批评老子主张治身心而外天下国家的不足。

〔12〕"彼谓"二句:据《老子》第十三章:"吾所以有大患者,为吾有身,及吾无身,吾有何患。"事,从事。

〔13〕圣人:指孔子。

〔14〕降衷:《尚书·汤诰》:"惟皇上帝,降衷于下民。"衷,善。秉彝:《诗经·大雅·烝民》:"民之秉彝,好是懿德。"彝,作"常"解,引申为本性。降衷、秉彝合起来是指人的天赋和禀性。

〔15〕名物:指名号和物色。语出《周礼·地官·大司徒》:"辨其山林、川泽、丘陵、坟衍、原隰之名物。"

〔16〕"取友者"以下七句:语本《孟子·万章下》:"孟子谓万章曰:'一乡之善士,斯友一乡之善士;一国之善士,斯友一国之善士;天下之善士,斯友天下之善士。以友天下之善士为未足,又尚论古之人。颂其诗,读其书,不知其人可乎?是以论其世也,是尚友也。'"尚友古之人,意谓上与古人为友。尚,通"上"。

〔17〕"陶渊明"句:陶渊明《赠羊长史》诗云:"愚生三季后,慨然念黄虞。得知千载外,正赖古人书。圣贤留馀迹,事事在中都。"中都,古代对都城的通称,此处指洛阳、长安。

〔18〕爵禄之府:指权贵之家。

〔19〕伺候:等待。

〔20〕胁肩:耸起肩膀。《孟子·滕文公下》云:"胁肩谄笑,病于夏畦。"

〔21〕夺攘:抢夺。攘,侵夺。

〔22〕厌:满足。欲:欲望。

〔23〕囊橐(tuó驼)：口袋。

〔24〕阳阳：安然自得的样子。韩愈《张中丞传后叙》："巡就戮时，颜色不乱，阳阳如平常。"

〔25〕缀文：写文章。经：经书。

〔26〕属辞：联缀辞句以成文。此处指写诗。

〔27〕举子业：又称举业。在科举制度中，考生在试前所作的应试文字，称举子业。

〔28〕阖门：关起门来。

〔29〕醯(xī夕)瓮之鸡：即醯鸡，一种浮在酒上的小虫。典出《庄子》。据《庄子·田子方》载，孔子在请教过老子后，出以告颜回曰："丘之于道也，其犹醯鸡与？微夫子之发吾覆也，吾不知天地之大全也。"

〔30〕坎井之蛙：即井底之蛙。典出《庄子·秋水篇》。比喻孤陋寡闻而又自以为是的人。

〔31〕钟、王：指钟繇和王羲之。二人都是东晋杰出的书法家。

〔32〕陶、韦：指陶渊明、韦应物。陶渊明是东晋著名诗人，韦应物乃中晚唐诗人，两人都以写田园诗而著称。

〔33〕柳、韩、班、马：分别指唐代的柳宗元和韩愈，西汉的班固和司马迁，他们都是著名的散文家。

〔34〕窥：窥探。闯：闯入。经：指儒家的经典。韩愈《同宿联句》云："儒门虽大启，奸首不敢闯。"此用其义。

〔35〕讵敢：岂敢。自多：自满。

〔36〕交从：交游。从，相从，往来。

〔37〕闻见将愈多而愈寡：意思是说听得越多见得越多，越会觉得自己知道得太少。

〔38〕逮：赶得上。事：侍奉。

〔39〕从祖姑：祖父的堂姊妹。

159

答董中丞书[1]

正月十一日,临川儒生吴澄再拜中丞相公阁下:

澄闻学者非以求知于人也,欲其德业有于身而已矣。仕者非以自荣其身也,欲其惠泽及于人而已矣。澄江南鄙人也[2],自幼读圣贤之书,观其迹,探其心[3],知圣贤之学,得之于心为实德,行之于身为实行,见之日用、施之家国为实事业。资之不敏[4],力之不勤,学之四十年矣,而未有成。是以日夜孜孜矻矻[5],惟恐无以自立于己,而不敢求用于时也。闲居方册中[6],以古之圣人为师,以古之贤人为友,而于今世位尊而有德、位卑而有学者,皆所愿事,皆所愿交也。

往年阁下分正江右[7],侧闻阁下之风[8],刚正公廉,卓然不倚[9],皎然不淬[10],特立独行于众醉群污之中,心窃慕焉。二年之后,始得与同游之友尝出入门下者,一望道德之光[11]。以一朝之所见,而益信二年之所闻。未几,澄居山中持丧[12],而阁下自南丰入觐[13],足迹无复再至阁下之庭。势位之相悬[14],道里之相隔[15],如九地之视九天[16],无一言可以达阁下之耳,无一字可以达阁下之目,疏贱姓名[17],何翅一草之微[18],意阁下且忘之矣。不谓克勤小物[19],过取其不足,而以闻于朝。圣上听言如流,贤相急才如渴[20],由布衣授七品官[21]。成命既颁,而阁下又先之以翰墨[22],敦请敦谕[23],如前代起处士之礼[24]。澄何人斯,而足以当之?

夫朝廷用人之不次[25],公卿荐人之不私[26],布衣之受特知、蒙特恩如此,近世以来,所希有也。虽木石犹当思所以报,而况于人乎?昔夫子劝漆雕开仕,对以"吾斯之未能信"。而夫子说之[27],何哉?说其不自欺也。然则开之可仕不可仕,虽夫子不能知,惟开自知之耳。阁下之举,古大臣宰相之所为也。澄敢不以古贤人君子之所自处者,自勉以事阁下哉?迩年习俗日颓[28],儒者不免事于奔竞[29],急于进取,媚灶乞墦[30],何所不至?今之大臣宰相,当有以微斡其机[31],丕变其俗[32],若俾疏贱之人,骤得美仕,非所以遏其徼幸冒进之萌也[33]。澄以古之贤人君子自期,则其出处进退,必有道矣。不然,贪荣嗜进[34],亦若而人也[35],阁下奚取焉?爱人以德,成人之美,是所望于今之大臣宰相能如古人者。爱之以德,而成其美,岂必其仕哉?邵尧夫诗云[36]:"幸逢尧舜为真主,且放巢由作外臣。"[37]澄虽不肖[38],愿自附于前修[39],成之者在阁下[40]。澄感恩报知,非言可殚[41]。未由庭参[42],敢冀为家国天下保重。临笔不胜拳拳[43],不宣[44]。澄再拜。

〔1〕此书乃吴澄为辞谢董士选荐其任应奉翰林文字而作。书中言辞恳切,语气委婉,但态度明确,深得《左传》笔法。董中丞,董士选。曾任中书左丞、江西行省左丞和江南行御史台中丞。故称。

〔2〕鄙人:鄙俗的人。这里是谦词。

〔3〕心:指圣贤的用心。

〔4〕资:资质,天资。

〔5〕孜孜矻(kū 哭)矻:勤奋不懈的样子。

〔6〕方册:典籍,书籍。

〔7〕正:治理。江右:指江西一带。

〔8〕侧闻:从旁听说。

〔9〕卓然不倚:言其为人公正。不倚,不偏斜。

〔10〕皎然不滓:洁白而不含杂质。喻为人坦荡。滓,渣子。

〔11〕道德之光:形容人的道德崇高。《穀梁传》有"德厚者流光"之说。

〔12〕持丧:守丧。

〔13〕南丰:今属江西省。入觐:入京朝见皇帝。

〔14〕势位:即权势地位。悬:悬殊。

〔15〕道里:即旅程,道路。

〔16〕九地:地下最深处。九天:天上的最高处。

〔17〕疏贱姓名:自谦之辞。

〔18〕翅:通"啻",异于。

〔19〕不谓:没料到。克勤:勤奋义。小物:自谦之辞。

〔20〕急才:急于得到人才。

〔21〕七品官:此指应奉翰林文字之职。

〔22〕翰墨:指书信。此句指董士选提前来信告知了授官的消息。

〔23〕敦:诚心诚意。

〔24〕起:起用。处士:有才德而隐居的人。

〔25〕不次:不按寻常的规格次序。

〔26〕不私:不怀私见。

〔27〕"昔夫子"三句:夫子,指孔子。漆雕开,字子若。春秋时蔡国人。少孔子十一岁。习《尚书》,不乐仕。这两句典出《论语·公冶长》。

说,通"悦"。

〔28〕迩年:近年。

〔29〕奔竞:奔走追求。

〔30〕媚灶:语出《论语·八佾》,后人释为巴结、阿附权势。乞墦(fán 凡):在坟墓间乞讨剩馀的祭品。典出《孟子·离娄下》。墦,坟墓。

〔31〕微斡(wò 握):犹微转。斡,转,旋。

〔32〕丕变:大变。丕,大。

〔33〕遏:阻止。冒:贪图。萌:开端。

〔34〕贪荣嗜(shì 是)进:贪图荣华和仕进。嗜,贪。

〔35〕而人:那些人。

〔36〕邵尧夫(1011—1077):北宋理学家邵雍,字尧夫。

〔37〕"幸逢"二句:诗题为《诏三下答乡人不起之意》,全诗云:"生平不作皱眉事,天下应无切齿人。断送落花安用雨,装添旧物岂须春。幸逢尧舜为真主,且放巢由作外臣。六十病夫宜揣分,监司无用苦开陈。"此诗为邵雍辞荐之作。巢由,巢父和许由,相传是尧时的隐士。

〔38〕不肖:不贤,不好。

〔39〕前修:前贤。指古代有品德的人。

〔40〕成:成全。

〔41〕殚:尽。

〔42〕未由:不能。庭参:本指下级官员至官厅行礼,参见上级。这里表示当面参拜。

〔43〕拳拳:恳切的样子。

〔44〕不宣:不再细说。这是书信中的常用语。

别赵子昂序[1]

盈天地之间一气耳,人得是气而有形,有形斯有声,有声斯有言，言之精者为文。文也者，本乎气也。人与天地之气通为一。气有升降，而文随之。画《易》造书以来[2]，斯文代有[3]，然宋不唐[4]，唐不汉，汉不春秋战国，春秋战国不唐虞三代，如老者不可复少，天地之气固然。必有豪杰之士出于其间，养之异[5]，学之到，足以变化其气，其文乃不与世而俱[6]。今西汉之文最近古，历八代浸敝[7]，得唐韩、柳氏而古[8]，至五代复敝[9]，得宋欧阳氏而古[10]，嗣欧而兴[11]，惟王、曾、二苏为卓[12]。之七子者[13]，于圣贤之道未知其何如，然皆不为气所变化者也。宋迁而南[14]，气日以耗，而科举又重坏之[15]。中人以下[16]，沉溺不返[17]，上下交际之文，往往沽名钓利，而作文之日以卑陋也。无怪其间有能自拔者矣，则不丝麻、不谷粟，而纐毹是衣[18]、蜆蛤是食[19]，倡优百态，[20]山海百怪，毕陈迭见，其归欲为一世所好而已[21]。夫七子之为文也，为一世之人所不为，亦一世之人所不好。志乎古[22]，遗乎今[23]，自韩以下皆如是。噫！为文而欲一世之人好，吾悲其文；为文而使一世之人不好，吾悲其人。

　　海内为一[24]，北观中州文献之遗。是行也，识吴兴赵君子昂于广陵[25]。子昂昔以诸王孙负异材[26]，丰度类李太白[27]，资质类张敬夫[28]，心不挫于物而所养者完[29]，其学又知通经为本[30]，与余论及《书》、《乐》[31]，识见复出流俗之表[32]。所养所学如此，必不变化于气，不变化于气而文不古者，未之有也。子昂亟称四明戴君[33]，戴君重庐陵刘君、鄱阳李君[34]。三君之文,余未能悉知,果一洗时俗所好而上追七子,以合于六经[35],亦可谓豪杰之士已。余之汩没[36],岂足进于是哉?每与子昂论经,究极归一[37],子昂不予弃也。南归有日[38],诗以识别[39]:

畸人坐书癖[40],殊嗜流俗笑。解弦三十秋[41],已矣钟期少[42]。近赋《远游》篇[43],上下四方小。识君维扬驿[44],玉色天下表[45]。伏梅千载事,疑谳一夕了[46]。诗文正始上[47],白昼云龙矫。《乐经》久沦亡[48],黍管介毫杪[49]。瑟笙十二谱,苦志谐古调。科蚪史籀来[50],篆隶楷行草[51]。字体成七家[52],落笔一如扫。草木虫鱼影[53],自植自飞跳[54]。曲艺天与巧[55],谁实窥奥窔[56]。肉食肉眼多[57],按剑横道宝。鹤书征为郎[58],珊瑚悭清庙[59]。班资何足计[60],万世日杲杲[61]。蹇驽厉十驾[62],天下君与操[63]。

[1] 本文虽是一篇别序,但却以相当的篇幅总结了由汉至宋散文的发展过程,其中不乏精彩之见,且具有较高的理论参考价值。赵子昂,即赵孟頫,子昂乃其字。元代著名的书画家。

[2] 画《易》造书:《尚书·序》中说文字是由伏羲氏演画八卦图时创造的。故云。《易》,即《周易》,《周易》中有八卦图。

[3] 斯文:指文学。

[4] 宋不唐:指宋代与唐代不同。后面几句依此类推。

[5] 养:培养,涵养。异:不同。

[6] 不与世而俱:指不与世俗相同。

〔7〕八代:指汉、魏、晋、宋、齐、梁、陈、隋八个朝代。浸敝:渐渐衰敝。

〔8〕唐韩、柳氏:指唐代的韩愈和柳宗元。

〔9〕五代:指唐朝末年的后梁、后唐、后晋、后汉、后周五个政权割据的时代。

〔10〕宋欧阳氏:指宋代的欧阳修。

〔11〕嗣:继。兴:起。

〔12〕王、曾、二苏:指宋代的王安石、曾巩和苏轼、苏辙二兄弟。卓:突出。

〔13〕之:这。七子:指上面提到的七个人。

〔14〕宋迁而南:指公元1126年北宋灭亡,宋室南迁。

〔15〕重:进一步。坏:败坏。

〔16〕中人:中等人。

〔17〕沉溺:指沉溺在科举应制文字中。

〔18〕罽(jì 季):一种毛织品。

〔19〕蚬(xiǎn 显)蛤(gé 格):都是贝类软体动物,这里当指蛤蜊。食蛤蜊,意为地位卑微。

〔20〕倡优:指古代的歌舞艺人。百态:指做出各种谄媚的姿态。

〔21〕归:旨归,目的。好:喜欢。

〔22〕志乎古:立志于古代。

〔23〕遗乎今:见弃于今时。遗,遗弃。这里指被遗弃。

〔24〕海内为一:指公元1279年元朝统一中国。

〔25〕吴兴:今浙江湖州。广陵:今江苏扬州市。

〔26〕诸王孙:因赵孟頫出身宋朝皇族,故云。负:持,具有。异材:特异的才能。

〔27〕李太白:即李白。唐代大诗人。

〔28〕张敬夫(1133—1180):名栻,字敬夫。南宋汉州绵竹(今四川绵竹)人,右相张浚子。宋代理学家。累官至吏部员外郎、右文殿修撰。严于义利之辨。著有《南轩易说》、《癸巳论语解》等多部,学者称南轩先生。

〔29〕挫:受挫。物:指外物。完:完整、完美。

〔30〕通经:贯通经书。经,指儒家的经书。本:根本。

〔31〕《书》《乐》:指《书经》和《乐经》,泛指经书。

〔32〕夐(xiòng凶去声):远。流俗之表:即流俗之上。

〔33〕亟称:极力称赞。四明戴君:指戴表元。戴表元为四明人。

〔34〕庐陵刘君:指刘诜(1268—1350),字桂翁,号桂隐。元庐陵(今江西吉安)人。终生以教学为业。钻研六经,熟读诸子百家文,为文能融会古今。著有《桂隐集》。鄱阳李君:疑指李存(1281—1354),元代人。善古文辞,人称"鄱阳先生"。存世有《鄱阳仲公李先生文集》。

〔35〕六经:指《诗》、《书》、《礼》、《乐》、《易》、《春秋》等六部儒家的经典。

〔36〕汩(gǔ古)没:沉沦。

〔37〕究极:探究终极的道理。归一:归于一个根本。

〔38〕有日:指日子不多。

〔39〕识别:纪别。

〔40〕畸人:异人。指赵孟頫。坐:因为。

〔41〕解弦:懂得弹琴。弦,指琴。因赵孟頫善琴,故云。三十秋:三十年。

〔42〕钟期:即钟子期。春秋时楚人,善解音律。相传伯牙鼓琴,钟子期在旁聆听。当伯牙意在高山时,子期说:"巍巍乎若太山。"意在流水时,子期说:"汤汤乎若流水。"后子期死,伯牙劈琴绝弦,终身不复鼓,以世无知音也。后世遂以钟子期指代知音。

〔43〕《远游》:乃《楚辞》中的篇名。这里以"赋《远游》"代指出门远行。

〔44〕维扬:扬州的别称。驿:驿站。

〔45〕玉色:指美好的姿容。

〔46〕疑谳(yàn 艳):疑案。谳,审案。一夕了:形容马上就被解释清楚了。

〔47〕正始上:正始以前。正始,三国时魏帝曹芳年号。据《文心雕龙·明诗》载:"乃正始明道,诗杂仙心。"正始诗歌中开始出现了玄言化的创作倾向,此后直至唐代,诗歌创作一直在玄言与宫体之间徘徊,诗风软靡,内容单薄。所以这里用正始以前的诗文来形容赵子昂的创作,说明他的诗风刚健,与正始之诗不同。

〔48〕《乐经》:一部关于古代乐理的书籍,是儒家的重要经典之一。此书失传已久,其内容不为后世所知。沦亡:丧失。

〔49〕黍管:即律管。古代用来定音律和占气候的长度不同的一套竹管。因其定律时以黍为尺度,故又称黍管。黍,即黍子。一种谷物。毫杪:比喻极细微。杪,末梢。

〔50〕科蚪:指蝌蚪文。一种字体,因为下笔时重,收笔时轻,所以笔画多头大尾小,形如蝌蚪,故称。这种字体多见于竹简。籀(zhòu 宙):一种字体,也叫大篆。因著录于《史籀篇》而得名。以下四句写赵子昂的书法成就。

〔51〕篆隶楷行草:皆是汉字字体名称。篆,指小篆。

〔52〕七家:指上面提到的七种字体。

〔53〕草木虫鱼影:指赵子昂的画。影,画像。

〔54〕植:本为种植,这里指画在纸上。自飞跳:形容栩栩如生的样子。

〔55〕曲艺:精妙的技艺。曲,精微隐密。天与巧:即与天同工。巧,

工巧。

〔56〕奥窔(yào药):奥妙。窔,深邃之处。

〔57〕肉食:指当官的人。语出《左传·庄公十年》:"其乡人曰:'肉食者谋之,又何间焉?'"肉眼:指世俗的眼光。

〔58〕鹤书:书体名。又名鹤头书。古时征辟贤士的诏书用此体,故名。征为郎:指赵孟𫖯被元世祖征为兵部郎中。

〔59〕瑚琏(hú lián胡连):瑚、琏,皆为古代祭祀时盛粟稷的器皿,因其贵重,常用以比喻重要的人才。惬:满意。这里指使朝廷满意。清庙:指朝廷。

〔60〕班资:指在朝廷中的班次和资位。

〔61〕万世:万代。杲(gǎo搞)杲:明亮的样子。

〔62〕蹇(jiǎn减):跛足。驽:指驽马。十驾:走十天。此句典出《荀子·劝学》:"骐骥一跃,不能十步;驽马十驾,功在不舍。"

〔63〕"天下"句:用曹操和刘备青梅煮酒、议论天下英雄的典故。据《三国志·蜀书·先主传》:"是时曹公从容谓先主(按:指刘备)曰:'今天下英雄,惟使君与操耳。本初之徒不足数也。'"这里借曹操与刘备的典故,表达自己与赵孟𫖯惺惺相惜的意思。

杜仁杰

杜仁杰(约1201—1282),原名之元,字仲梁,一字善夫,号止轩。济南长清(今山东济南市长清区)人。工诗。金正大中,与麻革、张澄隐居河南内乡山中,以诗篇唱和。元至元中,屡征不起。后以子贵,赠翰林承旨、资善大夫。诗文作品大都佚失,清人辑有《善夫先生集》一卷。

遗山先生集后序[1]

自有书契以来[2],以文字名世得其全者几人耳?六经诸子[3],在所勿论。姑以两汉而下至六朝及隋、唐、前宋诸人论之[4],上下数千载间,何物不品题过[5],何事不论量了[6],大都几许不重复?字凡经几手,左捋右扯[7],横安竖置,搓揉亦熟烂尽矣!惟其不相蹈袭[8],自成一家者为得耳。噫,后之秉笔者,亦认乎其为言哉!

今观遗山文集,又别是一副天生炉鞴[9]。比古人转身处,更觉省力。不使奇字,新之又新;不用晦事[10],深之又深。但见其巧,不见其拙;但见其易,不见其难。如梓匠轮舆[11],各输技能,可谓极天下之工;如肥浓甘脆,叠为饐钉[12],可谓并天下之味。从此家跳出,便知籍、湜之汗流者多矣[13]。必欲努力追配,当复积学数世,然后再议。

曩在河南时[14],辛敬之先生尝为余言[15]:"吾读元子诗,正如佛说法云:'吾言如蜜,中边皆甜。'"此论颇近之矣。虽倡优、驵侩、牛童、马走闻之[16],莫不以为此皆吾心上言也。

若夫文之所以为文,亦安用艰辛奇涩为哉?敢以东坡之后请元子继,其可乎?不识今之作者以为如何?或者曰:"五百年后,当有扬子云复出[17],子何必喋喋乃尔!"济南杜仁杰善夫序。

〔1〕此文约作于蒙古海迷失后二年(1249)前后,即《中州集》即将刊行之前。文中充分肯定了元好问的文学成就,特别是对他不蹈袭前人、自成一家的创新精神和在写作中不使奇字、不用晦典的写作态度做出了公允恰当的评价,是元代重要的一篇论文之作。

〔2〕书契:文字。

〔3〕六经:指儒家的六部经典。即《诗》、《书》、《礼》、《乐》、《易》、《春秋》。诸子:是对从先秦至汉初各种子书(如《老子》、《列子》等)的总称。

〔4〕前宋:指北宋。

〔5〕品题:品评题咏。

〔6〕论量:评论比较。

〔7〕挦(xián贤):摘取。挦、扯相连,特指在写作中对他人著作的率意割裂、取用。

〔8〕蹈袭:沿用别人的成法。

〔9〕炉鞴(bèi贝):火炉鼓风的皮囊。这里借指炉灶。

〔10〕晦事:晦涩难懂的典故。

〔11〕梓匠轮舆:分别为四种木工。《周礼·考工记》:"攻木之工,轮、舆、弓、庐、匠、车、梓。"

〔12〕饾饤(dòu dìng豆订):筵席上盘碟中堆叠的食品。这里比喻文章的无穷意味。

〔13〕籍、湜:指唐代诗人张籍和皇甫湜。汗流者多:形容写作之不易。

〔14〕囊:从前。

〔15〕辛敬之:名愿,敬之乃其字。金福昌(今河南宜阳县)人。博通经史,为文有法度,诗律严整。一生不得志,贫困而终。

〔16〕倡优:歌舞杂伎艺人。驵侩(zǎng kuài脏上声快):本指牲畜市场上的经纪人,这里泛指买卖人。牛童、马走:即牧童和马夫。

〔17〕扬子云(前53—18):名雄,子云乃其字,蜀郡成都(今四川成都市)人。西汉著名文学家,以辞赋得名。

娄敬洞洞虚观碑记[1]

山至岱宗[2],天下无山矣。其尊雄浑厚,固应为群岳之长。然面阳则硗确[3],若无生意。凡物之在阴,便觉深且秀,泉则甘洌,土则膏润,木茁而拱然,栗实如拳许[4],是岂人力所能成?地势使然也。有洞号"娄敬"者,盖耳之熟矣,独以不到为恨。先无居民室于其间,是以人罕至焉!

壬辰后[5],有道士曹志冲自燕蓟来[6],直抵所谓娄敬洞者。至则以日为岁，朝畚暮锸[7]，芟夷除剪，经营不出者馀三十年。其徒稍稍来集，于是有殿、有庑、有厨、有斋、有库、有厩。志冲盖尝师掌教李真常[8]，得以额请[9]，因揭为"洞虚观"。或者曰：境如是其邃，人如是其坚，缔构如是其美，不以文石寿之，所传恐难久也。

曹致宁者，贰于曹志冲者也[10]。致宁性绝巧，凿斧斤锯日不去手，前规后模，左布右置，率皆致宁所为，勤矣哉！一日，走东平，款予以文志其颠末[11]，予辞之曰："顷当亲诣其所，周览胜概，尽得之，然后秉笔，庶几无渗漏，必如斯而可。"致宁诺而去。

予岁以结夏泰安为例[12]，因取道由吾清亭[13]，行不五十里，居民指谓："此走洞虚路也。"少北而东，分丛薄攲仄而上[14]，跂而望之[15]，北山巉绝如立屏，诸峰迤丽如拥抱，前有大岭横截如平云，翳以密林，蓊然如比栉，若无间可入。徘徊欲返辔者数四[16]，从者曰："业已来此，今且薄暮，将安所税驾[17]？"至则窅然无所见[18]。明旦辄晴，净无纤滓，方丈、瀛洲徒闻海上[19]，阆风、玄圃只在目前[20]，信奇观也。

若夫洞之名不一，大者似间架，计厥基有三。榱桷钩连[21]，柱础负载，甚类匠手设绳墨而为之者也。旧有玉皇殿，不知何代所作，绘塑犹有存者。小者似悬钟，仅容三四人。傍有玉柱峰，高数百尺，攀援未半，又得若龛若坞者，扪之凝滑可爱，主者以上圣像实之[22]。

噫！渠能不见夫他山之为物也[23]，顽矿殆不可以力穿而穴焉[24]。政使强之[25],能深得几许?抑亦劳哉!岂若兹山通彻飕漱[26],其与仇池接境[27],诚不远矣。此岂非万古烟霞之传舍[28],四时风月之蘧庐者耶[29]?其名曰"洞虚",固宜。遂记之。

〔1〕此文记述了娄敬洞洞虚观的开辟始末,赞扬了洞虚观环境之邃和观中主人的意志之坚。笔调轻松自然,不板不滞。娄敬洞,在娄敬洞山。因汉代人娄敬曾隐居于此,故名。洞中有娄敬、范蠡、张良石像。娄敬洞山在济南长清区东南。

〔2〕岱宗:即泰山。

〔3〕硗(qiāo 敲)确:土地坚硬贫瘠。

〔4〕栗实:板栗的果实。此指未成熟带刺的果球。

〔5〕壬辰:指金哀宗天兴元年,即公元1232年。是年蒙古军攻陷了金都汴京。

〔6〕燕蓟:指今北京、河北燕山一带。

〔7〕畚(běn 本):一种用竹子编成的运土工具。锸(chā 插):一种挖土工具。

〔8〕李真常:即李志常(1193—1256),字浩然,号真常子。著名道士。早年从丘处机学道于莱州,后为都道录兼领长春宫事。

〔9〕以额请:请人题额。额,牌匾。

〔10〕贰:作副手。

〔11〕款:请求。

〔12〕结夏:佛教徒自农历四月十五日起静居寺院九十日,不出门行动,谓之"结夏"。泰安:今山东泰安市。

〔13〕清亭:指长清县,这是作者的故乡。因长清县古名清亭郡,故称。

〔14〕丛薄：丛生的草木。欹（qī 七）仄：倾斜着身子。

〔15〕跂：踮起脚尖。

〔16〕返辔：回马。

〔17〕税驾：停车。这里指休息。

〔18〕窅（yǎo 咬）然：深远的样子。

〔19〕方丈、瀛洲：都是传说中的海上仙山。

〔20〕阆风、玄圃：均为传说中的山名，相传在昆仑之顶，为仙人所居。

〔21〕榱桷（cuī jué 崔决）：即椽子。

〔22〕上圣：指道教信奉的玉皇大帝。

〔23〕渠能：哪里能。

〔24〕顽矿：坚硬的石头。

〔25〕政使：即使。政，通"正"。

〔26〕飕漱：指风和流水。

〔27〕仇池：山名，在甘肃省西河县南，以其上有池而得名。杜甫《秦州杂诗》之十四云："万古仇池穴，潜通小有天。"这里用为对泉石优美之地的代称。

〔28〕传舍：古时供来往行人住宿和休息的地方。

〔29〕蓬庐：即旅店。

刘　因

刘因(1249—1293),字梦吉,号静修,保定容城(今河北容城)人。初名骃,字梦骥。六七岁即能诗文,天资才华出众。家贫,年二十即以授徒为业。至元十九年(1282),不忽木以学行荐于朝,征授承德郎、右赞善大夫,旋以母病辞归。至元二十八年(1291),忽必烈再度遣使召为集贤学士、嘉议大夫,辞不就。两年后卒于家,年四十五。因生前慕诸葛亮"静以修身"之语,曾自题所居为"静修",故学者称他为静修先生。著作今存《静修先生文集》二十二卷。刘因是元代前期的重要作家,其散文不趋古奥,颇多议论,即使在为数不多的写景记游之作中,也明显地存在着这种特点。

归云庵记[1]

易有乡曰凌云[2],乡有道庵曰归云[3],乡民刘用之所作也[4]。用家有田千馀亩,水碾二区[5],白金二千两。性薄于自奉而喜施予[6],乃并其居筑老子祠[7],祠侧为环堵十馀[8]。客有学老氏之静者[9],延而居之[10],凡衣食皆给焉[11],使得一意于学[12],而无事相往来[13]。如是者二十年,其田财费以尽,而用亡矣,客亦散矣。今但有奉祠者数人而已[14]。呜呼！用亦勤矣哉。盖闻燕山窦氏之风而兴起者[15]，惜其智力止及于此而已也。昔予游西山，过其乡而徘徊者久焉。见其山水雄胜[16]，云烟奇丽，慨想一时宾主之乐，不觉有飘然遗世、泠然长往之志也[17]。

至元丙戌[18]，用之女夫邓渊拜予[19]，请纪石以旌其事[20]。予问用他所行[21]，曰尝收癃老十馀人[22]，养之家终身焉。又通疡医[23]，以药授病者，不责偿[24]。问用时环堵客，曰往往以道术知名，亦有被征车赐真人及师号者[25]。问今奉祠谁，曰丈人时客崔征士之徒也。问筑祠始末，曰今五十年矣。问祠所里名[26]，曰沈也。余于是念畴昔之经行[27]，伤有志之不就，取老氏之旨，为归云之章，授今奉祠者，俾歌之以为步虚之变焉[28]：

惟灵居兮大无邻[29]，旋一气兮凝云。忽乘之兮下览[30]，思明示兮德之门[31]。相彼髦士兮尚不称老[32]，况轧之尊兮有严其昊[33]。孰守虚柔兮恒处予道[34]，眷兹人兮与俱。命白云兮前驱，渺何方兮故域[35]，云遥遥兮踟蹰[36]。

是年三月望日容城刘某记[37]。

[1] 本文记刘用修老子祠，并延请道士来居住，供以衣食，二十年间，田产为此而耗尽。刘用原有田地千馀亩，应是富家。但作者称他是"乡民"，可知不是诗礼之家。从这篇文章却可见出当时河北地区道教（全真教）流行之一斑。记，文体名，属于记叙文的一种。

[2] 易：地名，即今河北省易县。

〔3〕道庵：道观。

〔4〕刘用：人名。生平不详。

〔5〕水碨（wèi 胃）：水磨。区：座。

〔6〕性：生性。自奉：供养自己。

〔7〕老子：姓李，名聃（dān 丹）。春秋时期的著名哲学家，道家学派的创始人。著有《老子》一书。后被道教奉为始祖，尊为太上老君。

〔8〕环堵：指狭小简陋的房屋。

〔9〕老氏之静：指老子的思想。因老子主张清静无为，故云。又，老子在后世被道教徒奉为太上老君，《老子》一书被尊为《道德经》，是道教的主要经典之一。所以这里是借老子的学说指道教。

〔10〕延：邀请。

〔11〕凡：举凡。给：供给。

〔12〕得：能够。一意：一心。

〔13〕无事：没事的时候。

〔14〕奉祠者：指负责祠堂日常供祀的人。

〔15〕燕山窦氏：指窦禹钧。五代时后周渔阳（今天津市蓟州区）人。累官右谏议大夫。曾建义塾，请名儒以教贫士。其五子相继登科，为后世所称羡。

〔16〕雄：雄奇。胜：佳妙。

〔17〕遗世：脱弃尘世。泠然：轻妙的样子。

〔18〕至元丙戌：指至元二十三年，即公元1286年。

〔19〕女夫：女婿。拜：访。

〔20〕旌：表彰。其：指刘用。

〔21〕他：其他。行：指善行。

〔22〕癃（lóng 隆）：衰弱，疲病。

〔23〕疡（yáng 杨）医：指治疮肿伤折的医术。

〔24〕责:要求。偿:报酬。

〔25〕征车:古时朝廷征辟贤才往往派车迎接,这里用征车代指朝廷的器重。师:天师。与"真人"同为道教对得道者的尊称。

〔26〕里:古代地方行政区划单位。

〔27〕畴昔:从前。经行:经历。

〔28〕俾:使。步虚:步虚词,道家所唱之曲。

〔29〕惟:发语词,无实义。灵居:指神仙所居之处。

〔30〕乘之:指乘云。

〔31〕门:门径。

〔32〕相:察看。髦士:俊士,俊杰。

〔33〕轧:凌驾。昊:天。

〔34〕虚柔:指道家思想。因老子主张虚无退让,故云。恒:永远。

〔35〕故域:故乡。

〔36〕踟蹰:徘徊不前。

〔37〕望日:指农历每月的十五日。

与政府书[1]

九月二十八日某再拜[2]:

某自幼读书,接闻大人君子之馀论[3],虽他无所得,至如君臣之义一节,自谓见之甚明。其大义且勿论,姑以日用近事言之[4]。凡吾人之所以得安居而暇食[5],以遂其生聚之乐者[6],是谁之力欤?皆君上之赐也。是以凡我有生之民[7],或给力役[8],或出智能,亦必各有以自效焉[9]。此理势之必然[10],亘万古而不可易,而庄周氏所谓无所逃于天地之间者也[11]。

某生四十三年,未尝效尺寸之力以报国家养育生成之德,而恩命连至[12],某尚敢偃蹇不出[13],贪高尚之名以自媚[14],以负我国家知遇之恩,而得圣门中庸之教也哉[15]?且某之立心,自幼及长,未尝一日敢为崖岸卓绝、甚高难继之行[16]。平昔交友,苟有一日之雅者[17],皆知某之此心也。但或者得之传闻,不求其实,止于踪迹之近似者观之[18],是以有高人隐士之目;惟阁下亦知某之未尝以此自居也[19]。请得一一言之。

向者[20],先储皇以赞善之命来召[21],即与使者俱行;再奉旨令教学[22],亦即时应命。后以老母中风,请还家省视,不幸弥留[23],竟遭忧制[24],遂不复出。初岂有意于不仕耶?今圣天子选用贤良,一新时政,虽前日隐晦之人[25],亦将出而仕矣,况某平昔非隐晦者耶?况加以不次之宠[26],处之以优崇之地耶[27]?是以形留意往,命与心违,病卧空斋,惶恐待罪。

某素有羸疾[28],自去年丧子,忧患之馀,继以痁疟[29],历夏及秋[30],后虽平复,然精神气血已非旧矣。不意今岁五月二十八日,疟疾复作。至七月初二日,蒸发旧积[31],腹痛如刺,下血不已[32]。至八月初,偶起一念,自叹旁无期功之亲[33],家无纪纲之仆[34],恐一旦身先朝露[35],必至累人[36]。遂遣人于容城先人墓侧[37],修营一舍,俛病势不退,当居处其中以待尽。遣人之际,未免感伤,由是病势益增,饮食极减。至廿一日,使者持恩命至。某初闻之,惶怖无地,不知所措。徐而思之,窃谓供职虽未能扶病而行,而恩命则不敢不扶病而拜[38]。某又虑若稍涉迟疑,则不惟臣子之心有所不安,而踪迹高峻[39],已不近于人情矣。是以即日拜受,留使者,候病势稍退,与之俱行。迁延至今,服疗百至[40],略无一效,乃请使者先行。仍令学生李道恒,纳上铺马圣旨[41],待病退,自备气力以行。望阁下俯加矜闵[42],曲为保全。

　　某实疏远微贱之臣,与帷幄诸公不同[43],其进与退,若非难处之事,惟阁下始终成就之。某再拜。

〔1〕此书是至元二十八年(1291)刘因为辞朝廷的第二次征召而作的。书中陈述了自己不能应征出仕的理由,言辞恳切,口气委婉。但信中强调自己并非以隐士自居,却堪玩味。至于后人说他拒聘的理由都是托词,则当别论。政府,或称政事堂。宰相处理政务的所在。这里代指任相职的人。

〔2〕九月二十八日某再拜:这是书信开头常见的格式。某,自称代词。《元史》所收此书中"某"作"因"。

〔3〕大人君子:指有道德操守的人。馀论:言论剩馀的部分。这是谦虚的说法,意谓沾惠前人。

〔4〕近事:身边之事。

〔5〕暇:安逸。

〔6〕生聚:犹今人所说生活。

〔7〕有生之民:即生民,指百姓。

〔8〕给力役:出苦力。

〔9〕自效:这里意为发挥自己的作用。

〔10〕理势:情理,情势。

〔11〕无所逃于天地之间:语出《庄子·人间世》:"臣之事君,义也。无适而非君也,无所逃于天地之间,是之谓大戒。"逃,逃避。

〔12〕恩命:指征召的命令。

〔13〕偃蹇:高傲、傲慢。

〔14〕自媚:自娱,自以为乐。

〔15〕圣门:孔门。孔子在后世被尊为圣人,故云。中庸:指待人、处事不偏不倚,无过无不及的态度和原则。《论语·雍也》:"中庸之为德也,其至矣乎。"

〔16〕崖岸卓绝:形容傲岸独立,与众不同。

〔17〕一日之雅:一面之交。

〔18〕踪迹之近似者:指行为相近的人。观·看待。

〔19〕阁下:对对方的尊称。据《元史》,刘因此信是上宰相书,当是指平章政事不忽木。

〔20〕向者:从前。指至元十九年(1282)刘因首次被征时。

〔21〕先储皇:指忽必烈之子真金。当时为太子,即所谓储皇帝。赞善之命:指征授赞善大夫之事。

〔22〕教学:指真金建学宫中,命刘因任教。

〔23〕弥留:久病不愈、病重将死。

〔24〕忧:父母的丧事。这里指母丧。制:指为母亲所服的丧制。

〔25〕前日:指从前。隐晦:隐居。

〔26〕不次:不依寻常次序,破格。形容极高。

〔27〕优崇之地:优越崇高的地位。

〔28〕羸:瘦弱。

〔29〕痁(shān 山)疟:疟疾。

〔30〕历夏及秋:指整个夏天。

〔31〕蒸:热。发:引发。积:积病。

〔32〕下血:指便血。

〔33〕期(jī讥)功:都是古代丧服的名称。期,服丧一年。功,有大功小功之别。大功服丧九个月,小功服丧五个月。古代只有五服以内的宗亲才为死者服丧。

〔34〕纪纲之仆:指能办事的仆人,即所谓干仆。

〔35〕身先朝露:短寿死亡的委婉说法。

〔36〕累人:拖累别人。

〔37〕容城先人墓侧:刘因家祖坟在容城,故云。

〔38〕拜:拜受。

〔39〕踪迹高峻:比喻独立不群,孤高傲世。

〔40〕服:服药。疗:治疗。

〔41〕铺马:驿站中的马。

〔42〕矜闵:怜悯,同情。

〔43〕帷幄:借指天子近侧或朝廷。

武遂杨翁遗事[1]

翁与予外家通谱牒一世矣[2],昭穆则舅父也[3]。八十岁馀,每一过予[4],辄自喜数日,而谓有所得也。好闻邵氏"恶盈"语[5],每告之一二,必手录而藏之。尝谓予曰:"予视世俗[6],惟予与山西一石丈者[7],其所为颇当吾子意[8]。

宜吾子之不见合于人也。"略能道予家数世事，每援之以为其朋友子孙之戒。临终，遗其子孙者无他语，惟及予，戒其诸孙令从予学而已。

翁旧尝与予言，昔自西山来武遂，涉百里途。一日意甚速[9]，访捷径于人[10]，视所尝往来当早至[11]。中途遇人夺骑补驿传[12]，乃远避之，乃反迂于所常往来者[13]。尔后思之，事莫不然，遂不敢求捷。又云："某人者，拥高官以南[14]，予谓其人不免[15]，后果如予言。盖治行时[16]，予见谋利之具以知之。"又云："昔年二十馀，遇保州抄骑[17]，身已十馀创，即伏而死矣。其一人复抽刀，由背及腹刺至地而去，是时岂意复生于天地之间六十年馀也。以此知生死非人所能为也。"又云："保州屠城[18]，惟匠者免[19]，予冒入匠中。如予者亦甚众，或欲精择事能否[20]，其一人默语之曰：'能挟锯即匠也[21]。拔人于生[22]，挤人于死，惟所择。'事遂已。而凡冒入匠中者，皆赖以生。当时恨不知其人之姓名。"若此等语，每语次[23]，必一二及之[24]。予亦乐闻而不厌其言之屡也。性喜饮，醉即微笑。好谈佛书，亦颇能知其微处[25]。

呜呼！亲旧日益尽，予日益孤。感念知己，不觉涕零。遂书此示其子孙，使知翁之言行如是，且令不忘予家之好云。翁字吉甫，忘其名。

至元十六年正月十六日，书于吟风亭。

[1]本文回忆作者的外家亲戚杨吉甫，杨氏的经历有助于后世了解

当时的社会状况。武遂,地名,在今河北保定市徐水区西。

〔2〕外家:外祖父家。通谱牒:指相认为同族。谱牒,指宗谱。

〔3〕昭穆:指亲族的辈分关系。此句说杨翁属于自己的舅父辈。

〔4〕过:过访。

〔5〕邵氏:指邵雍(1011—1077),字尧夫,宋代著名理学家,长于《易》学。恶盈:语出《周易·谦》传:"人道恶盈而好谦。"

〔6〕世俗:指世俗之人。

〔7〕丈:对年辈较长的人的尊称。

〔8〕吾子:您。

〔9〕意甚速:打算走得更快些。

〔10〕访:打听。

〔11〕视:比。所尝往来:以前来往的路。

〔12〕驿传:这里指驿站的马。

〔13〕迂:绕路。

〔14〕拥:拥从。

〔15〕不免:不免于祸。

〔16〕治行:收拾行李。

〔17〕保州:即今河北保定。抄骑(jì计):骑马的强盗,犹马贼。抄,抢夺。

〔18〕屠城:指金宣宗贞祐元年(1213),蒙古军队攻陷保定的杀戮行为。

〔19〕匠者:工匠。指有手艺的人。免:幸免。

〔20〕事:指技艺。能否:好与不好。

〔21〕挟锯:拉锯子。挟,持。

〔22〕拔:救。

〔23〕语次:说话中间。

〔24〕一二及之：提及一二。
〔25〕微处：精微的地方。

游高氏园记[1]

园依保城东北隅[2]，周垣东就城[3]，隐映静深，分布秾秀[4]。保旧多名园，近皆废毁，今为郡人之所观赏者惟是，予暇日游焉甚乐。园之堂，其最高敞者尚书张梦符题为"翠锦"[5]。或者指之谓予曰："此贵家某氏之楼也[6]，今甫四十五年耳[7]，已彻而为是矣[8]。嘻！人其愚哉。非不见之，复为是也[9]，奚益[10]？"予闻之，大以为不然。夫天地之理，生生不息而已矣。凡所有生，虽天地亦不能使之久存也。若天地之心见其不能使之久存也，而遂不复生焉，则生理从而息矣[11]。成毁也，代谢也，理势相因而然也。人非不知其然也，而为之不已者[12]，气机使之焉耳[13]。若前人虑其不能久存也，而遂不为之，后人创前人之不能久有也[14]，而亦不复为之，如是，则天地之间化为草莽灰烬之区也久矣。若与我安得兹游之乐乎？天地之间，凡人力之所为，皆气机之所使。既成而毁，毁而复新，亦生生不息之理耳，安用叹耶？予既晓或者[15]，复私记其说。

至元辛卯四月望日记[16]。

〔1〕此文借游高氏园所见之景和游人的言论发表议论，阐明了事

物的成毁、代谢乃因理势使然,从而批驳了历史虚无主义的论调,肯定了人类不懈的创造活动,表现了一种乐观进取的精神。

〔2〕保城:保定城。故城当在今河北省保定市。隅:角。

〔3〕就:靠着。城:指城墙。

〔4〕秾秀:指花木。

〔5〕张梦符(1233—1307):名孔孙,字梦符。隆安(今吉林农安)人。元至元二十八年(1291)官礼部尚书。此前曾任保定路总管府同知。

〔6〕贵家:富贵人家。

〔7〕甫:才。

〔8〕彻:剥落。为是:成为这样。

〔9〕复为:犹重复为之。

〔10〕奚益:有什么好处呢? 奚,什么。

〔11〕生理:指天地化生万物的因由。

〔12〕已:止。

〔13〕气机:万物变化之由,类似于造化之义。

〔14〕创:戒惧。

〔15〕晓:使明白。或者:指本文开始所提到的那个不具姓名的人。

〔16〕至元辛卯:指元世祖至元二十八年,即公元1291年。

驯鼠记〔1〕

心之机一动,而气亦随之。迫火而汗〔2〕,近冰而栗〔3〕,物之气能动人也〔4〕。惟物之遇夫人之气也亦然。鼠善畏人者也,一日静坐,有鼠焉出入怀中,若不知予之为人者。熟视之,而亦不见其为善畏人者。予因思先君子尝与客会饮于易水上[5],而群蜂近人。凡扑而却之者皆受螫,而先君子独不动,而蜂亦不迫焉。盖人之气不暴于外,则物之来不激之而去,其来也如相忘;物之去不激之而来,其去也亦如相忘。盖安静慈祥之气与物无竞[6],而物亦莫之撄也[7]。平吾之心也,易吾之气也[8],万物之来,不但一蜂鼠而已也。虽然,持是说以往,而不知所以致谨焉,则不流于庄周、列御寇之不恭而已也[9]。至元七年十一月三日记[10]。

〔1〕本文推崇的平易之心与和适之气,作者申明不同于庄子和列子的不恭不肃,但文章的写法却像是效仿《庄子》和《列子》。

〔2〕迫:接近。汗:出汗。

〔3〕栗:战栗。

〔4〕动:触动。

〔5〕先君子:指自已故去的父亲。会饮:聚饮。易水:在河北省西部,源出易县境内,为大清河上源支流。

〔6〕竞:争。

〔7〕撄:触犯。

〔8〕易:与平同义,平静的意思。

〔9〕列御寇:相传为战国时道家人物。郑国人。《庄子》中有许多关于他的传说。不恭:有玩世的意思。恭,肃。庄子和列子均喜作荒诞之论,故云。

〔10〕至元七年:为公元1270年。

胡长孺

胡长孺(1249—1323),字汲仲,婺州永康(今浙江永康)人。精通经子之书。宋末在荆湖制置使幕府为吏,宋亡隐居永康山中。至元二十五年(1288)被召至京师,任集贤院修撰,因得罪权贵,改为扬州教授。元贞元年(1295)调建昌路,摄总管府录事。至大元年(1308)转台州路宁海县主簿。延祐元年(1314)再转长山场盐司丞,以病辞,居杭州武林山。著有《石塘文稿》,今已佚。

何长者传[1]

何长者敬德,无字,或号之为孤岩善人,上海县浦东民家子[2]。朴谨不妄顾语[3],善积蓄会计。事吴郡张瑄行舶[4],管库不十年,赢羡莫可胜数[5],一发不以自私。瑄父子方倚之重,而敬德弃去矣。

杭、吴、明、越、扬、楚与幽、蓟、莱、密、辽、鲜俱岸大海[6],固舟航可通。相传朐山海门[7],水中流积淮淤江沙[8],其长无际,浮海者以竿料浅深[9],此浅生角[10],故曰料角,明不可度越云。淮江入海之交多洲,号为沙[11]。吴滨海处,皆与沙相望。其民颇与沙民同俗,类剽轻悍急而狡[12]。宋季年[13],群亡赖子相聚[14],乘舟抄掠海上[15]。朱清与瑄最为雄长[16],阴部曲曹伍之[17]。当时海滨沙民,富家以为苦,崇明镇特甚[18]。清尝佣杨氏[19],夜杀杨氏,盗妻子货财去。若捕急,辄引舟东行。三日夜,得沙门岛[20],又东北过高句丽水口[21],见文登、夷维诸山[22],又北见燕山与碣石[23],往来若风与鬼,影迹不可得。稍息,则复来,亡虑十五六返[24]。私念南北海道,此固径且不逢浅角[25],识之。廷议兵方兴[26],请事招怀[27],奏可。清、瑄即日来,以吏部侍郎左选七资最下一等授之[28],令部其徒属为防海民义[29],隶提刑节制水军[30]。

江南既内属[31],二人者从宰相入见[32],授金符千户[33]。时方挽漕东南供京师[34],运河溢浅[35],不容大舟,不能百里,五十里辄为堰潴水[36]。又绝江淮,溯泗水[37],吕梁、彭城[38],古称险处。会通河未凿[39],东阿、茌平道中[40],车运三百里,转输艰而縻费重[41]。二人者建言海漕事[42],试之良便省,上方注意向之[43]。初,年不过百万石,后乃至三百万。二人者父子致位宰相,弟侄甥婿皆大官。田园宅馆遍天下,库藏仓庾相望[44],巨艘大舶帆交蕃夷中[45],舆骑塞隘门巷[46]。故与敬德等夷[47],皆佩於菟金符[48],为万户、千户[49],累爵积赀[50],气意自得。敬德方布衣蔬食[51],汲汲以施贫赈乏为事[52],劝瑄父子毋嗜进厚藏以速祸菑[53]。虽不能尽用其言,颇亦损舍[54]。今江南北二人夫妇父子施钱处,往往而在。二人者既满盈[55]，父子同时夷戮殆尽[56]。没赀产县官[57]，党与家破禁锢[58]，而敬德固无一毫发累[59]。

会杭傅氏施天水院桥东地，广袤十馀亩[60]，敬德即建天泽院，为大釜鬲[61]，炊调食羹，丰洁芳腴[62]，延方外士行而欲休、倦而欲息者[63]，常五六十人。大德十一年大饥[64]，巨僧方清爨散徒[65]，敬德素履为人信重[66]，资施倍多他时[67]，来者益众，无意拒色厌[68]。官为设糜仙林寺中[69]，饥民殍者不为衰止[70]。敬德请杭好善有材智人凌、郭、杨、李，僧道心、性澄六七人，又择饥民得强壮者四五十人，借菩提寺作粥，夜鬻置大瓮中。明旦[71]，饥民以至先后为次列堂庑下，或溢出门外道上，相向坐，虚其前以行粥[72]，约各持器来食[73]，无持，则假与[74]。两夫舁[75]，一人执枸挹以注器中[76]，食已以次去。日鬻米七八石至十石。始六月三日，止八月十三日，凡七十日，饥民无死寺侧近与往来道上。民食粥忿争，奋臂大呼殴击人，敬德诣其前亟拜[77]，争者愧悔，请后不复，乃止。明年春，敬德请破衣集诸好善人[78]，收聚遗骸枯骷数十万具[79]，语在《破衣传》中。夏为粥如昨岁，始五月朔日。逾三十六日，敬德死，年五十七。后十八日，所馀钱米亦尽，遂止。缁素咸曰[80]："胡不延长者至中寿[81]？今穷人无所赖矣。"天泽院不复纳云水僧[82]，饥疫弃尸如山，久莫为掩云[83]。

沈子南者，苕中故相裔孙[84]，尝为义乌丞[85]。至元十三年兵自义乌作[86]，执之如瓯[87]，得不死，归客杭，犹存妻、二女,贫甚。薪水佣就[88],急则如敬德告[89],必得粟钱帛布,比十年不厌[90]。尝谓予上海有善人者,怜而乞我秘其人[91]。既而假予家童负米[92]。问之,则敬德也。可不谓长者哉?

胡先生曰:故老言宋嘉熙四年[93],岁行庚子,大饥,赵悦道尹临安府[94],发廪劝分恐弗暨[95],夺民死中而生之[96]。初悦道无子,养南外宗室子孟传[97]。一夕梦之帝所,严伟如大朝会仪。既谒[98],赞道之升由阼阶[99],端笏屏息[100],抑首偻躬[101],不敢仰视[102]。帝告曰:"与欢,汝无子,捄荒功多[103],赐汝子九人。"趋下再拜,稽首庭中[104]。寤以告家[105],已而生八子,与孟传而九。臧应星父记于书[106]。当时湖州作糜食饥人[107],糜脱釜[108],犹沸涌器中[109],人急得糜,食已,辄仆死百步间[110]。饥未至死,食糜者百无一生。婺州顾籍米作粽[111],熟而寒之,约饥民旦由东门入,与之屦[112],使之北门赋粽[113],西门饮以药,复至东门给钱米。出宿逆旅[114],舍与为买薪苏[115],旦洗沐[116],广舍不过栖十人。明日复然。竟去,无一人死。长者夜作粥贮大瓮中,盖惩湖州事也[117],有意哉?

〔1〕这篇传记实际上由三部分组成,第一部分记以海盗起家的张瑄和朱清事略;第二部分写何敬德救灾善举;第三部分写宋代嘉熙年间临安、湖州和婺州等地救灾传闻。如果说第一部分与第二部分是以传主何敬德与张瑄有旧相联系,第三部分只是作为与传主事迹相观照的意义

而存在。文中所写大德年间浙东灾荒,是作者亲身经历,他也有一段救灾佳话,可参看《元史》本传。

〔2〕上海县:今上海市闵行区。至元二十八年(1291)始设。1992年撤弁入闵行区。

〔3〕朴谨:老实谨慎。不妄顾语:不随便乱看乱说。

〔4〕张瑄:元嘉定(今属上海市)人。南宋末年与朱清结盟为海盗。元军南下,率众降,授行军千户。后官至江西行省参政。大德七年(1303),以行贿罪被处死。行舶:指从事海上运输。舶,大海船。

〔5〕赢羡:赢利。羡,剩余。胜:尽。

〔6〕杭:杭州。吴:吴州。故治在今江苏泰州。明:明州。治今浙江宁波。越:越州。治今浙江绍兴。扬:扬州。今属江苏省。楚:楚州。治今江苏淮安。幽:幽州。治今北京西南。蓟:蓟州。治今天津蓟州区。莱:莱州。今属山东省。密:密州。治今山东诸城。辽:辽州。治今辽宁新民。鲜:鲜州。治今北京通州区东。岸:岸靠。

〔7〕朐(qú 渠)山:古山名。即今江苏连云港市西南的锦屏山。海门:县名。元时治今江苏启东东北。此处或不指县。秦始皇时曾立石朐山,以为秦之"东门"。"海门"云云,或指此。

〔8〕淮淤:淮河的淤泥。江沙:长江的泥沙。

〔9〕料:探测。

〔10〕此浅生角:从下文看,意为形成浅角,即浅滩。

〔11〕沙:指含沙质的水中洲滩。

〔12〕类:大都。剽轻悍急:强悍性急。

〔13〕宋季年:指南宋末年。季年,末世。

〔14〕亡赖子:无赖子弟。亡,通"无"。

〔15〕抄掠:抢劫。

〔16〕朱清:元崇明(今属上海市)人。曾与张瑄一起为海盗,后同

时降元。官至河南行省左丞。大德七年(1303)以行贿罪被捕下狱,自杀身亡。雄长:强大。

〔17〕阴:暗中。部曲曹伍:部曲,为古代军事编制单位。一般部下有曲。曹伍,同伙,同伴。这里均用作动词,意为组织部署。

〔18〕崇明镇:今属上海崇明区。

〔19〕佣:受雇于。

〔20〕沙门岛:在今山东烟台市蓬莱区。

〔21〕高句丽:指今朝鲜半岛一带。

〔22〕文登:古县名。今山东省威海市文登区,在胶东半岛。夷维:治今山东高密。

〔23〕燕山:在今河北北部。碣石:山名。在河北昌黎。

〔24〕亡虑:记数之言,犹大约、大概。亡,通"无"。

〔25〕径:直接,近。

〔26〕廷议:朝廷商议。

〔27〕招怀:招抚。

〔28〕吏部侍郎左选:宋代官署名,简称侍左。掌管从初入仕到幕职州县官的考选录用。七资:宋代士人初入仕,一般均需先担任幕职州县官。这是文臣京朝官以外的低档寄禄官阶,属候选官员,故又称选人。选人共分四等七资。

〔29〕部:部署。徒属:徒从。民义:民间义勇,即乡兵。

〔30〕隶:隶属。提刑:官署名。节制:管辖。

〔31〕内属:指归降。

〔32〕宰相:指中书左丞相伯颜,又译作巴颜。

〔33〕金符千户:武官名。即金牌千户。

〔34〕挽漕:漕运。东南:指东南的粮食。

〔35〕溢浅:指泥沙满溢而水浅。

〔36〕潴（zhū朱）水：蓄水。

〔37〕泗水：河流名。源出山东，南流入淮河。

〔38〕吕梁：地名，在今江苏徐州东南。彭城：即今江苏徐州市。

〔39〕会通河：古运河名。北段即今山东卫河、黄河间的运河故道，中段即今黄河、昭阳湖间的运河，南段今已埋塞。这条运河始凿于元至元二十六年（1289）。

〔40〕东阿、茌（chí迟）平：皆属今山东省聊城市。

〔41〕转输：运输。縻费：耗费，费用。

〔42〕海漕：指海运。

〔43〕向：向用，有意引用。

〔44〕仓庾：泛指谷仓。在邑曰仓，在野曰庾。

〔45〕蕃夷：此指域外地区。

〔46〕舆骑：车骑。

〔47〕夷：平辈。

〔48〕於（wū屋）菟金符：金符的一种。即虎头金牌。授于万户一级的官员。於菟，老虎。《左传·宣公四年》："楚人谓乳谷，谓虎於菟。"

〔49〕万户、千户：皆武官名。

〔50〕爵：官爵。赀：钱财。

〔51〕布衣蔬食：形容生活俭朴。

〔52〕汲汲：急切的样子。施贫：施舍穷人。赈乏：赈济贫乏的人。

〔53〕嗜进：贪图进取。厚藏：积累太多的财富。速：加速，招致。祸菑：灾祸。菑，同"灾"。

〔54〕损舍：指损财施舍。

〔55〕满盈：指罪恶满盈。

〔56〕夷戮：指被处死。夷，杀。

〔57〕没：没收。

〔58〕禁锢:指被关押。

〔59〕累:连累。

〔60〕广袤:宽广。袤,纵长。

〔61〕釜鬲(lì 力):皆为炊具名。釜形似锅,鬲有三足。

〔62〕丰洁:丰富干净。芳腴:香美丰腴。

〔63〕方外士:指僧、道一类出家修行的人。

〔64〕大德十一年:即公元1307年。

〔65〕巨僧:大和尚。清爨(cuàn 窜):清理炉灶。爨,灶。散徒:指遣散徒弟,让其各自谋生。

〔66〕素履:平素的行为。履,行为。信重:信任尊重。

〔67〕资施:资助施舍。

〔68〕意拒色厌:意气神色间表现出拒绝厌弃的意思。

〔69〕设糜:指设立施粥处。糜,稠粥。

〔70〕殍:饿死。衰止:衰减止息。

〔71〕明旦:第二天早晨。

〔72〕虚:空开。

〔73〕器:指盛粥的器具。

〔74〕假:借。

〔75〕舁(yú 于):抬。

〔76〕挹:舀。注:灌、倒入。

〔77〕诣:到。亟:急忙。

〔78〕破衣:即燕觉道破衣和尚。元成宗元贞元年(1295)曾奉旨"赐白莲宗善法堂,护持教法"(《庐山莲宗宝鉴·叙》)。集:召集。

〔79〕遗骼枯骴(cī 疵):指在饥荒中饿死的人的尸体。骴,肉还没烂尽的尸骨。

〔80〕缁素:指僧俗众人。古代僧徒衣缁(黑色),俗众服素,故称。

〔81〕中寿:古称次于上寿为中寿。关于具体的时间过去说法不一,有说六十的,有说八十的,也有说百岁的。

〔82〕云水僧:指过路的云游僧人。

〔83〕莫:没有人。掩:埋葬。

〔84〕苕中:指浙江北部苕溪一带。裔孙:后代子孙。

〔85〕义乌:县名。今浙江省义乌市。丞:知县的属官。

〔86〕至元十三年:即公元1276年。此年元军攻下南宋都城临安(今杭州市)。

〔87〕如:到。瓯:指浙江东部。即今温州一带。

〔88〕薪水:柴和水。借指生活必需品。佣就:指靠给人做工而获取。

〔89〕如敬德:到敬德处。告:告求。

〔90〕比:及,达。

〔91〕怜:顾怜,怜恤。

〔92〕假:借。负:背。

〔93〕故老:指老辈人。嘉熙四年:即公元1240年。嘉熙,为宋理宗赵昀年号。

〔94〕赵悦道:名与欢。宋明州(今浙江宁波)人。宋宗室后裔。宋宁宗嘉定七年进士。累官至资政殿大学士,兼监修国史实录院修撰,拜少傅。曾三为府尹,尽心民事,都城人称赵佛子。尹:指任临安府尹。

〔95〕发廪:开仓。弗暨:不及。

〔96〕夺民死中而生之:指把老百姓从死路上夺回来而使其活命。

〔97〕南外宗室:宋徽宗崇宁三年(1104),为管理散处各地的贫困宗室成员,在西京(今河南洛阳)和南京(今河南商丘),分别设立了西外宗正司和南外宗正司,并各设敦宗院,对其集中起来进行管理和教育。南外宗室指归南外宗正司管理的宗室成员。

〔98〕谒:拜见。

〔99〕赞:赞礼官。道:引导。升:升阶。阼阶:宫殿的台阶。

〔100〕笏:古代大臣上朝时拿的手板,用玉、象牙或竹制成,上面可以记事。

〔101〕抑首:低着头。偻躬:弓着背。偻,佝偻的样子。

〔102〕仰视:抬头看。

〔103〕捄(jiù旧):同"救"。

〔104〕稽首:伏地叩头。

〔105〕寤:醒来。

〔106〕臧应星:姓臧字应星,名不详。父:古时常在男子的字后加"父"或"甫"以示尊敬。

〔107〕湖州:今属浙江省。食(sì巳):给吃。

〔108〕脱釜:离开锅。这里指舀到碗中。

〔109〕沸涌:滚沸。

〔110〕仆死:倒地而死。

〔111〕婺州:治今浙江金华市。顾:却。箨(tuò唾)米:用笋壳包米。箨,笋壳。

〔112〕屦(jù具):鞋子。

〔113〕赋:分配。

〔114〕逆旅:旅舍。

〔115〕舍与:施舍。薪苏:柴火。

〔116〕洗沐:洗澡。

〔117〕惩:警惕。

刘岳申

刘岳申,字高仲,号申斋。吉州庐陵(今江西吉安)人。有才名。以学识受吴澄荐,召为辽阳儒学副提举,不就。后以泰和州判致仕。学者称申斋先生,著有《申斋集》。散文师法欧阳修,风格简约省净,深为当时的文坛大家虞集等所推重。

文丞相传[1]

文丞相天祥,字履善,吉州庐陵人也[2]。父仪,乡称长者。大父时用[3],梦儿乘紫云下,已复上[4],而丞相生,故名云孙,字天祥。英姿隽爽,目光如电。稍长,游乡校,见欧阳文忠公、杨忠襄公、胡忠简公、周文忠公、杨文节公祠像[5],慨然曰:"没不俎豆其间[6],非夫也!"

宝祐乙卯[7],年二十,以字贡,廷对置第五[8],理宗亲擢第一。寻丁父忧[9]。服除[10],授承事郎、佥书宁海军节度判官厅公事[11]。时江上有警,吴潜再相[12],内都知董宋臣主迁幸议[13],天祥上书乞斩董宋臣,以一人心[14]、安社稷。请效方镇建守[15],就团结抽兵[16],破资格用人。书奏，不报，自免归[17]。以前职改镇南军，不拜[18]。乞祠[19]，得主管建昌军仙都观[20]。除秘书省正字兼景献府教授[21]，进校书郎、著作郎兼权刑部郎官[22]。董宋臣复为都知，上疏极论，不报。出守瑞州[23]，召为礼部郎官，寻除江西提刑[24]。伯祖母梁夫人卒，夫人其父本生母也，即日解官。终丧，除尚左郎官兼学士院权直兼国史院编修官、实录院检讨官，台臣奏免[25]。寻除福建提刑，台臣复奏寝[26]。改知宁国府[27]，民歌舞之，为立生祠。除军器监兼右司[28]，寻兼崇政殿说书、兼学士院权直、兼玉牒所检讨官[29]。平章贾似道乞致仕[30]，有要君意[31]，学士院降诏裁责以义[32]，贾意不满。除秘书监，台臣迎合贾意奏免。除湖南运判[33]，台臣复奏寝。始辟文山于其乡[34]，穷山水之乐。

除湖南提刑[35]，平邵永巨寇[36]，道路肃清。见故相江公万里于长沙[37]，公曰："吾老矣，观天时人事，必当有变，世道之责，其在君乎？君必勉之！"是冬，乞便郡养亲[38]，移知赣州。明年，为德祐元年乙亥[39]，至元十二年也。正月朔[40]，牒报元师渡江，诏诸路勤王[41]，奉诏起兵。二月，似道鲁港师溃[42]，除右文殿修撰、枢密副都承旨、江西安抚副使兼知赣州，寻兼江西提刑，进集英殿修撰、江西安抚使，加权兵部侍郎，丁祖母刘氏夫人忧。葬夫人而起复命下[43]，累疏乞终制[44]，不许，仍趣兵移洪[45]。初，左相王爚主天祥迁擢[46]，屡趣天祥入卫，与右相陈宜中不合[47]，爚引嫌去[48]。国京学生上书,讼宜中沮天祥事[49],宜中出关,留梦炎代相[50]。梦炎素厚宜中[51],又党江西制置黄万石。至是,梦炎奏万石入卫,以天祥移屯于洪,经略九江。万石阴与吕师夔通[52],自洪退屯,置司抚州[53]。有旨趣天祥入卫,天祥以兵二万至衢州,除权工部尚书兼都督府参赞军事[54]。至临安两月,累奏乞终丧,又奏古有墨衰从戎[55],无墨衰登要津者[56],乞仍枢密副都承旨、江西安抚使领兵国门[57],皆不许。除浙西江东制置使兼江西安抚大使兼知平江府,留不遣[58]。天祥请分东南为四镇,而以都督统御其中。时朝廷方遣吕师孟奉使[59],师孟偃蹇傲朝廷[60],天祥乞斩师孟衅鼓[61],不报[62]。

常州已急,始遣天祥就戍,寻除端明殿学士。宜中遣张全将淮兵二千援常州,天祥遣朱华将广、赣兵三千从之,全自提兵设伏于虞桥[63],麻士龙死之而全不援。元师薄华军[64],广军多死于水,又薄赣军,尹玉独当其锋,曾全等皆遁,张全拥军隔河不发一矢。华军渡水者争挽全军船,全令诸军尽断其指,军多溺死,全宵遁[65],尹玉孤军五百人皆殊死战,玉死之。及明,得脱者四人,无一人降者。天祥欲斩张全,督府竟宥之[66],独斩曾全以徇[67]。奏赠尹玉团练使[68],立庙死所,官其二子。

常州破,攻独松关急[69],梦炎、宜中、陈文龙议弃平江[70],趣天祥移守馀杭。天祥未决,两府札再至[71],遣环卫王邦杰留平江[72]。天祥去平江三日,通判王举之与邦杰开门迎降。天祥进资政殿学士、浙西江东制置大使兼江西安抚大使[73]，置屯馀杭，守独松关。未几，梦炎遁。明年正月，除知临安府，不拜，以轻兵赴阙[74]，始从天祥初议，送吉王、信王闽广[75]。大臣日请三宫渡江[76]，太皇太后不允。天祥请以福王或沂王判临安，以系人望[77]，身为少尹以辅之[78]，有急，密移三宫，当以死卫社稷，议不合。少保张世杰宿重兵于六和塔[79]，又请自将京师义士二十万与城内外军数万人，背城借一[80]，以战为守，世杰不许。

十八日，伯颜至高亭山[81]，距临安三十里。宜中遣使络绎讲解，伯颜邀宜中相见，宜中许之而遁。明日，世杰亦遁。除天祥枢密使，又除右丞相兼枢密使，不拜。使者至，上下震恐，莫知所为。有旨令天祥诣军前[82]，遂以资政殿学士行，因说伯颜曰："宋承帝王正统，非辽、金比。今北朝将欲为与国乎[83]？将毁其宗社乎？若以为与国，则宜退兵平江或嘉兴，然后议岁币与金帛犒师，天祥躬督所议，悉输军前，北朝完师以还，此为不战而全胜，策之上也；若欲毁其宗社，则两淮、两浙、闽广尚多未下，穷兵取之，利钝未可知。假能尽取，豪杰并起，兵连祸结，必自此始。"伯颜初以危言折之[84]，天祥谓："宋状元宰相[85]，所欠一死报国耳。宋存与存，宋亡与亡，刀锯在前，鼎镬在后[86]，非所惧也，何怖我为？"伯颜改容，因谢曰："前日已遣程鹏飞诣宋太皇太后帘前，亲听处分，候鹏飞至，即与丞相定议。"[87]明日，左丞相吴坚、右丞相贾馀庆、同知枢密院事谢堂、签书枢密院事家铉翁、同签书枢密院事刘岊与吕师孟奉降表至[88]，伯颜引天祥同坐，坚等各就车归，独留天祥不遣。天祥大骂贾馀庆卖国，且责伯颜失信。吕文焕从旁慰解之，天祥斥言："叛逆遗孽，当用《春秋》诛乱贼法。"文焕谓："丞相何故以逆贼见骂？"天祥曰："国家不幸至今日，汝为罪魁，非逆贼而何？三尺童子犹斥骂汝，独我乎？"文焕曰："守襄阳七年不救，是以至此。"天祥曰："吕氏一门，父子兄弟受国厚恩[89]，不幸势穷援绝，以死报国可也。岂有降理？汝自爱身，惜妻子，坏家声，今汝合族为逆矣！尚何言？"文焕惭恚[90]。师孟忿怒云："丞相今日何不杀师孟？"天祥谓："汝叔侄卖降，恨朝廷失刑，不族灭汝，汝今日能杀我，我得为大宋忠臣足矣，岂惧死哉！"师孟语塞。伯颜闻之，吐舌云："男子，男子。"然自是益留之，不复遣还矣。贾馀庆归，令学士院诏天下州郡归附，放还天祥所部勤王义士西归，其渡浙归闽者，惟方兴、朱华、邹㵯、张抃数人耳。

二月八日，伯颜趣天祥随祈请使吴坚、贾馀庆北行，天台杜浒从至京口[91]。留十日，杜浒与余元庆定计，谋趋真州[92]，不可得舟。元庆遇故旧，许以白金千两求之，其人云："吾为大宋脱一丞相[93]，事成，岂止白金千两哉？"竟得舟，二月二十九日也。是午促过瓜洲[94]，贾馀庆等已渡，天祥辞以明日同吴丞相渡，以是夕逃，幸得至真州城下，三月朔日也。

守将苗再成迎宿[95]，时真州不知京城消息已数月，闻天祥至，无不感愤流涕者，诸将皆谓："两淮兵力足以兴复，恨李制置与淮西夏老不能合从[96]，得丞相通两阃脉络[97]，不出一月，连兵大举，江南可传檄定也[98]。"天祥问再成："计将安出？"再成为言："湾头、扬子桥守者[99]，皆沿江脆兵，今以通泰军攻湾头，以高邮、宝应、淮安军攻扬子桥，以扬州兵向瓜洲，再成与刺史赵孟绵以舟师直捣镇江，同日大举，彼军势不能相救。复以湾头、扬子桥合兵攻瓜洲之三面，再成自江中一面薄之，虽有智者，不能为之谋矣。然后以淮东军入京口，淮西军入金陵，两浙无出路，其大帅可生致也[100]。"天祥喜甚，即为书李庭芝、夏贵。庭芝得书，反疑丞相无得脱理，罪真州不当纳之，遣官谕再成亟杀天祥以自白[101]。再成不忍杀，三日，绐天祥出视城壕[102]，使王、陆二都统导之，出示以制司文书，谓丞相为说城[103]。天祥方惊叹，而两都统鞭马入城，门已闭矣。

杜浒赴城壕欲死，有张、徐二路分[104]，自言苗安抚遣送丞相[105]，惟丞相所向。天祥云："今惟往扬州，夏老不相识，淮西又无归路，委命于天，惟往扬州。"久之，有弓刀五十人至[106]，张、徐各就骑，以二骑从天祥，天祥与杜浒连骑[107]。行数里，张、徐请下马，天祥既下，云："且行，"既行，云："且坐。"坐久立谈，张、徐云："制使欲杀丞相，安抚不忍，故遣某二人送行。今丞相安往？"天祥云："只往扬州。"张、徐云："扬州欲杀丞相，不可往。"天祥云："无可奈何，今只欲见李制置，自白此心，庶几见信[108]，共图恢复。否则，从通州遵海归行朝[109]。"张、徐云："安抚已具船,令从丞相江行,归南归北皆可。"天祥云："如此,则安抚亦疑我矣?"张、徐方吐实,云："安抚犹在疑信之间,令某二人便宜从事[110],某见丞相忠义如此,何敢加害!既决欲往扬州,当相送。"是日暮,张、徐先辞去,留二十人从行。顷之[111],二十人亦去。

明日,至扬州,杜浒谓："制使既不相容,必且死于城门,不如且避哨,以夜趋高邮,至通州,渡海归江南见二王,与徒死城下万万不侔[112]。"金应又谓："出门即有哨,此去通州尚五百里,何由而达?与其死于彼,不如死扬州。且犹冀未必死[113]。"天祥计未决,而从行者四人已负腰金逃矣[114]。不得已,去扬州城下,避哨土围粪秽中,忽数千骑过其后。至贾家庄,已两日不得食,又迫巡徼者[115],夜迷失道,幸得至高邮,而制司命下,关防说城愈急[116],遂不敢入城。过城子河[117],至海陵[118],过海安、如皋[119],舟与追骑常相距,危不免者数矣。至通州,适牒报镇江大索文丞相十日,且以三千骑追亡于浒浦[120]。始释制司前疑。得海舟,渡扬子江,入苏州洋[121],展转四明、天台。以四月八日至温州。

益王建大元帅府于福州[122],天祥上书劝进,始以五月朔即位福安[123],改元景炎,以观文殿学士召天祥。二十六日行至都门,除右丞相。时枢密使陈宜中、副使张世杰用事,丞相具员[124]。天祥辞不拜,以枢密使同都督诸路军马发行都[125],出南剑[126],号召天下。十月,趋汀州[127],遣督参赵时赏、督咨赵孟溁复宁都[128]，督赞吴浚复雩都[129]，天祥移屯漳州龙岩县。未几，浚衔唆都命来招降[130]，遂杀浚以定众志。时唆都与左丞阿剌罕、参政董某既入闽[131]，李珏、王积翁以福建宣慰招抚使各致书天祥[132]，天祥复书：候见老母，即从先帝地下，无可言者。明年三月入梅州[133]，始与母弟妻子相见，进阶银青光禄大夫。四月，斩统制钱汉英、王福，引兵自梅州出江西，入会昌[134]，战雩都，大捷，因开府兴国[135]。督谋张汴、监军赵时赏、孟溁盛兵薄赣城下，招谕使邹㵯率赣诸县兵捣永丰[136]，吉水招抚副使黎贵达率吉诸县兵复太和、临、洪诸郡[137]。豪杰皆纳款[138]，淮西义士刘源以兵复黄州[139]，复寿昌军，潭州赵璠、张琥，抚州何时皆起义兵，分宁、武宁皆遣使诣军门受约束。福建斩伪天子黄从，传首至督府，军势大振。贵达以正军千人、民兵数千次太和，钟步、张汴、赵时赏、赵孟溁率民兵数万逼赣，遇骑卒先后冲之，皆溃，自相蹂藉死。[140]

孟溁收残兵保雩都，督府闻邹㵯聚兵数万于永丰，乃引兵就之。会㵯兵亦溃，元帅李恒以大军乘其弊[141]，追及于庐陵东固之方石岭[142]。都统制巩信驻军岭上，力战，箭被体不动，犹手杀数十人，乃自投崖谷死。大军追至空坑，同督府兵溃，天祥几被执，值山径险隘，有大石忽坠，塞其路，乃得脱去。既而妻妾子女皆陷，惟母曾夫人、子道生从天祥奔汀州。赵时赏、吴文炳、林栋、刘洙皆就执，张汴、刘钦为乱兵所杀。

天祥趋循州[143]。其冬,塔术、吕师夔、李恒以步卒入岭[144],唆都、蒲寿庚、刘深以舟师下海,皆会广州。天祥驻循之南岭,黎贵达有异志,伏诛。明年二月,出海丰。三月,屯丽江涌[145],命弟璧攻惠州。五月,端宗凶问至[146],卫王改元祥兴[147],天祥奉表起居[148],自劾罔功。有诏奖谕,陆秀夫当笔[149],其略曰:"方敌氛之正恶,鞠旅勤王[150];及皇路之已倾,捐躯徇国[151]。脱危机于虎口,涉远道于鲸波。虽成败利钝逆睹之未能[152],而险阻艰难备尝之已熟。如金百炼而益劲,如水万折而必东。"天祥乞移军入朝,不许。又欲入广州,时广州新复,惮天祥威重,佯遣舟来迎,而中道去之,遂不果入。六月,祥兴舟自砜洲回驻崖山[153],督府累请入觐[154],世杰日以迎候宜中还朝为辞,诸大将多忌天祥,又位枢密使,出己上,皆不便其入。加天祥少保、信国公[155],母曾封齐魏国夫人,同督府官属各转五资[156],以金三百两犒其军。天祥移书秀夫:"天子幼冲[157],宰相遁荒[158],制训敕令出诸公口,奈何不恤国事,以游辞相距耶[159]?"秀夫太息而已。时督府全军疾疫,齐魏国夫人、子道生相继卒,遣使宣祭,起复。

初,陈懿兄弟皆为剧盗,世杰招之,叛附不常,潮人苦之,潮士民请移行府于潮。十一月,进潮阳县[160],戮懿党刘兴。时张弘范为都元帅[161],以大军自明、秀下海,以步卒自漳、泉入潮。天祥以闻行朝。十二月十五日移屯,趋海丰,入南岭,邹㵾、刘子俊以民兵数千至自江西。时弘范步骑尚隔海港,陈懿为迎导,具海舟以济。弘范既济,使其弟弘正以轻兵直指督帐。二十日午,天祥方饭客五坡岭[162],步骑奄至[163],天祥度不得脱[164],即取怀中脑子尽服之[165]。众拥天祥上马,天祥急索水饮,冀速得死,已乃暴下[166],竟不死,诸军皆溃。

天祥见弘范于和平[167],大骂求死。越七日,至潮阳,踊跃请剑就死。弘范必欲以礼见,议相见礼,天祥曰:"吾不能跪,吾尝见伯颜、阿术惟长揖耳[168]。"或曰:"奈何不拜?"天祥曰:"吾能死,不能拜!"弘范亦不能强,遂以长揖相见。

明年正月二日,弘范驱天祥登海艘。十日至崖山,弘范索天祥为书招世杰。天祥曰:"己不能救父母,又教人叛父母,可乎?"愈益急索,则书《过零丁洋》一诗示之,诗末云:"人生自古谁无死?留取丹心照汗青。"弘范笑而置之。自此守护益谨,然礼貌益隆。二月六日,崖山破。先是,陆秀夫在行朝,以枢密兼宰相,至是,请于太妃曰:"临安母子已被辱[169],殿下不宜再辱[170]。"言讫,即沉其妻孥冠裳,抱祥兴赴海[171],太妃从之,宫人已下皆从太妃,官属将士争蹈海,死者数万人。

十四日,弘范置酒大会诸将,因举酒从容谓天祥曰:"国亡矣,忠孝之事尽矣!丞相改心易虑,以事大宋者事大元,大元贤相非丞相而谁?"天祥流涕曰:"国亡不能救,为人臣者,死有馀罪,况敢逃其死而二其心乎[172]?"弘范又谓:"国亡矣,即死,谁复书之?"天祥谓:"商亡,而夷、齐不食周粟[173],亦自尽其心耳。岂论书与不书？"弘范为改容。副元帅庞抄儿赤起行酒,天祥不为礼。庞抄儿赤怒,骂之,天祥亦大骂,请速死。

弘范遣使具奏天祥不屈与所以不杀状,世祖皇帝命护送天祥京师[174]。弘范遣督镇抚石嵩护行,且以崖山所得宋礼部郎官邓光荐与俱。二十二日发广州,至南安[175],始系颈絷足[176],以防江西之夺者。明日,天祥即绝粒不食,计日可首丘庐陵[177]。乃为文祭墓,为诗别诸友,遣人驰归,约日复命庐陵城下,即瞑目长逝。乃水盛风驶[178],前一日过庐陵,至丰城,始知所遣人竟不得往。于是不食已八日,念不得死庐陵,而委命荒江[179],志节不白,始从容就义[180],强复饮食。十二日,至建康,囚驿中,邓光荐寓天庆观。八月二十四日,天祥北行。

十月至燕,馆所供帐如上宾[181]。馆人云："博罗丞相命也[182]。"天祥义不寝处[183],坐达旦。四日,张弘范至,具言不屈状。五日,送兵马司,械系空宅中。十馀日,解手缚。又十馀日,得疾。十二月二日,去械,犹系颈。五日,赴枢密院。九日,见博罗丞相,张平章命之跪[184],天祥曰："南人不能跪。"左右强之,终不可。问："有何言？"天祥曰："自古有兴有废,帝王将相,灭亡诛戮,何代无之？尽忠于宋,所以至此。今日不过死耳,有何言？"又问,天祥曰："为宋丞相,宋亡义当死；为北朝所获,法当死。何言？"博罗问："自古尝有宰相以宗庙城郭与人又遁逃去者否？"天祥曰："为宰相而奉国以与人者,卖国之臣也。卖国者必不去;去者,必非卖国之臣。前除宰相不拜,奉使伯颜军前,寻被拘留。不幸有贼臣卖国,国亡当死。但以度宗皇帝二子在浙东,老母在广,故去之耳。"问:"德祐非君乎[185]?"曰:"吾君也。"曰:"弃嗣君而立二王,果忠臣乎?"曰:"德祐不幸失国,当此之时,社稷为重,君为轻。立君者所以为宗庙社稷计,故为忠臣。从怀、愍而北者非忠,从元帝为忠[186];从徽、钦而北者非忠,从高宗为忠[187]。"博罗不能诘。有问:"晋元帝、宋高宗有所受命,二王何所受命?且不正,是篡也!"曰:"景炎乃度宗皇帝长子,德祐亲兄,不可谓'不正';即位于德祐去位之后,不可谓'篡'。陈丞相以太皇太后命奉二王出宫[188],不可谓'无所受命'。"博罗谓:"汝为相,能挟三宫以往,可以为忠;不能,则与伯颜丞相一战,决胜负,可以为忠。"天祥曰:"此可以责陈丞相,不可以责我,我此时未当国故也。"又问:"汝立二王,竟成何事?"曰:"立君以存宗社,臣子之责。若夫成功,则天也。"又曰:"既知其不可,何必为?"曰:"父母有疾,虽不可为,无不用医药之理。不用医药者,非人子也。天祥今日至此,惟有死,不在多言。汝所言都不是!"博罗怒曰:"汝欲死,可得快死耶?死汝必不可得快!"天祥云:"得死即快,何不快为?"博罗呼引去。

自是囚兵马司者四年,其为诗有《指南前录》三卷、《后录》五卷,集杜二百首,皆有自序,天下诵之,其翰墨满燕市[189]。又时时为吏士讲前史忠义,闻者倾动。尝裹所脱爪齿须发寄弟璧[190],始终未尝一食官饭。上自开平还大兴[191],问南北宰相孰贤,群臣皆曰:"北人无如耶律某[192],南人无如文天祥。"上将付以大任,王积翁、谢昌元相率以书谕上意[193],天祥复书云:"诸君义同鲍叔[194],而天祥事异管仲[195]。管仲不死,而功名显于天下;天祥不死,而尽弃其平生,遗臭于万年,将焉用之?"积翁知不能屈,犹奏请释天祥而礼之,以为事君者劝[196]。上语积翁:"命兵马司好与饮食。"天祥使人语积翁:"吾义不食官饭数年矣,今一旦饭于官,吾且不食。"积翁始不敢言。会参知政事麦术丁者,尝开省江西[197],亲见天祥出师震动,每倡言不如杀之便。自是上与宰相每欲释之辄不果。

至元壬午十二月八日[198],召天祥至殿中,天祥长揖不拜,极言宋无不道之君,无可吊之民,不幸母老子弱,权臣误国,用舍失宜。北朝用其叛将叛臣,入其国都,毁其宗社。天祥相宋于再造之时,宋亡,天祥当速死,不当久生。上使谕之曰:"汝以事宋者事我,即以汝为中书宰相。"天祥对曰:"天祥为宋状元宰相,宋亡,惟可死,不可生。"又使谕之曰:"汝不为宰相,则为枢密。"对曰:"一死之外,无可为者。"遂命之退。明日,有奏:"天祥不愿归附,当如其请[199],赐之死。"麦术丁力赞其决,遂可其奏。

天祥将出狱,即为绝笔《自赞》,系之衣带间,其词云:"孔曰'成仁'[200],孟云'取义'[201],惟其义尽,所以仁至[202]。读圣贤书,所学何事?而今而后,庶几无愧。"过市扬扬[203]，颜色不变，观者如堵。问市人："孰为南北[204]？"南面再拜而就死。见者、闻者，无不流涕。是日大风扬沙石，昼晦，咫尺不辨人，城门昼闭。籍兵马司[205]，得天祥所为诗文上之。天祥死时年四十有七矣。南人留燕者，悲歌慷慨，相应和为歌，更置酒酬丞相相慰藉，更相自贺，至有十义士者，收葬于都城外。

初，天祥既第[206]，誓不倚势近利。自禄赐所入，尽以散族姻乡友之贫者。至是，官籍其家，萧然[207]。方过南安时，遣人告墓[208]，以弟璧之子升为嗣，又寄弟诗曰："亲丧君自尽，犹子是吾儿[209]。"大德中[210]，升奉母欧阳夫人归自丰州云。

赞曰：文丞相以庐陵年少，穆陵亲擢进士第一[211]，即上书乞斩董宋臣者。至再宋垂亡[212]，犹乞斩吕师孟衅鼓。此岂希合苟生者[213]？贾似道沮之、留梦炎嫉之，宜也。陈宜中、张世杰亦忌之，何也？黄万石嫉之，何也？李庭芝疑之，至欲杀之，又何也？或谓：使庭芝不疑，夏、贵可合，事未可知，岂所谓天之所废不可兴者耶？方其脱京口，走真、扬，脱真、扬，走三山，出万死，与潮阳仰药不死[214]、南安绝粒不死、燕狱不死何异？若将以有为者。及得死所，卒以光明俊伟暴之天下后世[215]，殆天以丞相报宋三百年待士之厚，且以昌世教也[216]。而或者咎其疏阔[217]，议其无成，谬矣。夫非诸葛公所谓"鞠躬尽瘁，死而后已"者乎[218]？死之日，宋亡七年、崖山亡又五年矣。

〔1〕文天祥就义后,胡广、龚开都写过《文丞相传》,但刘岳申此文最为翔实。本文详细记叙了文天祥一生的经历,向为史学家所重视。作者是本着传统的史官态度来写作这篇传记的,除搜集记闻外,也参考过文天祥的著作。这篇文章以抄本流传,直到元末,才由文天祥之孙文富刊刻。

〔2〕庐陵:即今江西吉安市。

〔3〕大父:祖父。时用:文天祥嗣祖父名时用,字仲和。时用无子,以伯兄时习(字仲济)仲子文仪为嗣。故后文说文天祥"伯祖母梁夫人"为"其父本生母"。

〔4〕已:随后。

〔5〕"见欧阳"句:欧阳文忠等五人分别为:欧阳修、杨邦义、胡铨、周必大、杨万里。他们都是江西庐陵人,死后皆被谥以"忠"、"节"。欧阳修,卒谥文忠。杨邦义(1086—1129),字希稷。北宋政和五年(1115)进士。曾任通判建康军提领沿江措置使司等职。金兵攻取建康,不降而死,被剖腹取心。谥忠襄。胡铨(1102—1180),字邦衡,号澹庵。南宋名臣、文学家。官国史院编修、兵部侍郎。卒谥忠简。周必大(1126—1204),字子充。南宋著名政治家和文学家。官至吏部尚书、枢密使、左丞相,封益国公。卒谥文忠。杨万里(1127—1206),字廷秀,号诚斋。南宋著名文学家和政治家。官至宝谟阁学士。卒谥文节。

〔6〕俎豆:祭礼。俎、豆均为祭祀时盛食物的礼器。

〔7〕宝祐乙卯:指宋理宗宝祐三年,即公元1255年。宝祐,宋理宗赵昀年号(1253—1258)。

〔8〕廷对:指廷试,也叫殿试。是科举考试的最高一级,由皇帝亲自主持在朝堂上举行,取中者第一名为状元。

〔9〕丁父忧:古时称遭父母之丧为丁忧。丁父忧即指遭父丧。

〔10〕服除:指服丧三年期满。

〔11〕承事郎:文散官名,宋始置,为正八品。宁海军:宋代方镇名。治所在临安(今浙江杭州)。佥书……公事,相当于宁海军最高长官的秘书一类的职务。

〔12〕吴潜(1196—1262):字毅夫,号履斋。宣州宁国(今安徽宁国)人。宋嘉定进士。淳祐十一年(1251)与开庆元年(1259)曾两度入相。力主抗元。后遭贬,卒于贬所。

〔13〕内都知:入内都知司的省称,为宋朝的宦官机构。董宋臣:宋理宗朝宦官。深得理宗宠信,与宰相丁大全表里为奸,招权纳贿,无恶不作,人称"董阎罗"。开庆元年(1259)蒙古军围攻鄂州(今湖北武昌),他请理宗迁都南逃四明。后被吴潜斥逐出朝廷。迁幸:迁都。皇帝到某地曰幸。

〔14〕一:统一,安定。

〔15〕方镇:统领一方兵权的军事长官。建守:建立防守。

〔16〕团结:一种地方民兵组织。

〔17〕自免归:弃职还乡。

〔18〕"以前职"二句:指改任佥书镇南军节度判官厅公事。镇南军,唐置,治洪州(今江西南昌)。不拜,不受任命。

〔19〕乞祠:是辞官的委婉说法。祠乃祠禄的省称。宋制,大臣罢官,令管理道教宫观,无职事,但借名食俸禄,称祠禄。

〔20〕建昌军:治今江西南城县。仙都观:道观名。

〔21〕秘书省:官署名。负责掌管国家的图书。正字:官名。与校书郎同掌校正书籍,但比校书郎低。教授:学官名。

〔22〕著作郎:官名。掌纂修"日历"。

〔23〕瑞州:治所在今江西高安。

〔24〕江西:宋代行政区划江南西路的省称。治所在今江西南昌市。提刑:提点刑狱的简称。掌一路的司法。

〔25〕台臣:指谏官。台,指御史台,负责纠察之事。

〔26〕寝:止。

〔27〕宁国府:治所在今安徽宣城。

〔28〕军器监:本为掌管兵器的官署,这里指军器监的长官。右司:官署名,属尚书省。这里指右司的长官右司郎中。

〔29〕崇政殿说书:宋代官名。职能是为皇帝讲说书史,解释经义。学士院权直:宋代官名。由其他官员暂时负责翰林学士院文书,称权直。玉牒所检讨:为玉牒所的办事官。玉牒所归宗正寺管,负责修皇族籍属。

〔30〕贾似道(1213—1275):字师宪,台州天台(今属浙江)人。宋理宗贾妃弟。开庆元年(1259)任右相兼枢密使。后加封太师,平章军国重事。但专恣日盛,打击异己,对外屈服投降。咸淳十年(1274)元军破鄂州,兵溃鲁港。遂被贬往循州,至漳州木棉庵为监送者郑虎臣所杀。

〔31〕要:要挟。

〔32〕裁责:指责。裁,判。

〔33〕湖南:指宋荆湖南路。治所在潭州(今湖南长沙市)。运判:宋代于转运使、发运使下设判官,职位略低于副使,简称运判。职责为催征钱粮。

〔34〕文山:山名,在今江西吉安东南。

〔35〕除湖南提刑:事在咸淳九年(1273)。

〔36〕邵:邵州。即今湖南邵阳市。永:永州。治所在今湖南永州市。

〔37〕江万里(1198—1275):字子远,南康军都昌(今江西都昌)人。以乡举入太学,官至左丞相兼枢密使。宋德祐元年(1275),元军破饶州(今江西鄱阳),其弟万顷被肢解,他率子镐等投水死。

〔38〕便郡:指离家较近的郡邑。

〔39〕德祐元年乙亥:即公元1275年。德祐,宋恭帝年号,只有

一年。

〔40〕朔:每月的初一。

〔41〕勤王:出兵救援皇帝。

〔42〕鲁港:在今安徽芜湖西南。

〔43〕起复:官员守丧期未满,朝廷特诏复职,谓之起复。

〔44〕累:连续。终制:祖父母或父母去世后服满三年之丧。

〔45〕趣(cù 促):催促。洪:洪州,即今江西南昌市。

〔46〕王爚(yuè 越):字仲潜,一字伯晦。绍兴新昌(今属浙江)人。宋嘉定进士。咸淳十年(1274)为左丞相兼枢密使。德祐元年(1275)元兵渡江,力请回乡招募义勇,未获允。后进平章军国重事。因素与陈宜中不合,遂求去。迁擢:提升职位。

〔47〕陈宜中:字与权,温州永嘉(今浙江温州)人。宋景定进士。累官至刑部尚书。因依附贾似道,咸淳十年(1274)拜金书枢密院事兼权参知政事。后贾似道丧师芜湖,他以为似道已死,又奏请正其罪,以示不党。不久,为右相兼枢密使。文天祥勤王师至吉州,他与朝中投降派议其"儿戏"、"猖狂",不准来临安。学生上书攻其误国有甚于贾似道,遂去位。后虽复起为左相,但无所作为。终客死暹罗(今泰国)。

〔48〕引嫌:避嫌。

〔49〕沮:阻止。

〔50〕留梦炎:字汉辅,衢州(今属浙江)人。宋淳祐进士。德祐元年(1275)拜右丞相兼枢密使,进左丞相,都督诸路军马。元军逼临安,弃官逃归,两召不至。后降元,官终礼部尚书,翰林学士承旨。文天祥被执后,宋降臣王积翁等十人议请释其为道士,他坚决反对,以为倘其再召江南人士反抗,将对他们不利。

〔51〕厚:交好。

〔52〕吕师夔:字虞卿。安丰(今安徽寿县)人。曾任宋兵部尚书提

举江州兴国宫,德祐元年降元。其父吕文德长期为京湖制帅,叔父吕文焕为襄主帅,堂叔吕文福为淮西安抚副使、知庐州,姐夫范文虎为援助长江防务的大将。吕氏一门长期依附贾似道,掌控着南宋的军事命脉。

〔53〕抚州:故治即今江西抚州市临川区。

〔54〕除:授。权:暂时代理。

〔55〕墨衰(cuī 崔):黑色的丧服。衰,同"缞"。麻衣。古代礼制:在家守制,丧服用白色。如果有战争而不能守制,则穿黑色衣服以代丧服。

〔56〕要津:显要的地位。

〔57〕国门:指国家的边境。

〔58〕留:留置,扣压。

〔59〕吕师孟:乃吕师夔之兄,时为南宋兵部侍郎。奉使:奉命出使。此指出使元朝。

〔60〕偃蹇:傲慢的样子。

〔61〕衅鼓:古代祭礼时要杀牲,并将血涂在器物上,叫衅。衅鼓是将血涂在鼓上。

〔62〕报:批复,答复。

〔63〕提:领。

〔64〕薄:迫近。

〔65〕宵遁:夜中逃跑。

〔66〕督府:指都督府。宥(yòu 又):宽恕。

〔67〕徇:示众。

〔68〕赠:追赠封号。

〔69〕独松关:在今浙江杭州市馀杭区西北独松岭上,为杭州的门户。

〔70〕陈文龙(1232—1277):初名子龙,度宗皇帝为改名文龙。字

君贲,号如心。官至参知政事。坚持抗元,兵败被俘,绝食而死。平江:府治在长洲(即今江苏苏州市)。

〔71〕两府:是对中书省(政府)和枢密院(枢府)的合称。

〔72〕环卫:指环卫官。此类官无职事,亦无定员,仅为武臣赠典及安置武职闲散人员用。

〔73〕浙西:指两浙西路。治所在今浙江杭州市。江东:指江南东路。治所在今江苏南京市。制置大使:官名。掌边防军事,权任特重。

〔74〕阙:指朝廷。

〔75〕吉王、信王:指赵昰(shì世)和赵昺(bǐng丙)。二王系恭帝即位后所封。

〔76〕三宫:指太皇太后谢氏、太后全氏和恭帝。

〔77〕系:维系。人望:众人的仰望,指人心。

〔78〕少尹:府的副官。这里指临安府少尹。

〔79〕少保:指太子少保,辅导太子的官。张世杰(?—1279):范阳(今河北涿州市)人。少从元将张柔,后投宋。由小校积功至都统。德祐元年(1275),朝廷召诸将勤王,多不至,独他率部入卫临安。他同文天祥坚决主张抗击元军,反对投降。后兵败溺海死。

〔80〕背城借一:指背城死战,力图能有一线成功的希望。

〔81〕伯颜:又译作巴颜,前文有注。高亭山:又作皋亭山,在杭州市东北。

〔82〕诣军前:指到高亭山军前会见元军统帅伯颜。

〔83〕与国:盟国。

〔84〕折之:使屈服。

〔85〕宋状元宰相:文天祥自指。因他是状元出身,现在又任宰相,故云。

〔86〕鼎镬(huò货):本为烹饪用的锅,有足的叫鼎,无足的叫镬。

这里和前一句的"刀锯"一样,都是指刑具。

〔87〕"前日"四句:指至元十三年(1276)正月,南宋派宗室成员赵尹甫、赵吉甫携传国玉玺及降表赴元军大营乞和。伯颜接到降表,即派张弘范、孟祺、程鹏飞等人进入临安城,最终说服宋廷投降,宋王称臣。伯颜这段表面恭敬,实具威胁。程鹏飞,字飞卿,本为南宋鄂州都统,此时已降元。后曾仕至高位。

〔88〕吴坚:字彦恺,号实堂。浙江天台人。南宋淳祐四年(1244)进士。德祐元年(1275)元军兵临临安城下,吴坚受任签书枢密院事,两度出使元营求和。德祐二年正月,升任左丞相兼枢密使,受谢太后命,与贾馀庆等先赴元营议降。后又以祈请使身份赴大都送降表,交传国玉玺。旋即病故。贾馀庆(?—1276):字善夫。海州(今江苏连云港)人。曾任同签书枢密院事,知临安府,后至右丞相。谢堂:字升道,号恕斋。台州天台(今属浙江)人。后官至枢密使。奉命与元军议和,被迫北迁。家铉翁:号则堂。四川眉州(今眉山市)人。以荫补官,历任绍兴知府、浙东安抚提举司事。后官至端明殿学士兼签书枢密院事。曾奉使元营,被扣不放。宋亡,坚不仕元。元成宗继位后放还。隐居而终。刘岊(jié 杰):重庆人。曾任南宋端明殿学士同签枢密院事。

〔89〕"吕氏"以下两句:因吕文焕之兄吕文德与侄吕师孟皆受南宋重用,吕文德曾官至开府仪同三司。故云。

〔90〕惭恚(huì 汇):羞愧恼怒。

〔91〕杜浒:字贵卿,号梅壑。浙东天台(今属浙江)人。时为文天祥幕宾。其人有救亡之志,曾募义师抗元。后被俘,死于广州。京口:故址在今江苏镇江市。

〔92〕真州:即今江苏仪征。

〔93〕脱:解救。

〔94〕瓜洲:指瓜洲镇。在长江北岸,与镇江隔江相望。这里有著名

的渡口瓜洲渡。

〔95〕苗再成:南宋守将。历官真州安抚使、濠州团练使、真州知州等。后在抗元过程中战死。

〔96〕李制置:指淮东制置使李庭芝。他此时驻守扬州,拒不投降,坚持抗元,后被俘遇害。夏老:指淮西制置使夏贵。此时年已八十岁,驻守在庐州。合从:即合纵。此指联兵抗元。

〔97〕阃(kǔn捆):指在外统兵的将领。

〔98〕传檄:发布声讨敌人的文书。

〔99〕湾头、扬子桥:均为地名,皆在扬州附近。

〔100〕生致:活捉。

〔101〕谕:告诉。亟:快。

〔102〕绐:哄骗。

〔103〕说城:通过游说来骗取城池。

〔104〕路分:义军头目的职名。

〔105〕苗安抚:指苗再成。

〔106〕弓刀:指兵卒。这里当指义军。

〔107〕连骑:并马前进。

〔108〕庶几:或许。

〔109〕通州:今江苏南通市。遵:顺着。行朝:朝廷的临时所在地。此指温州。

〔110〕便宜从事:相机处理。

〔111〕顷之:过了一会儿。

〔112〕不侔:不同。侔,等,同。

〔113〕冀:希望。

〔114〕负腰金:带着身上的银子。

〔115〕巡徼:巡逻。

〔116〕关防:防范。

〔117〕城子河:水名,在高邮城南。

〔118〕海陵:即今江苏泰州。

〔119〕海安、如皋:均为地名。都在今江苏东部。

〔120〕浒浦:地名。在长江南岸,今江苏常熟境内,与通州隔江相望。

〔121〕苏州洋:指今上海附近的洋面。

〔122〕益王:指赵昰。他初封吉王,后改为益王。

〔123〕福安:县名。在今福建东北部。因为这年(1276)二月元军攻破了临安,并将皇太后全氏与恭帝赵㬎一起俘虏北上,所以在文天祥的建议下,益王赵昰于五月在福安即位。

〔124〕具员:犹凑数,充数。

〔125〕同都督诸路军马:官名。为执政官出任临时统帅之称。行都:政府的暂驻地。

〔126〕南剑:治在剑浦(今福建南平市)。

〔127〕汀州:即今福建长汀。

〔128〕赵时赏:字宗白。和州(今安徽和县)人。宋宗室。历官旌德知县、知邵武军、参议军事、江西招讨副使。后兵败被俘而死。赵孟溁(yíng 莹,? —1277):字君泽,号直斋。宋宗室。宋末与文天祥同起兵,为都督府咨议官。后战死。宁都:与下文的"雩都",均在今江西东南部。

〔129〕吴浚(? —1277):字允文。盱江(今江西南城)人。文天祥出镇江西时,为参赞,次年降元。雩都:即于都。在今江西赣州市东。

〔130〕唆都(? —1295):又译作索多。姓札剌儿氏,蒙古人。骁勇善战。在元军征服南宋的过程中,屡立战功。累升至参知政事,进右丞。后在平交趾时战死。

〔131〕阿剌罕(1233—1281)：又译作阿里罕。姓札剌儿氏。蒙古人。为元朝征服南宋的主要将领之一。历任都元帅、中奉大夫、参知政事，后拜行中书省左丞。统军征日本时，死于途中。董某：指董文炳(1217—1278)，字彦明。藁城(今河北石家庄市藁城区)人。随元军伐宋，屡立战功。官至佥书枢密院事。以病卒。

〔132〕李珏：南宋处州知州，降元后任福建宣慰招抚使。王积翁(1229—1284)：字良存，一字良臣。福宁(今福建霞浦)人。元军破临安，积翁随益王、信王南下福州，出任福建制置使。元兵进福建，献闽中图籍降元为内应。屡进为福建道宣慰使，刑部尚书，擢户部尚书，后拜参知政事，行省江西。在元军征讨日本第二次海战失利后，自称能宣谕日本来降。元世祖信其言，命为赴日宣谕国信使。因虐待船夫，中途为船夫所杀。

〔133〕梅州：即今广东梅州市。

〔134〕会昌：县名。今属江西赣州。

〔135〕开府兴国：指文天祥在江西兴国建立督府，招集爱国之士，号召各路起兵夺回江西。

〔136〕邹㵯(féng逢，？—1278)：字凤叔。江西吉水人，后徙永丰。曾任兵部侍郎，随文天祥抗元。文天祥被俘，即自杀。永丰：即今江西永丰县。

〔137〕太和：今江西泰和县。临：临江军，治今江西樟树市。洪：洪州，即今江西南昌市。

〔138〕纳款：归顺。

〔139〕黄州：治今湖北黄冈市。

〔140〕踩藉：踩踏。

〔141〕李恒(1236—1285)：字德卿，号长白。西夏宗室后裔。元朝名将。在江西击败文天祥，与张弘范在崖山灭宋。拜参知政事。后带军

征安南时战死。谥武愍,追封滕国公。

〔142〕方石岭:在今江西吉安市南。

〔143〕循州:治今广东龙川。

〔144〕塔术:又译作达春。元朝将领。岭:指南岭。

〔145〕丽江涌:在海丰西南海边。

〔146〕端宗:即赵昰。凶问:死亡的消息。

〔147〕卫王:即赵昺。景炎元年(1276)五月,端宗即帝位,改封赵昺为卫王。三年四月,端宗病死于硇洲。八岁的赵昺被立为帝。

〔148〕起居:指宰相按规定每五日率群臣向皇帝请安。

〔149〕陆秀夫(1238—1279):字君实,江苏盐城人。宋宝祐进士。卫王立,任左丞相,与张世杰共秉政。次年二月,崖山破,负卫王投海死。当笔:原意是执笔。后宰相轮值秉政谓"当笔"。这里用原意。

〔150〕鞠旅:誓师。

〔151〕徇:通"殉"。

〔152〕逆睹:预见,预料。

〔153〕硇(náo挠)洲:在广东吴川南的大海中。崖山:或作厓山。在广东新会南八十里大海中。

〔154〕督府:指文天祥。入觐:入朝见皇帝。

〔155〕少保:官名。为三孤之一,无职事,特表尊崇。国公:爵位名。在九级封爵中属第三级。

〔156〕资:级,位次。

〔157〕幼冲:幼小。

〔158〕宰相:指陈宜中。他在端宗时为左丞相。后在形势危急时逃到了占城(今属越南)。遁荒:隐于荒僻之地。

〔159〕游辞:虚浮不实之辞。

〔160〕潮阳县:在今广东东部近海地区。

〔161〕张弘范(1238—1280):字仲畴,易州定兴(今河北定兴)人。至元十五年(1278)任蒙古汉军都元帅,进军闽广,俘文天祥。十六年,在崖山灭宋。后病死。

〔162〕饭客:招待客人吃饭。

〔163〕奄至:突然来到。

〔164〕度:料想。

〔165〕脑子:即中药冰片。冰片有毒,多服可死人。

〔166〕暴下:腹泻。

〔167〕和平:地名。在今广东东北部。

〔168〕阿术(1234—1287):姓兀良哈氏。蒙古人。元初名将。随伯颜伐宋,任行省平章政事。后病死。

〔169〕临安母子:指在临安被俘的太皇太后谢氏、皇太后全氏和恭帝赵㬎。

〔170〕殿下:指太妃。再辱:再受辱。

〔171〕祥兴:指卫王赵昺。其年号为祥兴。

〔172〕二其心:指改变心态。

〔173〕夷、齐:指伯夷和叔齐。二人因反对周武王灭商,商亡后,义不食周粟,遂采薇而食,均饿死在首阳山。

〔174〕京师:指元大都,即今北京市。

〔175〕南安:南安军,治今江西大余。

〔176〕絷(zhí 直):拴缚。

〔177〕首丘:指死后归葬故乡。

〔178〕水盛风驶:指水大风顺,船行过快。

〔179〕委命荒江:犹死于荒江。

〔180〕始从容就义:犹决定从容就义。

〔181〕供帐:即供张,供具张设,指陈设。

〔182〕博罗丞相:指博罗欢(1236—1300)。蒙古忙兀氏。至元十一年(1274)任金吾卫上将军、中书右丞,统左路军进攻南宋。后曾历任陕西、湖广、江浙等处行省平章政事。

〔183〕义不寝处:坚决不在待他如上宾的馆所就寝。

〔184〕张平章:即张弘范。平章为其官职名。张弘范死后追赠平章政事。

〔185〕德祐:为宋恭帝年号,代指宋恭帝。

〔186〕"从怀、愍"二句:怀、愍,指西晋怀帝司马炽及其侄愍帝司马邺。二帝先后均被前赵(匈奴族)刘曜掳到了赵都平阳。元帝,指司马睿。公元317年西晋亡,琅琊王司马睿在王导的主谋下在金陵称帝,史称东晋。

〔187〕"从徽、钦"二句:徽、钦,指宋徽宗赵佶及其子宋钦宗赵桓。父子二人均在公元1127年开封陷落后被金人俘虏北上,北宋遂亡。高宗,指宋高宗赵构。北宋亡后,康王赵构在宗泽建议下在应天府(今河南商丘)称帝,史称南宋。

〔188〕陈丞相:指陈宜中。

〔189〕翰墨:指诗文墨迹。

〔190〕"尝裹"句:将脱下的指甲、牙齿和须发寄给弟弟,表示不愿将自己的任何东西留在敌方。

〔191〕上:指元世祖忽必烈。开平:元朝的上都。在今内蒙古自治区。大兴:元代大兴是大都的倚郭县,此处代指大都。

〔192〕耶律某:指耶律楚才。

〔193〕谢昌元(1214—1292):字叔敬,号敬斋。资州资阳(今四川资阳)人。元军攻明州时,与赵孟传等负责防御,兵败降元,后给事殿中,升礼部尚书。

〔194〕鲍叔:即鲍叔牙,春秋时齐国人。善知人,曾举管仲为宰,齐

国遂得大治,成为五霸之首。

〔195〕管仲:春秋时著名的政治家。曾帮助齐桓公建立了霸业。

〔196〕劝:鼓励。

〔197〕开省江西:当指江西行省首任行政长官。

〔198〕至元壬午:指元世祖至元十九年,公元1282年。

〔199〕如:从。

〔200〕孔曰"成仁":《论语·卫灵公》云:"志士仁人,无求生以害仁,有杀身以成仁。"

〔201〕孟云"取义":《孟子·告子上》云:"生亦我所欲也,义亦我所欲也;二者不可得兼,舍生而取义者也。"

〔202〕"惟其"二句:义尽、仁至,乃互文见义。

〔203〕扬扬:意气高昂,毫不畏惧的样子。

〔204〕孰为:哪边是。

〔205〕籍:搜检。

〔206〕既第:指中状元。

〔207〕萧然:空无所有的样子。

〔208〕告墓:告祭祖墓。

〔209〕犹子:侄子。

〔210〕大德:元成宗铁木耳年号,从公元1297年起至公元1307年终。

〔211〕穆陵:宋理宗的陵墓。这里代指理宗。

〔212〕再宋:指南宋。因相对北宋而言,故称"再"。

〔213〕希合:迎合。

〔214〕仰药:服毒药。

〔215〕暴:显。

〔216〕昌:倡导。

〔217〕咎:责怪。疏阔:迂腐不切实际。

〔218〕鞠躬尽瘁,死而后已:原话出自诸葛亮《后出师表》。

王炎午

王炎午(1252—1324),字鼎翁,初名应梅,别号梅边。庐陵安福(今江西安福)人。宋咸淳间补太学生。临安陷后,亲诣文天祥,毁家助饷,并留在文天祥幕府共谋抗元。后因母病归家。文天祥兵败被执后,杜门家居,更名炎午,致力于诗文创作。著有《吾汶稿》。

望祭文丞相文[1]

相国文公再被执时[2],予尝为文生祭之。已而庐陵张千载心弘毅[3],自燕山持丞相发与齿归[4],丞相既得死矣。呜呼,痛哉!谨痛哭望奠,再致一言:

呜呼!扶颠持危[5],文山、诸葛[6]。相国虽同,而公死节。倡义举勇,文山、张巡[7]。杀身不异,而公秉钧[8]。名相烈士[9],合为一传。三千年间,人不两见。事缪身执[10],义当勇决[11]。祭公速公[12],童子易箦[13]。何知天意,佑忠怜才。留公一死,易水金台[14]。乘气轻命,壮士其或。久而不易,雪霜松柏[15]。嗟哉文山,山高水深[16]。难回者天,不负者心。常山之舌[17],侍中之血[18]。日月韬光[19],山河改色。生为名臣,没为列星。凛然劲气,为风为霆。干将、莫邪[20],或寄良冶,出世则神,入土不化。今夕何夕[21]?斗转河斜,中有光芒[22],非公也邪?

〔1〕王炎午在临安陷落后曾随文天祥一起抗元,深为文天祥的爱国精神所感动。文天祥在海丰兵败被俘后,他曾作《生祭文丞相文》以激励他为国死节。文天祥就义后,他又作此文来遥祭他。望祭,即遥祭。望,遥。

〔2〕再被执:指公元1278年海丰兵败后文天祥第二次被俘。因文天祥1276年代表南宋朝廷赴元营议和时曾被扣押过,后得逃归,故有此说。

〔3〕张千载心弘毅:即张弘毅,字毅父,或作毅甫,别号千载心。与文天祥为同乡挚友。天祥被执拘燕京时,张弘毅曾随同前往照顾饮食。

〔4〕丞相发与齿:指文天祥在狱中时所脱的头发和牙齿。据刘岳申《文丞相传》载,文天祥在狱中时,"尝裹所脱爪齿须发寄弟璧"。

〔5〕扶颠持危:语出《论语·季氏》:"孔子曰:'……危而不持,颠而不扶,则将焉用彼相矣?'"此谓在国家危难的关头,宰相应尽其扶持之责。

〔6〕文山:乃文天祥的号。诸葛:指诸葛亮,他是三国时蜀汉的丞相。这里以文天祥和诸葛亮相比。

〔7〕张巡(709—757):邓州南阳(今河南南阳)人。唐开元进士。安史之乱爆发后,曾与睢阳太守许远一同坚守睢阳(今河南商丘市),拒不投降,后城陷遇难。

〔8〕秉钧:比喻执宰相的大权。钧,衡石。此喻宰相之位。

〔9〕名相烈士:此谓文天祥既是名相又是烈士,可同时列入这两类人的传记中。

〔10〕缪:通"谬"。不顺。

〔11〕勇决:勇于自杀。决,自尽。

〔12〕祭公:指此前作《生祭文丞相文》生祭之事。速公:谓促其杀身殉国。

〔13〕童子易箦(zé 责):典出《礼记·檀弓上》。据说春秋时鲁国人曾参临终时,由于寝席太华美,不合礼制,引起了病榻旁一位童子的惊叹。曾参遂命其子换掉了席子,然后就去世了。后世因以易箦比喻人之将死。箦,竹席子。

〔14〕易水:河流名,在今河北省西部。战国时燕太子丹曾在易水之滨送荆轲去刺秦王。金台:古地名,又称黄金台。故址在今河北易县东南。相传为战国时燕昭王所筑,他曾于其上置千金以延请天下士。这里用"易水金台",意在强调文天祥的就义之地(燕京),也是历史上英雄辈出之地。

〔15〕雪霜松柏:是化用《论语·子罕》中"岁寒然后知松柏之后凋也"的典故,比喻文天祥坚贞不屈的节操。

〔16〕山高水深:语出范仲淹《桐庐郡严先生祠堂记》:"云山苍苍,江水泱泱;先生之风,山高水长。"

〔17〕常山之舌:用唐人颜杲卿(692—756)事。杲卿字昕,京兆万年(今陕西西安市)人。玄宗时为常山(今河北正定)太守。"安史之乱"爆发后,他起兵抗敌,后被史思明所执。因杲卿骂不绝口,遂被割去了舌头,不屈而死。

〔18〕侍中之血:用西晋嵇绍(252—304)事。绍字延祖,谯郡铚(今安徽宿州西南)人。乃嵇康之子。仕晋官至侍中。西晋末皇室内战中,他用身体卫护晋惠帝,结果中箭身亡,鲜血溅在了惠帝的衣服上。乱平后,左右欲洗去,惠帝阻之曰:"此嵇侍中血,勿去!"以上两人皆是忠臣的典范。

〔19〕韬:藏匿,收敛。

〔20〕干将、莫邪:皆为古代宝剑名。相传为春秋时吴国的干将、莫邪夫妇所造,因以得名。这里是以宝剑比喻文天祥。

〔21〕今夕何夕:语出《诗经·唐风·绸缪》:"今夕何夕?见此良人!"这里含有思念的意思。

〔22〕"斗转河斜"两句:这两句典出《晋书·张华传》。相传晋初东吴未灭时,斗牛间常有紫气,吴平后,紫气愈明。后有豫章人雷焕妙通天象,张华乃请其观之。雷焕看了后说,这是"宝剑之精,上彻于天耳"。这两句是说文天祥死后,其精魂仍会像古代的剑气一样上冲斗牛。斗,二十八宿之一。河,银河。

赵孟頫

赵孟頫(1254—1322),字子昂,号松雪道人、水精宫道人等。浙江吴兴(今浙江湖州市吴兴区)人。宋宗室。年轻时曾做过真州司户参军。入元后闲居里中。后因世祖忽必烈下令搜访"遗逸",以荐授兵部郎中,调任集贤直学士。不久出任同知济南路总管府事、江浙儒学提举等职。累迁翰林学士承旨,卒后追封魏国公。博学多才,工书善画,精通音乐,长于古器物鉴定。诗文风格和婉,著有《松雪斋集》。

《吴兴山水清远图》记[1]

昔人有言:"吴兴山水清远。"非夫悠然独往有会于心者,不以为知言。

南来之水,出天目之阳[2],至城南三里而近,汇为玉湖[3],汪汪且百顷。玉湖之上有山童童,状若车盖者,曰车盖山[4]。由车盖而西,山益高,曰道场[5]。自此以往,奔腾相属,弗可胜图矣[6]。其北小山坦迤,曰岘山[7],山多石,草木疏瘦如牛毛。诸山皆与水际[8],路绕其麓,远望唯见草树缘之而已。中湖巨石如积,坡陀磊瑰[9],葭苇丛焉,不以水盈缩为高卑[10],故曰浮玉[11]。浮玉之南,两小峰参差,曰上、下钓鱼山。又南长山,曰长超。越湖而东与车盖对峙者,曰上、下河口山。又东四小山,衡视则散布不属[12],纵视则联若鳞比[13],曰沈长,曰西余,曰蜀山,曰乌山。又东北曰毗山,远树微茫,中突若覆釜[14]。玉湖之水北流入于城中,合苕水于城东北[15],又北,东入于震泽[16]。春秋佳日,小舟溯流城南,众山环周,如翠玉琢削,空浮水上,与舡低昂[17]。洞庭诸山[18],苍然可见,是其最清远处耶?

[1] 本文虽是为一幅图卷所作,实际上是在描写吴兴风光,全文只写山和水,不涉其他,用以呼应《吴兴山水清远图》。吴兴,今浙江湖州市吴兴区。

[2] 天目:天目山。阳:山南为阳。

[3] 玉湖:在吴兴城区附近。

[4] "玉湖"三句:童童,此是树木茂盛的样子。车盖山,在吴兴城南。

[5] 道场:山名。在吴兴城南。唐时因有僧人居之,故名。

[6] 胜:尽。图:画。

[7] 岘山:在吴兴城南。本名显山,唐时改岘山。

[8] 际:接靠,挨着。

[9] 坡陀:起伏的山坡。磊硊(wěi 伪):高低不平的样子。

[10] 盈:满。缩:枯缩。卑:低。

[11] 浮玉:山名。在吴兴城南玉湖中。

[12] 属:联属。

[13] 鳞比:像鱼鳞一样挨着。比,并靠。

[14] 覆釜:倒扣的铁锅。釜,一种似锅的炊具。

〔15〕苕水:即苕溪。在吴兴城西。

〔16〕震泽:指太湖。

〔17〕舡(chuán 船):同"船"。

〔18〕洞庭诸山:洞庭山,由东洞庭山与西洞庭山组成,在太湖中。

袁桷

袁桷(1266—1327),字伯长,号清容居士,庆元鄞县(今浙江宁波市鄞州区)人。出身南宋世家。元至元年间,以茂才异等举为丽泽书院山长。大德初,以荐授翰林国史院检阅官。后升应奉翰林文字同知制诰兼国史院编修官。至治元年(1321),迁侍讲学士。泰定初辞归。卒谥文清。其于历代礼乐沿革,官吏迁次,诸子目录,士大夫族系,俱能推本求源。居官期间颇受赏识,朝廷制册、功臣碑铭,多出其手。著有《清容居士集》。

陆氏舍田记[1]

吴越旧俗,敬事鬼神。后千馀年,争崇尚浮屠老子学[2],栋甍遍郡县[3]。宋帝南渡[4],公卿大臣多出两浙,而制令入政府[5],得建宫院,崇祖祢[6],驱石辇木[7]。空岩阒寂之地[8],高下晃曜,财日益耗,而弊莫可救矣。故稍自给足者,亦承风效施[9],跬步瞬目[10],日不胜其繁。呀,可禁哉!

宋社亡,故家日降辱[11]。过昔所崇建,挥手若不相识。甚者翦夷其墓田[12],豚蹄之祭[13],不通于鬈蒿[14],而卒未有能惩戒。夫厉阶于初[15],其习闻者不变,故虽善说巧譬,终莫能以改也夫!

锡山陆元俊[16],以其母夫人杨氏舍田之状且告曰[17]:"陆故吴望族。大父凯[18],恬静绝企骛[19]。观老子书若有得,所与交多闻人。是生先府君[20],愈孝谨自治,读司马公书不释手[21]。人劝之仕,则曰:'吾承事于家者未至[22],安能弊内以益外哉?'未几,大父母相继卒。吾府君拮据治窀穸[23],不幸以毁卒[24],又不幸弟铁孙卒。于是吾母曰:'为物为变,魂之屈而不能伸者也,气化则魂升。求于家祭,记礼者尽之矣;求于窈冥[25],则莫若清净焉是依。汝父若弟[26],其往也无悔,而吾惓惓者[27],情有尽而哀终身不可以有尽也。今将割田若干,归于城北之洞虚观,以广其时思[28]。吾知守礼者,矜其情而曲许之焉[29]。事不永久,则吾之志堕,当求能文词者为之传。其文传,田不复可易矣。田不可易,则汝父弟与吾志俱不朽矣。'"其言若是。

俾余信其言者[30],吾友阳谷李君希哲也。希哲于陆母为姻联,善属文。逊于予者[31],求征以示公也[32],儆其子孙。而余前言惓惓[33],复将以儆夫观中之徒[34],知以舆言为可畏也[35]。袁桷记。

〔1〕古时望族富户向寺院庙观捐助田产,是一种善举,并不罕见。本文记锡山陆氏舍田之举却写出了新意。舍田,犹捐田。舍,施舍。
〔2〕浮屠:佛陀的音译,指佛。老子学:此指道教。老子在早期曾被道教徒奉为太上老君,故这里以他的学说指代道教。
〔3〕栋甍(méng 盟):栋梁,这里指庙宇和道观。甍,屋脊。

〔4〕宋帝:指宋高宗赵构。南渡:指北宋灭亡后,康王赵构南渡,建立南宋。

〔5〕政府:指宰相府,犹内阁。

〔6〕祖祢(nǐ你):祖先。祢,指死去后神主已入宗庙的父亲。

〔7〕驱:这里指搬运。辇:用车运。

〔8〕闃(qù去):寂静。

〔9〕承风:跟风。效施:效法施行。

〔10〕跬(kuǐ傀)步瞬目:形容效法者的亦步亦趋。跬,半步。瞬,眨眼。

〔11〕故家:旧时的世家大族。降:地位下降。辱:指不再受人尊敬。

〔12〕翦夷:削夺铲平。

〔13〕豚蹄:猪蹄。古代祭祀时通常要杀牲。用猪蹄祭祀,表明祭祀的方式很简单。

〔14〕焄(xūn勋)蒿:本指祭祀时祭品所散发的气味,这里代指祭祀活动。

〔15〕厉阶:祸端。

〔16〕锡山:地名,今属江苏无锡市。

〔17〕状:文体名,用以记录某人的生平或某件事情的经过。

〔18〕大父:祖父。

〔19〕企骛:追求。

〔20〕先府君:指其已故去的父亲。先,已故的。

〔21〕司马公书:指司马迁的《史记》。

〔22〕承事于家:承担家务事。未至:没有成功。

〔23〕窀穸(zhūn xī迍夕):墓穴。

〔24〕毁:哀毁。指居丧时悲伤过度而损害了健康。

〔25〕窈冥:昏暗的样子。这里指阴间的世界。

〔26〕若:与。

〔27〕惓(quán拳)惓:犹拳拳,心中难舍的样子。

〔28〕时思:不时的思念。

〔29〕矜:怜悯。曲许:允许。曲,表敬之辞,意思是做某事让对方受了委屈。

〔30〕俾:使。

〔31〕逊:谦让。

〔32〕示公:显得公正。

〔33〕惓惓:恳切的样子。

〔34〕儆:警示。观(guàn惯):指洞虚观。

〔35〕舆言:舆论。

元明善

元明善(1269—1322),字复初。大名清河(今河北清河)人。早年游学吴中,后为南行台掾。元仁宗时,以太子文学改翰林待制,升直学士、侍讲学士。延祐二年(1315)会试天下进士,充考试官及读卷官,改授礼部尚书。英宗时升翰林学士。卒后追封清河郡公。著有《清河集》。

万竹亭记[1]

李君仲渊由蜀省员外郎入为监察御史,余别十五岁,相寄文字于万里外,一旦会京都,至欢也。间为余言:"成都之乐,买屋买田矣。弟叔行有田庐在蚕茨[2],周所居植竹[3],竹无虑十万个[4]。构亭竹间,覆之白茅,名曰万竹。竹不止万而曰万,志盈数也[5]。亭之西,雪山嵯峨[6],玉立霄汉,东则岷江之支,洪流达海。亭并长溪,可汲可渔[7],抱亭几合而去与江会[8]。每风日清美,目因境豁[9],群虑冰释[10],神情散朗[11],超然遗世[12]。或风雨之夕,溪声与竹声乱[13],耳入清音,幽思以宣[14],肃如也[15]。或雪或月,亭与竹尽宜,吾兄弟时相过而爱亭甚。日对哦、夜对床者,春与秋多。将弃官归老矣,君为吾弟记之。"

仲渊三兄弟,而兄若弟未之前识也[16]。尝读其兄伯诚之文,见其文知其贤矣。独未知叔行,观是志尚,人贤可想。一门兄弟彬彬[17],其先大夫之贤又可得矣。王子渊、司马长卿、扬子云以及苏明允父子[18],辉当代而名后世,殆蜀材之芳华茂实[19],慕者有所震也[20]。仲渊兄弟生关中,宦学三川[21],又将老成都焉者,得非居其乡、慕其人[22],而袭其茂芳、掇其华实欤[23]?不尔,竹何地无也。虽然,成都自古受兵最惨,入我版图以来[24],今六七十年,上之所以耆定休养者至矣[25]。肆仲渊兄弟保安无戒,思永令图[26]。使丁当时攻战之殷[27],且见斩竹以为楯[28],陴溪以为堡[29],尚亭乎哉?尚对哦、对床乎哉?果得老乎时[30],正当感国家承平之泽也[31]。

余尝思假一役过潼华[32],纵观三辅[33],道汉中以览全蜀[34],浮江遨吴楚而归[35],邂逅见仲渊,比骑问叔行于蚕苁[36],登万竹亭,质仲渊之今言[37],然后厕贤兄弟间[38],犹堪资一日夜之谈咏也。兹为亭记,俾叔行刻之亭石,卜斯游之能遂与否也。遂后百千年,岂不为万竹亭之嘉话哉?

〔1〕此文为应李源道之请而写。李源道,字仲渊,号行斋(一作冲斋)。陕西关中人。宦于蜀,曾任眉州同知、四川行省员外郎。后入为监察御史。延祐五年(1318)由翰林直学士升云南肃政廉访使,累迁至翰林侍读学士。出为云南参知政事。著有《仲渊集》。由于李源道的关系,万竹亭在当时题咏甚众。如袁桷《成都李御史万竹亭》、赵孟頫《李仲渊求其弟叔行万竹亭诗为赋一首》、程钜夫《李叔行成都寓居万竹

亭》、马祖常《李仲渊御史万竹亭》、范梈《万竹亭》等。

〔2〕叔行:当是李源道弟弟的字。蚕茨(cí 词):地名,在成都之郊。

〔3〕周:围绕。

〔4〕无虑:即亡虑。大约。个:量词。

〔5〕盈数:整数。

〔6〕雪山:指岷山。

〔7〕汲:打水。渔:打鱼。

〔8〕抱亭几合:绕亭子几圈。江:当指锦江。

〔9〕豁:开阔。

〔10〕群虑:一切忧虑。冰释:像冰一样溶化消解。

〔11〕散朗:萧散爽朗。

〔12〕遗世:脱离世俗。

〔13〕乱:相杂。

〔14〕宣:发抒。

〔15〕肃如:严肃的样子。

〔16〕若:与。

〔17〕彬彬:有文采的样子。

〔18〕王子渊:名褒,蜀资中(今四川资阳)人。西汉辞赋家。司马长卿:名相如,蜀郡成都(今四川成都)人。西汉辞赋家。扬子云:名雄,成都人。西汉文学家、哲学家和语言学家。苏明允父子:指北宋文学家苏洵和他的两个儿子苏轼、苏辙。明允为苏洵字。苏洵父子为四川眉山人,有"三苏"之称。

〔19〕殆:大概是,几乎是。

〔20〕慕者:仰慕的人。震:震耳。

〔21〕宦学:做官游学。三川:指今陕西省中部以东地区,因有泾河、渭河、洛河三条河流,故称。

〔22〕得非:莫不是。

〔23〕袭:继承。掇:采。

〔24〕入我版图:指并入元朝的版图。

〔25〕上:皇上。耆(zhǐ 纸)定:达成。耆,致。至:极。

〔26〕思永:考虑长远。令图:善于谋划。

〔27〕使:假若。丁:逢。殷:盛、多。

〔28〕楗(jiàn 建):关门的木栓。

〔29〕陻(yīn 因):填。堡:堡砦。这里指防御设施。

〔30〕老乎时:老于天年。

〔31〕承平:太平。泽:恩泽。

〔32〕潼华:指陕西的潼关和华阴。

〔33〕三辅:指西汉首都长安周围的京兆、左冯翊、右扶风三个地区。

〔34〕道:取道。

〔35〕江:指长江。遨:游览。

〔36〕比骑:并马。

〔37〕质:对证。

〔38〕厕:厕身,间杂。自谦之辞。

许　谦

许谦(1270—1337),字益之,自号白云山人,世称白云先生。元金华(今属浙江)人。幼孤力学,受业于学者金履祥,尽得其传。隐居乡里近四十年。公卿累荐,终不出仕。延祐初,居东阳八华山,讲授朱熹理学,与何基、王柏、金履祥并称"北山四先生"。卒谥文懿。著有《读书丛说》、《读四书丛说》、《诗集传名物钞》、《白云集》等。

与赵伯器书[1]

自子敏教授去后乏便[2],不克寄书。日来想为学日益,令祖相公尊履寿康[3],尊父令叔动止咸吉[4]。某今岁留山中,颇得绝人事,与朋友旦夕相语,温习旧闻,微有新得。但目力不及,而寸心摧阻[5],非向时为学比,其进盖若挽强弩尔[6]。

思温一疾竟不起[7],五月十七日已成长往[8]。心堕胆裂,魂消神丧,不知所以自处也。始期一二年间为毕室家之愿[9],付以祭祀之责,而某得以绝俗谢交,优游山林,以俟夭寿之命[10]。而造物见诛[11],变生意料所不及[12]。常以人之喜动而务进取者,为不安义命[13],而未必遂其汲汲之心[14]。某切切务退[15],以求保全所畀赋[16],不欲戕之尔。天乃区区吝[17],一静亦不以见畀,何耶?今则进退无据,后顾深忧,将何为也?吾子闻之,亦能为一叹否?

王希文志甚专[18],力甚勤,然每为虚旷玄远之论[19],而欠循序缜密之功[20],大率得之朋友渐渍[21],日固日深,遂以为本所有也。数月间痛为刮除[22],知就平实[23]。近来年少气锐,喜怪厌常,彷想乎高大,而不知有细微,每每奇论如此。吾子知所向方,希文谈道吾子纯粹不绝口,固知不为摇撼[24]。否则迷不知复,流为诞妄,非小失也。与希文暂归城府,舟中观吾子赠行序文,有讦直之风[25],无温厚之气,多自广狭人之意[26],少逊志务敏之心[27]。且在我者,或未能尽超脱乎此,则为是说,亦太早计而自欺矣。

道固无所不在,圣人修之以为教[28],故后欲闻道者必求诸经[29]。然经非道也,而道以经传;传注非经也[30],而经以传显。由传注以求经,由经以知道,蕴而为德行[31],发之为文章事业,皆不倍乎圣人[32],则所谓行道也。传注固不能尽圣经之意,而自得者亦在熟读精思之后尔。今一切目训诂、传注为腐谈[33],五代以前姑置勿论[34],则程、张、朱子之书[35],皆赘语尔[36]。又不知吾子屏绝传注,独抱遗经[37],其果他有得乎未也?不然,则梯接凌虚[38],而遽为此诃佛骂祖耳[39]。由是观之,吾子之气亦少锐欤。且序文见褒者,则为太过,而某平生之学,未敢外先哲之言以资玄妙也[40]。固疑此文有激而然[41],识者观之,或有以窥吾子,不可不谨也。

山中朋友,从愚成《几微》一书[42],多得助所不及。欲借前大地图校正,幸禀令祖相公,得暂付至,以备参校。或希文家人,或别有约,便实封寄何教授处。希文归日,必可返璧[43],不致浮沉也[44]。此身若拘囚,不可复动,未知何日。千万惜日,问学为正之归[45],毋负向日岁寒之言。幸甚。

〔1〕这是一篇论学书。自南宋程朱奠定理学,元代又将其定为"官学",理学的流行,却带来浮躁学风,所谓"拨尽汉唐训诂",即是一端。本文批评青年学子"每为虚旷玄远之论,而欠循序缜密之功",有一定的针对性。赵伯器(？—1353),名琏,字伯器。颍川(今河南禹州)人。祖宏伟任浙东廉访副使时,曾聘许谦为师,教授子弟。赵琏为至治元年(1321)进士,初授嵩州判官,累迁湖广行省左右司郎中,除杭州路总管。后升至户部尚书,拜参议中书省事。出为淮南江北行省参知政事。在镇抚张士诚判乱过程中被杀。

〔2〕教授:学官名。这里指府、州的儒学教授。便:指方便带信的人。

〔3〕令祖相公:指赵琏的祖父赵宏伟。宏伟字子英,甘陵(今河北清河县)人,后徙颍川。以军功起家,以荐起为金浙西道肃政廉访司事,擢江南行台治书侍御史。卒赠嘉议大夫、礼部尚书、上轻车都尉。尊履:书信中向对方表示问候之词。履,步履。

〔4〕尊父令叔:分别指赵琏的父亲赵思恭和叔父思敬。动止:犹起居。

〔5〕摧阻:意为迟钝。

〔6〕挽强弩:比喻易退难进。强弩,硬弓。

〔7〕思温:许谦子。

〔8〕长往:死去的委婉说法。

〔9〕毕室家之愿:指娶妻完婚。

〔10〕夭寿之命:指自然寿命。

〔11〕造物见诛:意谓上天责罚我。

〔12〕变:变故。

〔13〕义命:理学术语。犹天命。

〔14〕汲汲:急切追求的样子。

〔15〕切切:迫切的样子。

〔16〕畀(bì 必)赋:禀赋。指上天所赋予的命运。畀,与,给。

〔17〕区区吝:《左传》昭公十三年记楚灵王诉天说:"是区区者而不予畀。"这句借用此意。区区,一点,很少很小的意思。吝,不舍得。

〔18〕王希文:人名。当是许谦的学生。

〔19〕虚旷玄远:指空虚深玄而不切实际。

〔20〕循序缜密:循序渐进、细致缜密。

〔21〕渐渍:浸染,影响。

〔22〕刮除:相当于纠正。

〔23〕就:接近。

〔24〕摇撼:动摇。

〔25〕讦(jié 孑)直:指亢直敢言而不徇情。

〔26〕自广狭人之意:指主观裁量别人的意思。

〔27〕逊志:降志。指谦虚。敏:勤勉。

〔28〕圣人:指孔子。

〔29〕经:指儒家的经典。

〔30〕传注:解释经书的文字。

〔31〕蕴:蓄积。

〔32〕倍:通"背"。违背。

〔33〕训诂:指为词语做注。

〔34〕五代:指唐朝末年的后梁、后唐、后晋、后汉、后周五个政权。

〔35〕程、张、朱子:指宋代的理学家程颐、程颢和张载、朱熹。

〔36〕赘语:多馀的话。

〔37〕遗经:指从古代遗传下来的经书。

〔38〕梯接凌虚:比喻学无根基,不受师承。凌虚,空际。

〔39〕诃佛骂祖:禅宗术语。本指斥骂佛祖,实为不受规矩约束。

〔40〕外:摈弃。资:求助。

〔41〕激:刺激。

〔42〕愚:许谦自称的谦词。

〔43〕返璧:原物返还。

〔44〕浮沉:犹丢失。

〔45〕归:归宿。

张养浩

张养浩(1270—1329),字希孟。济南(今属山东)人。博学通经史。初为不忽木荐为御史台掾,后授堂邑县尹,在位颇有政绩。元武宗时,拜为监察御史,因直言得罪权贵。延祐初年,以礼部侍郎知贡举,又升礼部尚书。英宗时参议中书事。天历二年(1329),陕西大旱,以陕西行台中丞前往赈灾,卒于任。著有《归田类稿》、《三事忠告》。

济南龙洞山记[1]

历下多名山水[2],龙洞为尤胜。洞距城东南三十里,旧名禹登山。按《九域志》[3],禹治水至其上,故云。中有潭,时出云气,旱祷辄雨。胜国尝封其神曰灵惠公[4]。其前层峰云矗[5],曰锦屏、曰独秀、曰三秀,释家者流居之。

由锦屏抵佛刹山,巉岩环合[6],飞鸟劣及其半[7],即山有龛屋如[8],广可容十数人,周镌佛象甚夥[9]。世兵[10],逃乱者多此焉依[11]。然上下有二穴,下者居傍,可逶迤东出,其曰龙洞即此穴也,望之窅然[12]。窃欲偕同来数人入观。或曰:"是中极暗,非烛不能往。"即命仆燃束茭前导〔13〕,初焉若高阔可步,未几俯首焉,未几磬折焉〔14〕,又未几膝行焉〔15〕,又未几则扶服焉〔16〕,又未几则全体覆地蛇进焉。会所导火灭〔17〕,烟郁勃满洞中〔18〕,欲退身不容,引进则其前隘〔19〕,且重以烟〔20〕,遂反聪抑鼻潜息〔21〕,心骇乱恐甚,自谓命当尽,死此不复以出。余强呼使疾进〔22〕,众以烟故,无有出声应者,心尤恐然。予适居前〔23〕,倏得微明〔24〕,意其穴竟于是〔25〕,极力奋身若鱼纵为者,始获脱然以出〔26〕,如是仅里所〔27〕。

既会,有泣者,恚者〔28〕,诟者〔29〕,相讥笑者,顿足悔者〔30〕,提肩喘者〔31〕,喜幸生手其额者〔32〕,免冠科首具陈其狼狈状者〔33〕。惟导者一人年稚〔34〕,形瘠小〔35〕,先出,若无所动。见众皆病〔36〕,亦阳惧为殆〔37〕。其燕于外,即举酒酌穴者人二杯〔38〕,虽雅不酒〔39〕,必使之釂〔40〕,名曰定心饮。余因默忆昔韩文公登华山,穷绝顶,梗不能返,号咷连日,闻者为白县吏,遂遣人下之〔41〕。尝疑许事未必有繇〔42〕,今观之,则韩文公之咷犹信。

呜呼!"不登高,不临深",前圣之训较然〔43〕。而吾辈为细娱,使父母遗体几压没不吊,其为戒,讵止殁身不可忘〔44〕,窃虞嗣至者或不知〔45〕,误及此。故记其事以告焉。游洞中者某官某,洞之外坐而宴饮者某官某,凡十一人。

〔1〕龙洞山:在今山东济南市郊区姚家镇龙洞村南。魏晋以来建有寺院。相传山中神龙曾显灵降雨。

〔2〕历下:指济南。因在历山之下,故云。

〔3〕《九域志》:一部舆地学方面的书。宋代王存撰,共十卷。

〔4〕胜国:已亡之国,犹前朝。此指金国。按宋英宗治平四年(1076)曾赐名该山寺院为"寿圣院",殿内祀龙王。因天旱时祷雨必应,宋神宗元丰二年(1079)又封此处龙神为"顺应侯"。金皇统年间,再封为"灵惠公"。

〔5〕云矗:矗立入云。

〔6〕巉岩:陡峭的山岩。

〔7〕劣及:才能到达。劣,仅。

〔8〕龛:供奉神佛的石室。

〔9〕夥:多。

〔10〕世兵:连年发生战争。

〔11〕多此焉依:意谓都依藏于此。

〔12〕窅然:深远。

〔13〕束荛:成束的干草。荛,干草。

〔14〕磬折:形容人像磬一样弓着腰。

〔15〕膝行:两膝着地往前跪行。

〔16〕扶服:同"匍匐"。

〔17〕会:赶上,恰逢。

〔18〕郁勃:弥漫的样子。

〔19〕隘:这里意谓更加狭窄。

〔20〕重:加上。

〔21〕反聪:犹反听收视,即不视听。潜息:憋着呼吸。

〔22〕强:努力。

〔23〕适:恰好。

〔24〕倏(shū 舒):忽然。得微明:看到了微弱的亮光。

〔25〕竟:终。

〔26〕脱然:彻底脱身的样子。

〔27〕仅里所:指到洞口仅一里左右。

〔28〕恚(huì绘):发怒。

〔29〕诟:骂。

〔30〕顿足:跺脚。

〔31〕提肩喘:耸着肩膀喘气。

〔32〕手其额:用手按着自己的额头,表示庆幸的样子。

〔33〕科首:不戴帽子。

〔34〕导者:指前文所说的仆人。

〔35〕瘠小:瘦小。

〔36〕病:精疲力竭。

〔37〕阳:通"佯"。假装。殆:危险。

〔38〕穴者:进洞的人。人:每人。

〔39〕雅:平素。不酒:不饮酒。

〔40〕釂(jiào叫):喝干杯中的酒。

〔41〕"余因"六句:典出唐人李肇《唐国史补》卷中:"韩愈好奇,与客登华山绝峰,度不可返,乃作遗书,发狂恸哭。华阴令百计取之,乃下。"韩文公,即韩愈(768—824),字退之,卒谥文。唐代文学家。梗,阻。号咷(táo桃),号哭。咷,大哭。白,禀告。下之,使之下。

〔42〕许事:这样的事。繇:通"由"。根据。

〔43〕"不登高"三句:典出《礼记·曲礼上》:"听于无声,视于无形。不登高,不临深,不苟訾,不苟笑。"理由是登高、临深近于危,苟訾、苟笑近于辱。皆非人子所宜为。较然:明白的样子。

〔44〕讵:哪里。

〔45〕虞:担心。嗣至者:后来者。

柳　贯

柳贯(1270—1342),字道传,号乌蜀山人。浦江(今属浙江)人。自幼颖悟过人。稍长从学于金履祥,又与方凤、吴思齐、谢翱游,肆力于古文辞。元大德四年(1300)出任江山县教谕,至大初迁昌国州学正。延祐初考满至京师,后除国子助教,升博士。泰定元年(1324)迁太常博士,三年(1326)任江西儒学提举。至正初召为翰林待制兼国史院编修官,未久,卒。著有《柳待制集》。

题江矶图卷后[1]

此《江矶图》,淮阴龚圣予先生所作。余初见先生钱塘湖东,年已七十馀,疏髯秀眉,颀身逸气[2],如古图画中仙人剑客,时时为好事者吟诗作书画,韵度冲远[3],往往出寻常笔墨畦町之外[4]。时余稚齿[5],方出游诸公间,虽不敢牵率先生为之[6],而心实企慕焉[7]。

此图为弁阳周公谨作[8],公谨故家,多蓄法书名画[9]。先生之死,盖后公谨数年,而公谨之子孙今尽弃其所藏,余在燕尝见其三四[10]。暨来豫章[11],见《集古录》蒋洪仲家[12]。今又从盱江周道益见此图[13]。然不知此尤物何以能无胫翼而飞行至是耶[14]?钱塘故都未及百年,风流文物扫地尽矣。独其书画之所存,犹可想见其仿佛,此固重夫揽古者之一慨云耳[15]。

〔1〕《江矶图》为元初遗民画家龚开为遗民词人周密所作。本文作者从友人周道益处得见此图,为作题识,既追忆龚氏当年的气度,也感慨周氏身后的萧条。龚开,字圣予,号翠岩。淮阴(今江苏省淮安市淮阴区)人。宋末元初著名画家。南宋景定年间曾任两淮制置司监。宋亡不仕,卖画为生,以贫病卒。

〔2〕颀:长。

〔3〕冲远:冲淡闲远。

〔4〕畦町:本为田间的界限。这里比喻各种规矩和局限。

〔5〕稚齿:指年轻。

〔6〕牵率:勉强。

〔7〕企慕:仰慕。

〔8〕弁阳:指吴兴,地在弁山之南。弁山在浙江长兴东南。周公谨(1232—1298?):名密,字公谨,号草窗,晚号弁阳老人。吴兴人。学问渊博,工于诗词。南宋时曾任丰储仓所检察。宋亡,寓居杭州,与王沂中、仇远、谢翱等相唱和。著有《癸辛杂识》、《齐东野语》等书。

〔9〕法书:名家的书法。

〔10〕燕:燕京,指元大都(今北京市)。

〔11〕豫章:今江西南昌。作者时任江西儒学提举。

〔12〕《集古录》:书名。即《集古录跋尾》,宋欧阳修撰。十卷。其中收集历代石刻跋尾四百馀篇,为我国现存最早研究石刻文字的专书。

〔13〕盱(xū 虚)江:今江西南城。

〔14〕尤物:指特别美好的人或东西。这里指《江矶图》。胫:小腿。

〔15〕重:加重。

答临川危太朴手书[1]

去冬归自钱塘，从元性所得前简[2]，入春偶为亲旧牵连，留旁近邑，再阅月而归[3]。五月初始闻元性将遣人西还，因奉数字为答。今又被四月十日所惠翰[4]，情辞缱绻[5]，风谊激昂[6]，可见学古之志不凡近如此[7]。第三月中附书至兰溪者[8]，却不曾收，亦不知付之何人也？所需查君碣铭，岂即广居耶[9]？去夏别时，见其疮发头面间，似是浮阳上攻[10]，病在脾肾，尝勉其急服补泄之剂[11]，后不知遂服与否？果若此，则其征兆已见彼矣。

比数十年[12]，学者大抵有自利之心，而志日益卑，道日益远。夫其自利之心根著于中，则未得谓得[13]，未至谓至[14]，自高者耻于问[15]，自多者耻于求[16]，而若剽掠纤碎[17]，缘饰浅末[18]，已足以雄夸于制作之林[19]，而为猎取名爵之资矣[20]。无惑乎颓败委靡[21]，而莫之振起也。独吾友捐弃俗学，一意古初[22]，谓不肖颇尝涉迹于是[23]，乃肯过相推予[24]，将以质其所疑，证其所闻，而为求端用力之地[25]。此在不肖固当竭其筹智[26]，鼓其盛气，以进吾友于光明博大之域，而环顾其中，不无瓶罄罍耻之患[27]，甚自恧焉[28]。盖学以致夫道，群圣人载道之言具于经[29]，可见已古之人所以底至于道者[30]，亦曰尊闻行知[31]，而不敢以吾一己之私系累于其间耳。区区愚虑，比见钟陵时已略陈之[32],今信道如吾友,笃志如吾友,愿一求之群圣人之经以端其本,而参之以孟、荀、杨、韩之书以博其趣[33],又翼之以周、程、张、邵、朱、陆诸儒先之论以要其归[34]。涵养益密,识察益精,则发之文章,自然极夫义理之真,形之歌咏,自然适夫性情之正矣。切不可模仿今人,以日沦于污下而莫之救也。顾不肖日勉之而未至,辄复进之吾友,吾友以为如何?

贯潜伏空山[35],安贫味道[36],畏影收声[37],西游之期渺其未卜[38],而吾友又方跑系人门[39],未能以足赴目[40],相望甚远。暑溽[41],万万自厚[42]。

〔1〕本文为柳贯与危素的一篇论学之书。书中提倡博学多闻,尊闻行知的学风,反对剽掠纤碎、缘饰浅末的风气,颇有针对性。危素(1303—1372),字太朴,号云林。金溪(今属江西抚州市)人。元末明初史学家、文学家。曾师从吴澄。至正元年(1341),经大臣引荐,出任经筵检讨。后历任国子助教、翰林编修、太常博士、兵部员外郎、监察御史、工部侍郎、大司农丞、礼部尚书,拜参知政事。元亡,事明,任翰林侍讲学士,与宋濂同修《元史》。后因事被贬和州(今安徽和县),卒于贬所。著有《危学士集》等。临川,今江西抚州市临川区,与金溪接壤。

〔2〕元性:当为危素与柳贯的朋友,姓名不详。元性为其字。前简:指前一封来信。简,信。

〔3〕再阅月:即过了两个月。

〔4〕被:受,收到。翰:信。

〔5〕缱绻:情义缠绵的样子。

〔6〕风谊:情谊。

〔7〕凡近:平凡浅薄。

〔8〕第:只是。附:捎递。兰溪:地名,今属浙江金华市。

〔9〕广居:此指人死后安葬。

〔10〕浮阳:中医术语。指人体内的阳火。

〔11〕勉:劝。剂:汤剂,汤药。

〔12〕比:近。

〔13〕未得谓得:没有得到学问的真谛而自以为得到了。

〔14〕未至谓至:没有到达学问之境而自以为到达了。

〔15〕自高者:自大的人。

〔16〕自多者:自满的人。求:追求。

〔17〕纤碎:零碎的小知识。

〔18〕缘饰:装点。浅末:浮浅而又无关重要的学问。

〔19〕制作:著作。

〔20〕名爵:名声地位。资:资本。

〔21〕无惑:不奇怪。

〔22〕古初:犹古道、古义。

〔23〕不肖:作者自指的谦辞。

〔24〕过:过度。推予:推崇赞许。

〔25〕端:正。此指正道。

〔26〕箪(dān 丹)智:贫乏有限的才智。箪,古代盛食物的圆竹器。这里形容才智有限。

〔27〕瓶罄罍(léi 雷)耻:典出《诗经·小雅·蓼莪》:"瓶之罄矣,维罍之耻。"这里形容自己内中空虚,学问不足。罍,一种似壶的容器,可盛酒。

〔28〕恧(nù 衄):惭愧。

〔29〕具:备。经:指儒家的经典。

〔30〕底至:到达。底,古同"抵"。

〔31〕尊闻行知：典出《汉书·董仲舒传》："曾子曰：'尊其所闻，则高明矣；行其所知，则光大矣。'"故尊闻行知指人应重视所学之道并努力去践行之。

〔32〕比：及。钟陵：人名，姓氏生平未详。

〔33〕孟、荀、杨、韩之书：指战国时期的思想家孟子、荀子、杨朱、韩非子的著作。博：扩大。

〔34〕翼：辅助。周、程、张、邵、朱、陆诸儒：指宋代理学家周敦颐、程颐、程灏、张载、邵雍、朱熹、陆九渊等人。要：概括。归：思想的指归。

〔35〕潜伏：隐居。

〔36〕安贫：安于贫贱。味道：体味大道。

〔37〕畏影收声：形容自己不愿被人知道。

〔38〕渺：渺茫。未卜：未知。

〔39〕匏（páo 咆）系：语出《论语·阳货》："吾岂匏瓜也哉？焉能系而不食？"此指未得真用。

〔40〕未能以足赴目：形容心中思念而未能相访。

〔41〕溽（rù 入）：闷热。

〔42〕自厚：自我保重。

虞　集

虞集(1272—1348)，字伯生，号道园。临川崇仁(今江西崇仁县)人。三岁知读书。后从吴澄游。元大德初年，荐授大都路儒学教授。文宗朝累迁奎章阁侍书学士，纂修《经世大典》。朝廷典册，多出其手。卒谥文靖，世称邵庵先生。生平为文多至万篇。学问淹博，持论通达。著有《道园学古录》、《道园遗稿》等。

小孤山新修一柱峰亭记[1]

延祐五年[2]，某以圣天子之命[3]，召吴幼清先生于临川[4]。七月二十八日，舟次彭泽[5]。明日，登小孤山。观其雄特险壮[6]，浩然兴怀[7]。想夫豪杰旷逸名胜之士[8]，与凡积幽愤而怀感慨者之登兹山也，未有不廓然乐其高明远大[9]，而无所留滞者矣[10]。

旧有亭在山半，足以纳百川于足下[11]，览万里于一瞬，泰然安坐而受之，可以终日。石级盘旋以上，甃结坚缜[12]，阑护完固[13]，登者忘其险焉。盖故宋江州守臣厉文翁之所筑也[14]。距今六十三年，而守者弗虔[15]，日就圮毁[16]，聚足以涉，颠覆是惧。至牧羊亭上，芜秽充斥，曾不可少徙倚焉[17]。是时彭泽邑令咸在[18],亦为赧然愧[19],艴然怒[20],奋然将除而治之。问守者,则曰非彭泽所治境也[21],乃相与怃然而去[22]。明日,过安庆,府判李侯维肃[23],某故人也,因以告之。曰:"此吾土也[24],吾为子新其亭而更题曰'一柱'可乎[25]?夫所谓一柱者,将以卓然独立,无所偏倚,而震凌冲激八面交至[26],终不为之动摇。使排天沃日之势[27],虽极天下之骄悍,皆将靡然委顺,听令其下而去。非兹峰,其孰足以当之也耶?新亭峥嵘在吾日中矣[28],子当为我记之。至池阳[29],求通守周侯南翁[30],为吾书之以来也。"李侯,真定人,仕朝廷数十年,历为郎官,谓之旧人。文雅有高材,以直道刚气自持,颇为时辈所忌。久之,起佐郡[31]。人或愤其不足,侯不屑也。观其命亭之意,亦足以少见其为人矣。且一亭之微,于郡政非有大损益也,到郡未旬日,一知其当为,即以为己任,推而知其当为之大于此者,必能有为无疑矣。

〔1〕本文通过安庆府判官李维肃重新修建小孤山上的一柱峰亭事,生发议论,赋予"一柱"以人格意义:"卓然独立,无所偏倚",雷震浪激,"八面交至",终不动摇。小孤山,在江西彭泽县北,屹立长江中,俗名髻山。

〔2〕延祐五年:即公元1318年。延祐,元仁宗年号。始于公元1314年,终于公元1320年。

〔3〕某:作者自称。圣天子:指元仁宗孛儿只斤爱育黎拔力八达。

〔4〕吴幼清:吴澄,字幼清。

〔5〕次:停留。彭泽:今江西彭泽县。

〔6〕雄特:雄伟独特。

〔7〕怀:感想。

〔8〕想夫:犹想来。名胜:声名响亮。

〔9〕廓然:形容内心宽畅的样子。

〔10〕留滞:郁积的意思。

〔11〕纳百川:形容亭子位置高,站在上面能将百川尽收眼底。

〔12〕甃(zhòu宙):本指用砖砌井壁,这里指垒砌石阶。缜(zhěn诊):细致。

〔13〕阑护:指栏杆扶手等。

〔14〕故宋:犹前宋。江州:宋代行政区划,治在今江西九江市。厉文翁:字圣锡,号小山。浙江东阳人。南宋名臣,以功累升为端明殿学士、两浙制置使及江东安抚使、资政殿学士。

〔15〕虔:恭敬。

〔16〕日就:犹日渐。圮:坍塌。

〔17〕曾:竟。徙倚:徘徊漫步。

〔18〕邑令:县令。咸:都。

〔19〕赧然:因羞愧而脸红的样子。

〔20〕赩(xì隙):大红色,这里指因生气而脸红。

〔21〕所治:所管辖。

〔22〕怃然:怅然自失的样子。

〔23〕府判:指安庆府的判官。

〔24〕吾土:我管辖的地方。

〔25〕新:翻新。

〔26〕震凌冲激:指风雨雷电。

〔27〕排天沃日:形容波涛涌动,气势浩大。

〔28〕峥嵘:高峻的样子。
〔29〕池阳:今安徽池州一带。
〔30〕周侯南翁:指周应极,字南翁。鄱阳(今属江西省)人。元至大间任池州同知。
〔31〕佐郡:为郡守的副手,这里指府判。佐,辅佐。

陈炤小传[1]

陈炤字光伯,毗陵人[2]。少游郡庠有声[3],三领乡荐[4],登咸淳乙丑进士第[5],年已四十六。调丹阳尉[6],淮东帅印应雷素知其才,辟为寿春教而留之幕府[7],掌笺翰。有《进琼花表》,文甚清丽,人甚称之。炤以功业自许,乐仕边郡[8],举者满数,改官知朐山县[9],应雷犹留之幕府。丁母忧[10],归毗陵。

岁甲戌[11],大元大兵渡江,江东西守者皆已降。大兵自沙武口冒雪徭渡至马洲[12],将攻常州。明年乙亥[13],宋命故参知政事蜀人姚希德之子訔居常,起知其州[14],以炤知兵,起复,添差通判常州以佐之。訔、炤心知常无险[15],去临安近[16],不可守,而不敢以苟免求生,同起治郡事。率羸惫就尽之卒[17],以抗全盛日进之师,厉士气以守,缮城郭,备粮糗,治甲兵。炤输私财以给用[18],不敢以私丧失国事。身当矢石者四十馀日,心力罄焉[19]。及兵至城下,拥壕而阵[20],城上矢尽不降。城且破,訔死之,炤犹调兵巷战。家人进粥,不复食。从者进马于庭曰:"城东北门围缺,可从常熟塘驰赴行在[21]。"炤曰:"孤城力尽援绝而死,职分也,去此一步无死所矣!"遣子出城求生,曰:"存吾宗之血食[22],勿回顾!"驱之,号泣以去。兵至,炤遂死之。

宋人闻之,犹诏赠朝奉大夫,直宝章阁,与一子恩泽[23],下有司立庙。炤死时,有仆杨立者守之不去。北兵见而义之,缚之以归。他日,将以畀人[24],立曰:"吾从子得生,愿终身焉。若以畀人,则死耳。"从之至燕[25],得不死。往来求常州人,得僧璘者,具以炤死时事告其子孙,乃已。既罢兵,丞相军士管为炤孙曰:"城破时,兵至天庆观,观主不肯降,曰:'吾为吾主死耳,不知其他。'遂屠其观云[26]。"一时节义所激如此。

炤平生多文章,兵乱后略无存者,今惟有《进琼花表》、《印应雷圹志》、《应进士》等文百馀篇存焉。徒观其文华者,不知其能节义如此也。子四人,应凤早卒,应鼋、应麟皆乡贡进士。某曾孙显曾今为儒。

陵阳牟献之曰[27]:"舍门户而守堂奥[28],势已甚戁[29],而訔、炤死,殆无愧于巡、远[30]。"炤之友邵焕有曰[31]:"宋之亡,守藩方擐甲胄而死国难者[32],百不一二;儒者知兵、小臣仓卒任郡寄而死[33],千百人中一二耳。若炤者,不亦悲夫!"

史官曰:伯颜丞相之取江南,行军功簿,大小具在官府,可以计日而考之也。国朝《经世大典》尝次第而书之[34],若炤之死事,可以参考其岁月矣!

〔1〕此文写元兵南渡后,江南人民奋起抵抗。当时南宋的守疆大臣多望风而降,但官位不高的陈炤却能激于大义,置身家性命于不顾,决心守城到底。城破之日,陈炤从容死亡,义无反顾。

〔2〕毗(pí 皮)陵:古郡县名。治所在今江苏常州。

〔3〕郡庠(xiáng 详):指府学。庠,指地方上所办的学校。

〔4〕领乡荐:唐宋应试进士,必须由州县荐举,称"乡荐"。领乡荐指参加进士考试。

〔5〕咸淳乙丑:指宋度宗咸淳元年,即公元1265年。

〔6〕丹阳:县名,今属江苏省镇江市。

〔7〕辟:征召。寿春:南宋行政区划寿春府,治所在今安徽寿县。这句话的意思是说印应雷把陈炤以寿春府教官的名义召来,却留在了自己的幕府中。

〔8〕边郡:边远的郡县。

〔9〕知朐山县:即任朐山知县。朐山县,治所在今江苏连云港西南。

〔10〕丁母忧:指遭母丧。古时官员父母去世后,必须辞官守孝,叫丁忧。

〔11〕甲戌:指南宋咸淳十年,即公元1274年。

〔12〕沙武口:又名沙芜口。在今湖北武汉市黄陂区东南长江北岸沙口村。马洲:江苏靖江的古称。三国时该地为东吴的牧马场所,故名。

〔13〕乙亥:指南宋恭帝德祐元年,即公元1275年。

〔14〕起知其州:起复官职任知州。

〔15〕无险:指无险可守。

〔16〕临安:指南宋的首都。即今杭州市。

〔17〕羸惫:疲弱。

〔18〕输私财:将自己的私人财产纳入官府。

〔19〕罄:尽。

〔20〕阵:列阵。

〔21〕行在:天子出巡时所驻的地方。这里指临安。

〔22〕血食:在祭祀所用的猪、牛、羊等祭物。这句话的意思是让儿子延续祖宗的香火。

〔23〕与一子恩泽:即荫其一子为官。

〔24〕畀(bì 闭):给予。

〔25〕燕:指今北京一带。

〔26〕屠其观:将观中人全部杀掉。

〔27〕牟献之:名巘(1227—1311),字献之(一作献甫)。湖州人,陵阳(今安徽青阳)应为其祖籍。父子才在宋理宗朝任礼部尚书。巘为进士出身,官至大理少卿。入元不仕,隐居三十六年而卒。著有《牟氏陵阳集》。

〔28〕门户:这里比喻长江防线。堂奥:本指房屋的深处。这里比喻常州。

〔29〕蹙(cù 促):窘迫。

〔30〕巡、远:指唐代的张巡和许远。安禄山兵反以后,张巡、许远二人镇守睢阳,拒不投降,后城破就义。

〔31〕邵焕有:江苏无锡人。宋宝祐四年(1256)进士。

〔32〕守藩方:指镇守一方的大臣。擐(huàn 患):穿。

〔33〕任郡寄:指暂任州职。

〔34〕《经世大典》:又名《皇朝经世大典》。元代官修政书。全书八百八十卷。次第:按先后顺序排列。

松友记[1]

古君子取友之道,取之一乡,取之天下,又取之尚古之人[2]。苟得友焉,初不以天下为广,一乡为狭,尚古为远,于今为近也。概千载而得一友焉,安知其不出于一时也;概天下而得一友焉,安知其不出于一乡也。然而不可以必得也,则假诸物以见意焉[3],此吾太常宋公云举[4],所以命松为友也。

夫所谓友,求诸同时而不得并也,求诸同乡而不得,旷天下则有之而不得偕也[5]。而斯松也,千载有之,今亦有之,天下有之,乡亦有之,友一松而合千载于一日,通天下于一乡。善哉,宋公之为志乎!昔太常之在翰苑也[6],独居乎玉堂之署[7],文字之暇,宾客散去,竟日萧然[8]。遂以无事,乃盘桓乎松下[9],而有遐思焉,曰:"吾友在是矣。"此松友之所始也。公友松乎?松友公乎?公自翰苑拜御史[10],出为部使者,召拜国子司业[11],迁太常,屹乎独立,不为势利之所移。颂诗读书,日与圣贤相对,超举特出,莫逆于心。所谓贯四时而不改,亢金石而不渝[12],公其松矣。

予不敏[13],公以其尝再为僚也[14],命为之记,然则余亦友乎松者乎?

〔1〕本文从择友之道说起,赞扬了宋云举屹乎独立,不为势利所移

的品格。

〔2〕尚古:远古。

〔3〕假:借。意:意志、意向。

〔4〕太常:官名。掌管礼乐、祭祀等事。宋云举(1267—1332):名翼,字云举。元高平(今属山西晋城市)人。父景祁曾任国史院编修,以廉正闻。翼初举明经茂才,由永宁县簿历御史,召拜国子司业,迁太常。精通经传,居官能直言,有善政。

〔5〕偕:在一起。

〔6〕太常:指宋翼。翰苑:官署名,即翰林院。宋翼于元仁宗延祐二年(1315)被召为国史院编修官,进应奉翰林文字。

〔7〕玉堂:唐宋以后称翰林院为玉堂。

〔8〕萧然:清静的样子。

〔9〕盘桓:徘徊。

〔10〕拜:授。御史:官名。负责监督和纠察之职。下文"部使者"是指泰定元年(1324)宋翼由御史出为金淮西江北廉访司事。

〔11〕国子司业:官名。负责国子监及各学的教法、政令。宋翼于泰定二年(1325)年被征为国子监司业。

〔12〕亢:匹敌。渝:改变。

〔13〕不敏:犹不才,自谦语。

〔14〕再:两次。僚:同僚。指在同一部门做官的人。

揭傒斯

揭傒斯(1274—1344),字曼硕。富州(今江西丰城)人。幼家贫,刻苦读书。元延祐初,为程钜夫、卢挚荐于仁宗,因授翰林国史院编修官。顺帝元统初,任集贤学士、翰林直学士,再升为侍讲学士,任辽、金、宋三史修撰总裁。后病卒。著有《揭文安公全集》。

范先生诗序[1]

范先生者,讳梈,字德机,临江清江人也[2]。少家贫,力学,有文章,工诗,尤好为歌行。年三十馀,辞家北游,卖卜燕市[3]。见者皆敬异之,相语曰:"此必非卖卜者也。"已而为董中丞所知[4],召置馆下,命诸子弟皆受学焉。由是名动京师,遂荐为左卫教授[5],迁翰林国史院编修官。与浦城杨载仲弘、蜀郡虞集伯生齐名[6],而余亦与之游。

伯生尝评之曰:杨仲弘诗如百战健儿,范德机诗如唐临晋帖。以余为三日新妇,而自比汉庭老吏也[7]。闻者皆大笑。余独谓范德机诗以为唐临晋帖终未逼真,今故改评之曰:范德机诗如秋空行云,晴雷卷雨,纵横变化,出入无朕[8]。又如空山道者,辟谷学仙[9],瘦骨崚嶒,神气自若。

又如豪鹰掠野,独鹤叫群,四顾无人,一碧万里。差可仿佛耳[10]。晚尤工篆、隶,吴兴赵文敏公曰[11]:"范德机汉隶,我固当避之。"若其楷法,人亦罕及。

其居官廉直,门下不受私谒。历佐海北、江西、闽海三宪府[12]。三弃官养母,天下称之。尝一拜应奉翰林文字,而有闽海之命[13],不果行。至顺元年[14],年五十九卒。其诗道之传,庐陵杨中得其骨,郡人傅若金得其神,皆有盛名。其平生交友之善终始不变者,郡人熊鞓也。杨中将刻其诗,命其子继文请序,为书其始末如此。呜呼,若德机者,可谓千载士矣!杨中字伯允,傅若金字与砺,熊鞓字敬舆。诗凡若干卷。

〔1〕范梈与揭俣斯、虞集、杨载并称元诗四大家。此序由当事人说出他们"齐名"由来,并说到后代诗话著作中不时称引的虞集对他们四人诗风分别作的形象的比喻,可谓重要的第一手文献。

〔2〕临江清江:指当时的临江路清江县。清江治所在今江西樟树市西南。

〔3〕卖卜:算卦。燕市:燕京,即元大都,今北京市。

〔4〕董中丞:指董士选,字舜卿,真定藁城(今河北石家庄市藁城区)人。曾官御史中丞。董士选延范梈入塾事在元大德十一年(1307)。

〔5〕左卫:指左卫率府。是元代皇太子的侍卫军组织。下设蒙古字、儒学、阴阳教授各一员。

〔6〕杨载(1271—1323):字仲弘,浦城(今福建浦城县)人。元代中期著名诗人。延祐二年(1315)进士,官至宁国路总管府推官。著有《杨仲弘诗》,已不传。

〔7〕"杨仲弘"四句:明人胡应麟《诗薮》解释虞集的四句话云:"百战健儿,悍而苍也。三日新妇,鲜而丽也。唐临晋帖,近而肖也。汉法令师,刻而深也。"胡氏还说"汉法令师"是"汉庭老吏"的异传,当以后者为正。

〔8〕朕:形迹。

〔9〕辟谷:道家一种服气修炼的方法。

〔10〕仿佛:近似。

〔11〕吴兴赵文敏公:指赵孟頫,字子昂。元代著名书画家和诗人。卒谥文敏。

〔12〕佐:辅佐。这里指作副官。

〔13〕闽海之命:指任命其为福建闽海道知事。

〔14〕至顺元年:即公元1330年。至顺乃元文宗和宁宗年号(1330—1333)。

陟亭记〔1〕

泰定四年夏六月〔2〕,余自清江镇买舟溯流而上〔3〕。未至庐陵二十里〔4〕,有巨石如夏屋嵌立江右〔5〕,渔舟贾舶胶葛其下〔6〕,前挹二洲,人烟鸡犬,出没诞漫〔7〕。又挐舟前行数百步〔8〕,有小溪出谷中,仰见层峦耸拥,云木森悦〔9〕,遂舍舟循溪而入。

越五里,划然开朗。左右环合,风气蓄密,有巨冢隆然在山半〔10〕。由冢之左又入小谷,有屋数间,题曰陟亭。乃坐亭上,召守冢者而问曰:"地为何?"曰:"为书堂原。""葬为谁?"曰:"为阮氏。""何字?"曰:"民望。"曰:"吾知其为人矣。是尝以年十三风雪徒步求书福建宪使出其父于狱者[11]。是尝佐其父连山簿尉摄兵马钤辖抚洞僚有方者[12]。是尝拔俘虏之子于军中以还其友[13],赎俘虏之母于邑大夫以还淮僧[14],责名家之女于歌筵以还其夫[15],且给其家[16],使改过易行者。是尝为郡曹,又为县都曹,宽海艘之役[17],罢坑冶之害者[18]。是尝受知滕国李武愍公恒及其子平章公世安、楚国程文宪公钜夫、南台薛中丞居敬、孙御史世贤者[19]。是尝为翰林潘侍读昂霄为监察御史时举为江西宪掾不果用[20],广东帅答剌海朝京时,湖广燕右丞公楠为司农时[21],欲举为掾不就者。"

遂升高而望,青原、夫容、天王诸峰如剑如戟,如屏如帷,如卓笔者[22],陈乎其前。东山、墨潭、蛇山之属,如骞如倚[23],如据如伏,如黝如绀者[24],缭乎其后。飘然如匹素[25],渺然如白蛇,自天南下千里不息而横截乎党滩者,赣江也。朝晖夕景[26],长云广雾,明灭变化,不可殚纪[27]。宜乎孝子慈孙于此兴"屺岵"之悲而无穷也[28]。于是怆然而下,复坐亭上,拊髀而歌曰[29]:"山川信美兮心孔悲,往者不可作兮来不可期。"左右皆欷歔不自禁[30]。

乃就舟,至郡,以其状告,知往来者曰:"然,是其仲子清江教谕浩尝庐墓其中[31],且将葬其父于山之左腋[32],他日为投老之地者也[33]。"居数日,浩来见,戚乎其容,恳乎其言,与语陟亭事,泫然流涕曰:"先子之藏也[34]。"再阅月,乃请记。

夫父子者,人之大伦也。生死者,人之大故也。子虽甚爱其亲,不能使其亲之长存。父虽甚爱其子,不能使其子之皆孝。及夫登高丘,临墟墓,不必其亲之所藏,未有不悄然伤怀、徬徨踯躅者,人之至情也。况浩兄弟之孝,临其亲之所藏者乎!然孝于亲莫大于敬其身,敬其身莫大于励其行。虽歌管盈耳,献酬交错[35],常如"陟屺陟岵"之时[36],庶毋负兹亭之所以名也。呜呼,当至元风虎云龙之世[37],使民望少自损,何所不至,而宁为乡善人以终?抚其山川,天固将启其后之人矣。

民望讳霖,号石峰居士,好学而尚义,晚尤嗜佛、老之书。娶吴氏,有四子,曰均、浩、铎、焕;女四,嫁士族;孙男七人。是岁九月记。

[1] 此文从游陟亭的所见所闻入笔,借助自己与守墓人的对话引出了墓主的身世和他生前的种种义举。文章在写法上的最大特点是善于以景物来衬托人,特别是中间一段对陟亭四周山川景物的描写,既是行文的过渡,又很好地烘托了墓主人格的高尚。

[2] 泰定四年:即公元1327年。泰定,元泰定帝年号(1324—1328)。

[3] 清江镇:古镇名。在今江西樟树市境内。买舟:谓雇船。

[4] 庐陵:此指庐陵县,治所在今江西吉安。

[5] 夏屋:大屋。

[6] 贾舶:商船。胶葛:错杂的样子。

[7] 诞漫:犹散漫,随意。

〔8〕挐(ná拿):引。

〔9〕云木森悦:形容云树密集,令人目爽。

〔10〕隆然:突起貌。

〔11〕宪使:指御史台的官员,这里当指福建闽海道肃政廉访使。

〔12〕连山:即今广东连山壮族瑶族自治县。兵马钤辖:军职名,为地方统兵官,掌军旅屯戍、攻防等事务。抚:安抚,平定。洞僚:指当地的少数民族。

〔13〕拔:救拔。

〔14〕淮僧:当为俘虏之父。盖因妻被虏,夫亦出家。

〔15〕责:求。名家之女:此指在战乱中被俘掠为奴的大家之女。

〔16〕给其家:犹谓助其资。

〔17〕海艘:海船。此指海运。元代主要依靠海上运输从南方往北方调粮,江、浙、闽沿海的船只都要被征调服役。

〔18〕坑冶:指采矿和冶金。

〔19〕"是尝"句:李恒,参《文丞相传》注〔141〕。李世安,字彦豪。李恒子。官至行省平章政事。程钜夫(1249—1318),初名文海,因避元武宗海山之讳,遂以字代名,号雪楼。建昌军(今江西南城)人。元朝名臣,官至翰林学士承旨。获赠大司徒、柱国、楚国公,率谥文宪。薛居敬,元朝名臣,由侍御史升至中书参知政事。南台为江南诸道行御史台的简称。

〔20〕潘昂霄:字景梁,号苍崖。元代济南历城(今山东济南市历城区)人。由南台御史累官翰林侍读学士、通奉大夫。宪掾:此指行御史台的属官。

〔21〕"广东"二句:广东帅答剌海,疑即曾任江西都元帅、征广东的塔出,或因译法不同而致异。湖广右丞,指湖广行省右丞。燕公楠(1241—1302),字国材,号五峰。南康建昌(今江西永修)人。至元二十

五年(1288)、三十年(1293)曾两任大司农。元贞二年(1296)年迁湖广行省右丞。司农,此指元代的大司农,专掌农桑、水利和饥荒之事。

〔22〕卓笔:竖立着的笔。

〔23〕骞:仰首貌。

〔24〕黝:黑色。绀:黑里透红的颜色。

〔25〕匹素:成匹的白布。

〔26〕景:日光。

〔27〕殚:尽。

〔28〕"屺岵"之悲:指孝子思念父母之情。典出《诗经·魏风·陟岵》。

〔29〕拊髀:用手拍大腿。

〔30〕欷歔:叹息声。

〔31〕仲子:次子。清江:今江西樟树市。教谕:学官名。庐墓:谓在墓旁结庐守孝。

〔32〕山之左腋:指东边的山坳。

〔33〕投老之地:意谓度晚年的地方。投老,到老、临老。

〔34〕先子:指已死的父亲。藏:指埋葬。

〔35〕献酬:敬酒的意思。

〔36〕陟岵陟屺:《诗经·魏风·陟岵》有"陟彼岵兮,瞻望父兮"、"陟彼屺兮,瞻望母兮"之句。此用其典。

〔37〕至元:指前至元忽必烈时期。风虎云龙:喻君明臣贤。

杜 本

杜本(1276—1350),字伯原,号清碧。清江(今江西樟树市)人。博学善属文,工篆隶。曾与吴澄、范梈等相聚讲学。元武宗时,因御史忽剌术荐,被召至京师。至仁宗朝,因忤权臣,归隐武夷山中。文宗时复召,不赴。至正三年(1343),顺帝召为翰林待制、奉议大夫兼国史院编修官,行至杭州,复称疾固辞。学者称清碧先生。著有《清江碧嶂集》。

怀友轩记[1]

余少时喜游名山川,闻武夷最胜而最远[2],常按图指画,击几为节[3],咏九曲棹歌[4]。想昔人之馀韵,谓不得遂其愿慕之心矣。

皇庆初元[5],以御史大夫术公荐[6],在京师获托姓名于四方之士。于时张君伯起以童子科校书秘省[7],詹君景仁亦辟掾三公府[8]。三人者暇辄相从,以问学切磋为事。乃二君皆粤产[9],而景仁世家武夷,尝极道其溪山高深环合,千态万状,有终身不得穷其趣者。"先世有田数十区[10],有书数百卷,足为宾客一日之具。吾子其将有意于斯乎[11]?"余闻而识之[12]。

延祐间[13],景仁出贰浙东宪幕[14],伯起亦佐郡三山[15],余以微言迕执事之臣[16],书不报而去[17]。遂得挟册山中,偿夙所愿,盖二君之力也。因欲结茅溪滨[18],而山石荦确[19],自非仙人道士、餐霞茹芝、乘风驭气者[20],罕得居之。遂溯流至星村,则开廓平衍[21],有詹氏之故居焉,然与市井相淆综[22]。又溯流而至建峰,地皆良田美竹,有类嵩邙廛谷之间[23],稍憩息南湖之履堂,遇一儒者,与叙语,欣然若故人。同行未五里许,平川廓然,问之,百年榛莽矣[24]。自九曲至是仅半舍[25],而游者已罕至。然水益深缓,山益磅礴,西南诸峰巉绝出霄汉[26]。其最峭拔者为云岩,云气起伏其下,乡人于此候雨旸焉[27]。天高气肃[28],时一登望,江之左右,浙之东西[29],三山海日[30],七闽烟霭[31],皆隐约于指顾间[32]。武夷诸峰,并列于下,岩峦林壑,涧谷渊渚,泉池潭洞,层见叠出,不可致诘[33],无不称游观之志焉。余与景仁顾而乐之,请景仁赎其榛莽之墟[34],而划薙艺植之[35]。拟卜居未暇,乃即其东偏构堂室,携妻子读书其中。又得荒地而燔之[36],植两楹为轩以舍余,其间户牖简朴,藏修游息在焉[37]。然每一俯仰[38],辄思平生故交多海内名士,或道德之高深,或文章之雄雅,或政事之明达,或翰墨之神奇,或节操之坚峻,或信义之昭白,或谭论之该综[39],或考核之精审,或出处之慎重,或神情之闲旷,乃皆在神京大府,湖江之外,不得相观以成其志。宁不重有所怀邪?因题其轩曰怀友,以著余心。尚幸所藏旧书,可以朝夕搜玩，而余之所怀，因得以考正于斯焉。重惟圣人载道之经，与夫百家子史所录，开极以来明圣之君，昏暴之主，忠良之臣，贞节之士，酷虐贪残之吏，是非善恶之迹，以及天官地志、礼乐制度、律历名数、龟策医方、营缮种艺、方言野录、仙佛变化之事[40]，至于崖镌野刻、塔寺宫庙、彝鼎柱石、井臼墟墓诡异之辞[41]，悉次于是，庶开卷有得，亦可谓益者之友效矣[42]。则虽亲旧之交远，江海之迹疏，然神会于文字之间，犹能友于千古，况同一区宇而并世者哉？因辑其词翰，列氏名而记之，以寓吾怀。然其出处存殁虽异，而余之所慕则不在于斯也。

〔1〕本文为作者辞官后读书武夷山中时所作，其中对武夷山景色的描写极为灵动。

〔2〕武夷：山名。在福建省武夷山市。

〔3〕几：几案。节：节拍。

〔4〕九曲：武夷山溪名，因有九道弯，故名。棹歌：划船时所唱的歌曲。

〔5〕皇庆初元：指公元1312年。皇庆为元仁宗初期年号，始于公元1312年，终于公元1313年。

〔6〕御史大夫术公：指忽剌术。此人初任江浙行省丞相时，杜本上《救荒策》，得其赏识。及入京任御史大夫，乃力荐杜本于元武宗，遂见召。

〔7〕童子科：科举考试中为儿童、少年设立的科目。秘省：即秘书省。是掌管经籍图书、国史实录的官署。

〔8〕辟：授职。掾：属官。三公府：太师、太傅、太保官署。

〔9〕粤产:即出生于粤地的意思。粤,今广东广西一带。

〔10〕区:田宅地界的约略说法。

〔11〕吾子:对对方的敬称。

〔12〕识:记。

〔13〕延祐:乃元仁宗中后期年号(1314—1320)。

〔14〕贰:当副手。浙东宪幕:指浙东肃政廉访司。

〔15〕佐郡三山:指在福州任属官。三山,指福州。福州境内有九仙山、闽山、越王山,因而得名。佐,副官。

〔16〕迮:通"怍"。

〔17〕书:文书。这里指向上级反映问题的文书。不报:指皇帝或大臣对书疏置而不答复。

〔18〕结茅:犹盖屋。

〔19〕荦确:山石不平的样子。

〔20〕餐霞茹芝:指以彩霞和灵芝仙草为食的神仙之流。乘风驭气:相传列子曾乘风而行,这里同样指仙人。

〔21〕平衍:平坦。

〔22〕淆综:混杂。

〔23〕嵩:嵩山。在河南登封北。邙(máng忙):北邙,山名。在河南洛阳北。瀍(chán馋):当指瀍水,源出洛阳西北,入洛水。谷:谷水,流经洛阳,入洛水。

〔24〕榛莽:指丛林。莽,林莽。

〔25〕半舍:一舍为三十里,半舍当为十五里。

〔26〕巉绝:极为险峻的样子。霄汉:云霄。

〔27〕候:占验。旸(yáng阳):晴天。

〔28〕天高气肃:指秋天。

〔29〕淛:同"浙",指浙江。

〔30〕三山:指九仙山、闽山、越王山。

〔31〕七闽:泛指福建一带。

〔32〕指顾:手指目视。

〔33〕不可致诘:犹难以穷问。

〔34〕赎:买。虚:空地。

〔35〕划薙(chǎn tì 产替):铲除。指铲除荆棘荒草。艺植:种植。

〔36〕茀(fú 浮)地:杂草充塞的地方。茀,充满杂草。燔:烧荒。原本为"蕃",疑误。今据上下文改之。

〔37〕藏修:指学习。《礼记·学记》:"君子之于学也,藏焉修焉。"

〔38〕俯仰:低头和抬头。这里喻思考。

〔39〕该综:完整博综。

〔40〕天官地志:指天文地理方面的书。律历名数:指法律、历法、刑名、象数方面的书。龟策:指占卜。龟,占卜用的龟壳。策,占卜用的蓍草。营缮:营建修缮。野录:指杂记。

〔41〕崖镌野刻:指野外山崖上镌刻的文字。彝鼎:古代的青铜礼器。这里指彝鼎上所铸的文字。

〔42〕益者之友:《论语·季氏》有所谓"益者三友"的说法,即"友直、友谅、友多闻"。作者以群书为友,友多闻也。

马祖常

马祖常(1279—1338),字伯庸。光州(今河南潢川)人。先世为汪古部贵族。曾祖月合乃随元世祖忽必烈征宋,累官礼部尚书,后居汴京(今开封)。父润任光州知州,遂移家光州。祖常幼师名儒张塑。元延祐初行科举,乡贡、会试、廷试皆名列前茅,授应奉翰林文字,拜监察御史。后升翰林待制。泰定元年(1324)除礼部尚书。元统元年(1333)拜御史中丞,寻除枢密副使。(后)至元四年(1338)以病卒。马祖常工诗文,擅文采,著有《石田文集》。

记河外事[1]

有计吏河外来[2],称河外斗菽三十千[3],弱民持钱告籴大家[4],大家亦无有。菽日益贵,民日益病[5],而有司赋之日益急也[6]。余方食,投箸既其说[7],且曰:"菽之比粟也奚急[8]?而病若是!是屡贱踊贵也[9]。有司赋之亟[10],其谓何?请子悉之[11]。"

吏曰:"子,儒服者,所谓治天下之事,子盖憒憒也[12]。故事[13],国马食,岁征诸内地而不给[14],则漕河间盐[15],错置郡邑,算民之口而廪食之[16],估当其直[17],而以藁秸入之官[18]。又不给,则差河北郡县,凡民数几,可秣马几[19]，俾马就食于外。今中山、河间赵地百姓[20]，无糠粃救旦夕命[21]，人挈男女之里中[22]，不得易斗米。其均赋于河外，有以也[23]。子泥于古而昧于今[24]，而不知道方之道[25]。子不仕则已，子而仕，将见瘝官之罚[26]，集子之躬矣[27]。"余曰："古尽不可信耶？"

〔1〕这篇文章采用问答体，文字简短，有条有理，主旨在于揭露当时马政之弊。百姓为官家养马，竟至鬻儿卖女。此文可与作者的《马户》和《赋养马户》诗参照而读。所谓"保马不保人"，实是游牧习气的一种反映。

〔2〕计吏：掌管账目的官吏。河外：指黄河以南地区。

〔3〕菽：豆类。

〔4〕弱民：贫弱的老百姓。籴：买粮食。大家：大户人家。

〔5〕病：困。

〔6〕有司：主管的官吏。赋：征收。

〔7〕箸：筷子。既其说：听其说完。

〔8〕奚：哪个。

〔9〕屦(jù 巨)贱踊贵：形容世事颠倒，为政者不仁。屦，麻制的鞋子。踊，义腿。这句话的原意是说因统治者滥施刖刑，断足的人多了，造成鞋子贱而义腿贵。

〔10〕亟：紧急。

〔11〕悉：详细地述说。

〔12〕懵懵：糊涂的样子。

〔13〕故事：旧例。

〔14〕给：充足。

〔15〕漕：漕运，用水道运输。

〔16〕口：人口。廪食：由官府发放而使食。

〔17〕直：价值。

〔18〕藁秸：禾杆。入：交纳。

〔19〕秣（mò 末）：喂牲畜。

〔20〕中山：指汉中山国所在地，治今河北定州市。河间：指汉河间国所在地，治今河北献县。赵地：中山、河间在战国时都属赵国，故称。

〔21〕籺（hé 禾）：米糠麦麸的粗屑。

〔22〕挈：带。男女：这里指子女。

〔23〕以：缘故。

〔24〕泥：拘泥。昧：糊涂。

〔25〕道方：指为政的法则。

〔26〕瘝（guān 关）官：渎职的意思。瘝，旷废。

〔27〕躬：身。

息盹传[1]

淮北壖有州曰息[2]，先息国也，居申、蔡、沈、顿、胡、黄之间[3]。自古国有南北，分则受剿焉[4]。以是地大壤旷，蓬茅聿兴[5]。天元视四海为堂陛[6]，力田之盹多就垦焉。

有盹妫姓[7]，于凡盹中最称善播种事，致殷厥家[8]。然大都世之靡丽奇瑰、淫冶纤绝、可酣可嗜者[9]，一切无所好。俄为子求妇，盹翁谋于其媪曰："今兹东家女清婉静淑，姿美甚，年且盛，可当吾儿[10]，须召媒氏通殷勤[11]。"顷之，果召媒氏往问。媒氏乃过女父母家，匿所过事[12]，阴觇女子病癭[13],肿至不辨颈颔[14],背如负箕[15],腹下垂如斛[16],目黑白不分,色漆墨,卒自项及踵无一善相[17]。媒氏竟去,报聘子妇者曰:"所问女不足当郎君万一。"具言状。其翁媪反訾媒氏[18],谓间谍两好[19],且称女子有柔德,能女工,不论色也。仍召他媒氏往。

他媒氏性狙佁[20],善佞[21],承戒过女家[22]。既见女父母,诧陈国妫氏圣舜苗裔[23],今家同姓之国[24],淮西墺有亩粟千钟地百顷[25],资巨万。其子复丰姿容,多才艺,门下女妾熟知。傥毋靳贿我[26],俾二姓合好,则门下女专有其家[27]。父母如所请,期受聘金日半相馈[28]。他媒氏还报曰:"女子玉色,丰颊巧笑,美目腾光[29],古毛嫱、西子不敢近[30]。又刺绣剪缕,朣䑃芼腊[31],极天下之工味。愿亟聘无怠,否则为王侯夫人。"翁媪喜不任。比聘女,先出束帛劳他媒氏,乃别奉白玉二珏[32],黄金十镒[33],纯绣采称是[34],请日纳聘。凡翁媪内外族暨里闬所善[35],闻之皆窃笑,相与图告翁媪云,他媒氏言貌于情[36],先媒氏乃摘实耳。翁媪俱不听,命其子遂婚迎成礼。

女子既归夫家,谂舅姑不我陋[37],侦夫之觊我之不灼也[38],仇族里之宿毁呫我也[39],大肆专妒,日凌其夫,凡夫党之登其门者[40],壶浆亦不馈焉。恶声彰著,丑状百出,虽夫之女兄弟佩履声过户外[41],亦恚恨不解。居半岁,舅姑怒于堂,夫恶于室,诸所与无不欲速其夫之出之也[42]。久之,沉忧积无所寄托于天地之间,属淮滨大水,因自溺死。世之女子至今羞道焉。

太史公曰：传称"西子蒙不洁，则人皆掩鼻而过之"[43]。虽有恶人，斋戒沐浴则可以祀上帝。吾征诸古君子，可信。使此女幽闲贞懿，以组紃为事[44]，不害其为贤也。庶几尚德之君子亦娶之，亦何乃用媚道贿媒进于夫！夫初不灼见厥丑，久鲜不败[45]。彼舅姑者摈良媒不听，信聋于他媒氏，纳陋妇终至貌行不可掩，积怨交恶，稔祸室家[46]，宜乎世之出妇也多矣。

〔1〕本文写息州的一对农民夫妇，托媒人为儿子说亲，第一位媒人如实报告对方女子容貌奇丑，他们从忠厚心地出发，怀疑媒人不良。第二位媒人谎言连篇，却反而相信。这对夫妇忠厚老实得出奇，故事的发展也很出奇。有寓言的性质。息，息州，今河南息县。氓（méng 盟），民。原意特指住在郊野的农民。

〔2〕淮：淮河。壖（ruán 软阳平）：水边空地。

〔3〕申：周国名，姜姓。故城在河南南阳附近。蔡：周国名，姬姓。故城在今河南上蔡县西南。沈：周国名，姬姓。在今安徽阜阳附近。顿：周国名，姬姓。在今河南项城县北。胡：周国名，妫姓。故城在今安徽阜阳西。黄：周国名，嬴姓。故城在今河南潢川县西。

〔4〕分则：分邑，则指采邑。受剿（jiǎo 脚）：受袭。剿，讨伐。

〔5〕聿：文言助词，无实义。

〔6〕天元：指元朝。陛：殿堂的台阶。

〔7〕妫（guī 归）：姓氏名。

〔8〕殷：富裕。厥：其。

〔9〕酣：沉缅。嗜：喜欢，爱好。

〔10〕当:配。

〔11〕通殷勤:指求婚。殷勤,恳切的情意。

〔12〕匿所过事:隐瞒了过访的目的。

〔13〕觇(chān搀):窥视。瘿(yǐng影):生于颈部的囊状肿瘤。

〔14〕颔:下巴。

〔15〕负箕:驼背的样子。负,背着。箕,簸箕。

〔16〕斛(hú胡):古代量器名,一斛为十斗。此句意为腹大而垂。

〔17〕自项及踵:指从头到脚。

〔18〕訾(zǐ子):指责。

〔19〕间谍:离间。

〔20〕驵(zǎng赃上声)侩:狡猾,市侩。

〔21〕佞(nìng泞):能说会道。

〔22〕承戒:吸取前一个媒人的教训。

〔23〕诧:夸赞。陈国:周代诸侯国名。辖有今河南东部和安徽一带。圣舜:古代传说中的五帝之一,与尧齐名。苗裔:后代。据说周初封于陈的妫满是舜的后代,故云。

〔24〕同姓之国:春秋时息侯的夫人妫姓,史称息妫、息夫人。此句与上句写媒人以生花之舌套近乎。

〔25〕亩粟千钟:每亩能产粟上千钟。钟,古代容量单位。六斛四斗为一钟。

〔26〕傥:倘若。毋靳:不吝惜。

〔27〕门下女:敬称。即您家女儿的意思。

〔28〕期:相约。半相馈:指用聘金的一半相回报。

〔29〕"丰颊"二句:巧笑,笑容美好。腾光,闪光。

〔30〕毛嫱、西子:指王昭君和西施,皆古代的著名美女。不敢近:不敢比、不能比。

〔31〕臛䐈(huò juǎn 货卷):肉羹。芼(máo 毛)腊:指腊月冬令腌制的菜。此句夸赞该女子极善烹饪。

〔32〕珏(jué 绝):白玉一双曰珏。古代贵族间常用为礼品。

〔33〕镒(yì 弋):古代重量单位,一镒为二十四两(一说二十两)。

〔34〕纯绣采:即纯彩色的丝织品。采,通"彩"。称是:与此相当。是,这。

〔35〕里闬(hàn 汉):乡里。

〔36〕言貌于情:相当于说根据你们的态度虚报了女方的相貌。

〔37〕谂(shěn 审):思。不我陋:不以我为丑陋。

〔38〕侦:察。觌(dí 敌):见,看。灼:明彻。

〔39〕仇:仇视。宿:平素。毁啮(niè 聂):诋毁。啮,咬,嚼。此指议论。

〔40〕夫党:指夫家亲属。

〔41〕女兄弟:指丈夫的姐姐和妹妹。佩履声:走路时环佩撞击的声音和脚步声。

〔42〕所与:所来往的人。出:逐出,休掉。

〔43〕"太史公"三句:太史公,指作者自己。"西子蒙不洁"云云,见《孟子·离娄下》。原文云:"孟子曰:'西子蒙不洁,则人皆掩鼻而过之;虽有恶人,斋戒沐浴,则可以祀上帝。'"

〔44〕组紃(xún 巡):指妇女从事的女红(gōng 工)。

〔45〕鲜:少,没有。

〔46〕稔祸:酿祸。

石田山房记[1]

桐柏之水发为淮[2],东行五百里,合泗、潢、山谷诸流[3],左盘右纡[4],环缭陵麓[5]。其南有州曰光[6],土衍而草茂[7],民勤而俗朴。故赠骑都尉、开封郡伯浚仪马公[8],实尝监焉[9]。公之子祖常,少贱而服田于野[10],以给馆粥[11]。乡之人思慕郡伯之政,念其子之劳而将去也,乃为之卜里中地[12],亟其葺屋[13],而俾就家焉。屋之侧有崇丘,可六七丈[14],溪水旁折而出,岸碕之上[15],嘉树苞竹[16],荟蔚蔽亏[17]。前为木梁[18],梁溪而行[19]。周垣悉编菅苇[20],门屋覆之以茨[21]。岁时里邻,酒食往来,牛种田器[22],更相贳贷[23]。寒冬不耕,其父老各率子若孙[24],持书籍来问《孝经》、《论语》孔子之说。其耕之土,虽硗瘠寡殖[25],不如江湖之沃饶[26],然犹愈于无业也。祖常者因乐而居焉,于是名其屋曰石田山房。且自为记与图,以属当世能言之士[27],请为赋诗,异日使淮南人歌之。

[1] 本文是马祖常为自己光州居室所写的一篇小记。马祖常的祖上是西域人,曾祖月合乃从元世祖征宋。父马润任光州知州,即以光州为籍贯。光州并不是富沃之乡,这篇文章中也说是"硗瘠寡殖",但作者说"乐而居焉"。元代西域文士改变里籍后,常"乐不思蜀",这种感情具有普遍性。

[2] 桐柏:山名。在河南桐柏县西南。

[3] 浉:浉水。源出湖北随县,东经河南入淮。潢:潢河。源出河南新县,沿东北入淮。

[4] 纡:绕。

[5] 陵麓:犹山麓,山陵的脚下。

[6] 光:光州,治今河南潢川县。

〔7〕土衍:土地平坦。

〔8〕马公:指作者的父亲马润。骑都尉和开封郡伯都是他死后诰赠的。浚仪是古县名,故城在开封西北。马润的祖父月合乃后在开封定居,故马氏又以开封为籍贯。

〔9〕监:监管。马润曾任光州尹,故云。

〔10〕服田:从事田耕。

〔11〕饘(zhān 詹):稠粥。

〔12〕卜:选择。

〔13〕亟:急。其:形容词词尾,无实义。葺:修盖。

〔14〕可:大约。

〔15〕碕(qí 齐):曲岸。

〔16〕嘉树:美好的树林。苞竹:茂盛的竹子。苞,茂密。

〔17〕荟蔚:草木茂盛的样子。蔽亏:遮蔽。

〔18〕木梁:木桥。

〔19〕梁溪:架在溪上。

〔20〕周垣:低矮的围墙。菅苇:芦苇一类的草。

〔21〕茨:茅草。

〔22〕牛种田器:耕牛、种子和农器。

〔23〕贳(shì 市):赊。

〔24〕若:与。

〔25〕硗(qiāo 敲)瘠:贫瘠。寡殖:少收成。

〔26〕江湖:指江边湖滨的平川之地。

〔27〕属:委托。

小圃记[1]

余环堵中治方一畛地[2],横纵为小畦者二十一塍[3]。

昆仑奴颇善汲[4]，昼日绠水十馀石[5]。井新浚[6]，土厚泉美，灌注四通。阳春土脉亦偾起[7]，古所谓滋液渗漉，何生不育者，信矣哉！杂芦菔、蔓菁、葱、薤诸种[8]，布分其间。栅以秸薪[9]，限狗马越入蹂躏[10]。

圃在前时为故主马厩，土有粪，合水之膏泽并渍之后，菜熟芼羹[11]，以侑廪米之馈馏[12]。吾于世资盖寡取也[13]，如是可日计矣。

学子汪琯曰："铸铁作齿，缀于横木，使土平细，尤宜菜。"余谓不然。土之力完则殖繁[14]，若力尽，则亦不殖矣。因为小圃记。

〔1〕本文为作者记录自己闲适生活的一篇小品。

〔2〕环堵：常指狭小的居室。这里当指院子。治：整，开辟。畛（zhěn 诊）：原指界域、范围。这里同"块"。

〔3〕塍（chéng 成）：田埂。

〔4〕昆仑奴：原指唐宋时豪门富家所养的南海国奴仆。这里用作对奴仆的代称。

〔5〕绠（gēng 耕）：粗绳。这里指用绳吊水。

〔6〕新浚：新挖。

〔7〕偾起：隆起。

〔8〕芦菔：萝卜。

〔9〕栅：结栅栏。秸薪：高粱秆和柴禾。

〔10〕限：阻挡。

〔11〕芼羹：用菜杂肉做成的羹。

〔12〕侑：助。馈馏（fēn liù 纷六）：蒸熟的米饭。馏，把米下水煮熟

再漉去汁子蒸成饭。

〔13〕世资:自然界的资物。

〔14〕完:充足。

小石山记[1]

岳镇之列居四方[2],其间出云气神物变化灵异,以之顺成年谷[3],滋益品类者大矣[4]。至于峦壑之美,岩穴之秀,木荣泉清[5],珍禽闲兽之所托依,往来仙真高人之所栖宿[6],是皆有以寓游观,乐放逸,在君子之所不可废者也。

淮以南诸山,石矿而不莹[7]。予得小如盎者一[8],凿器实水,植之其中,亦磊落峻拔,含蓄雄伟可喜也。彼虽不能如岳镇之大出云气光景,神物变化,要受封祭,然世或欲楗淇竹以塞河决[9],炼五色以补天漏[10],则予斯石也,其能无尺寸之功欤?

〔1〕本文所写"小石山",实是块盆景。作者说它"磊落峻拔"、"含蓄雄伟",又想像它可以"塞河决","补天漏",颇富想像力。

〔2〕岳镇:指东岳泰山、西岳华山、北岳恒山、南岳衡山。

〔3〕年谷:一年中收获的谷物。

〔4〕滋益:犹滋润。品类:犹万物。

〔5〕荣:茂盛。

〔6〕仙真:神仙真人。

〔7〕矿:朴。莹:晶莹。句意是不像玉石那样晶莹。

〔8〕盎:一种腹大口小的容器。

〔9〕楗(jiàn建):本为堵塞河堤决口的竹木土石材料。这里作动词用,即以……为楗的意思。淇竹:淇水边上的竹子。《诗经·卫风·淇奥》有"瞻彼淇奥,绿竹猗猗"的句子,此用其典,非实指。淇,水名,在今河南省北部。

〔10〕五色:五色石。相传女娲曾炼五色石以补天漏。

州判张君去思记[1]

在唐,河东薛存义拜零陵令[2],且行,柳宗元赠以言曰:"凡吏于土者,若知其职乎?民之役,非以役民而已也。民之食于土者,出其什一佣乎吏,使司平于我也,今受其直,怠其事者,天下皆然。"[3]余每读文至斯,未尝不掩卷太息也。嗟乎!三代而上[4],长民者皆学士大夫[5],知义礼,有诚心,爱民自能先之劳之而无倦[6],隐然民之役也[7]。三代而下,吏寡问学,无恻隐之实,罢软者不胜任[8],强干者依势作威[9],公然役民而已矣。维元统、至元间[10],吾光州判官张将仕独不然。

将仕质美性恬,勇于行善。先是,淮两堧民荐阻饥[11],无良者相扇就剽掠[12],及是岁稔[13],犹狃前非[14],所在窃发,教柅化梗[15],公私病之。将仕以逐捕为己任。盗不弭[16],为牧民者责[17]。选良骑,挽强弓,挟劲箭,率武夫,即其巢穴,逮之无遗。由是恶少屏迹[18],闾里以宁。或讶州判不畏强御[19],能得盗,必超擢[20]。将仕蹙然曰[21]:"此吾职分内事耳,何敢有功?且不能令民不为盗,致堕宪纲。今得其情,徒切哀矜,何敢有功?"其不伐如此[22]。

暇日适泮宫[23],遍观黉宇[24],见庖廪无次[25],讲堂不治[26],司马丞相祠圮毁[27]。谓士民曰:"庙以祀先圣先贤,堂以厚有德[28],学校以育人材。昔马监州劝导州民[29],辟草莱,剪荆棘,经营创始三十年于兹矣。我后人乃不能继其万一,殊可愧叹。"即日命匠鸠材完缮[30],因司马丞相之祠,遂立三贤堂,以楚孙叔敖、齐相杨愔配食焉[31]。三贤者,或生、或封、或隐于是,将仕又以道砺其州人也[32]。

已乃葺司夜之鼓[33],已乃葺逻徼之司[34],乃葺驿邮,盖以儒道不崇,人心不正,纵击鼓警奸,何益于治奸?知警矣,然后严捕盗,以警其未警者焉,修驿邮以传达文书焉。四者所施有序,以故州民德之。于其去也,思之不置[35],具状跽余门丐文记实于珉[36]。余方阖门城西,取箧中败书册点校存家学,辞以未暇,至于再三。请益坚,义不可辞,乃曰:"张将仕由汴省宣使判吾光[37],能使州民怀既去之思,是可嘉也。较诸受直怠事役民而已者,邈乎其燕越矣[38]。后之来者,考余文不诬,尚踵之哉!"至元三年二月吉日,资德大夫、前江南诸道行御史台御史中丞马祖常记。

[1] 这篇文章是作者去世前一年所作,当时他已辞职归里(光州)。"去思记"一类,常流为应酬文字,但作者泛泛之言,多有实录。去思,表达地方人士对离职官吏的思念。

〔2〕河东:指山西省黄河以东的地区。零陵:即今湖南永州市零陵区一带。

〔3〕"凡吏于土者"十句:见柳宗元《送薛存义序》。唯引文文字与原文稍有出入。此文对官民关系提出了新的解释。

〔4〕三代:指上古的夏、商、周三代。

〔5〕长民者:为民之长的人。指官吏。

〔6〕先之:为之先。劳之:为之操劳。

〔7〕役:仆役。

〔8〕罢软:软弱无能。罢,疲弱。

〔9〕强干:强硬。这里有能干的意思。

〔10〕元统、至元:皆为元顺帝早期年号。后者被史家称为"后至元",以与元世祖的前"至元"相区别。

〔11〕荐:一再,屡次。

〔12〕相扇:相互鼓动。

〔13〕稔:指丰年。

〔14〕狃(niǔ 扭):因袭。

〔15〕教:与"化"互文,指教化。柅(nǐ 尼):阻止。梗:阻塞。

〔16〕弭:止,息。

〔17〕牧民者:指做官的人。

〔18〕恶少:指上文的无良为盗者。

〔19〕强御:犹强暴。

〔20〕超擢:破格提拔。

〔21〕蹙(cù 促)然:局促不安的样子。

〔22〕伐:炫耀功劳。

〔23〕适:到。泮(pàn 判)宫:学宫,学校。

〔24〕黉(hóng 红)宇:学校的宇舍。黉,学校。

〔25〕庖廪:厨房和粮仓。

〔26〕不治:不修整。

〔27〕司马丞相:指北宋司马光。圮毁:塌毁。

〔28〕厚:厚待。有德:指有德之人。

〔29〕马监州:指马祖常之父马润,他曾任光州知府。

〔30〕鸠材:聚集材料。

〔31〕孙叔敖:楚人。楚相虞丘曾荐之楚庄王,为相三月,施教导民,社会大治。曾三得相而不喜,三去相而不悔。杨愔(511—560):字遵彦。北齐人。为当时著名政治家。

〔32〕砺:通"励"。

〔33〕葺:修。司夜:值班守夜。

〔34〕逻徼(jiào叫):巡逻。徼,巡查。

〔35〕不置:不止。

〔36〕珉(mín民):似玉的美石。这里是碑石的美称。

〔37〕汴省:指当时的河南江北行省。宣使:宣抚使。朝廷派出巡视地方灾情的官员。

〔38〕邈:遥远的样子。燕越:古燕国在今河北北部与山西东北部地区。古越国在今浙江一带。这里以之比喻张将仕与其他为官而不为民着想的人有天壤之别。

宋　本

宋本(1281—1334),字诚夫,大都(今北京市)人。曾从王奎文研习理学,后广招门徒,讲学近二十年。元至治年间中进士,授翰林修撰。泰定元年(1324)除监察御史,迁国子监丞。天历元年(1328)升为吏部侍郎。至顺元年(1330)进为奎章阁供奉学士,次年复升礼部尚书。元统二年(1334)任集贤直学士兼国子祭酒。为人高抗不屈,持论坚正。居官清慎,以敢言见称。著有《至治集》。

工狱[1]

京师小木局木工数百人[2],官什伍其人[3],置长分领之[4]。一工与其长争,长曲不下[5],工遂绝不往来。半岁[6],众工谓口语非大嫌[7],酾酒肉强工造长居和解之[8],乃欢如初,暮醉散去。

工妇淫,素与所私者谋戕良人[9],不得间[10]。是日以其醉于仇而返也[11],杀之。仓卒藏尸无所[12],室有土榻[13],榻中空,盖寒则以措火者[14]。乃启榻砖置尸空中[15]。空狭[16],割为四五始容焉[17],复砖故所[18]。明日,妇往长家哭曰:"吾夫昨不归,必而杀之[19]。"讼诸警巡院[20]。院以长仇也,逮至,榜掠不胜毒[21],自诬服[22]。

妇发丧成服[23]，召比丘修佛事[24]，哭尽哀。

院诘长尸处[25]，曰："弃壕中。"责伍作二人索之壕[26]，弗得[27]。伍作本治丧者[28]，民不得良死而讼者[29]，主之[30]，是故常也[31]。刑部御史、京尹交促具狱[32]，甚急。二人者期十日得尸[33]，不得，笞[34]。既乃竟不得[35]，笞。期七日[36]，又不得。期五日，期三日，四被笞[37]，终不得，而期益近。二人叹惋[38]，循壕相语[39]，笞无已时[40]，因谋别杀人应命[41]。

暮坐水傍，一翁骑驴渡桥，掎角挤堕水中[42]，纵驴去[43]。惧状不类[44]，不敢辄出[45]，又数受笞。涉旬馀[46]，度翁烂不可识[47]，举以闻院[48]，召妇审视。妇抚而大号曰[49]："是矣。我夫死乃尔若耶[50]？"取夫衣招魂壕上，脱笄珥具棺葬之[51]。狱遂成，院当长死[52]，案上，未报可[53]。骑驴翁之族物色翁不得[54]，一人负驴皮道中过，宛然其所畜[55]。夺而披视[56]，皮血未燥，执诉于邑[57]。亦以鞫讯憯酷[58]，自诬劫翁驴，翁拒而杀之，尸藏某地。求之不见，辄更曰某地[59]。辞数更，卒不见，负皮者瘐死狱中[60]。岁馀，前长奏下[61]，缚出狴犴[62]，众工随而噪若雷[63]。虽皆愤其冤而不能为之明[64]。环视无可奈何[65]，长竟斩。众工愈哀叹不置[66]，遍访其事，无所得，不知为计。乃聚议哀交钞百定[67]，处处置衢路[68]，有得某工死状者酬以是[69]。亦寂然无应者。

初妇每修佛事，则丐者垒至求供饭[70]，一故偷常从丐往乞[71]。一日，偷将盗他人家，尚蚤不可[72]。既熟妇门户，乃暗中依其垣屋以须[73]。迫钟时[74]，忽醉者踉跄而入[75]，酗而怒妇，詈之拳之且蹴之[76]，妇不敢出声。醉者睡，妇微谇烛下曰[77]："缘而杀吾夫[78]，体骸异处土榻下二岁馀矣[79]。榻既不可火[80]，又不敢填治[81]。吾夫尚不知腐尽以否，今乃虐我[82]。"叹息饮泣[83]。偷立牖外，悉得之，默自贺曰[84]："奚偷为？"明发入局中号于众[85]："吾已得某工死状，速付我钱。"众以其故偷，不肯，曰："必暴著乃可[86]。"遂书合分支与[87]，偷且俾众遥随我往。偷阳被酒入妇舍[88]，挑之[89]。妇大骂："丐敢尔[90]？"邻居皆不平偷，将殴之。偷遽去土榻席[91]，扳砖作欲击斗状[92]，则尸见矣[93]。众工突入[94]，偿偷购[95]。反接妇送官[96]。妇吐实，醉者则所私也。官复穷壕中死人何从来[97]。伍作款：挤何物骑驴翁堕水[98]。伍作诛[99]，妇泊所私者磔于市[100]。先主长死吏，皆废终身[101]。官知水中翁即乡痩死者事[102]，然以发之则吏又有得罪者数人，遂寝[103]，负皮者冤竟不白[104]。

此延祐初事也[105]。校官文谦甫以语宋子[106]，宋子曰：工之死，当坐者妇与所私者止耳[107]。乃牵联杀四五人，此事变之殷也[108]。解仇而伏欧刀[109]，逃笞而得刃，伍作杀而工妇窆[110]，负皮道中而死桎梏[111]，赴盗而获购，此又缪戾而不可知者也[112]。悲夫！

〔1〕本篇写一个冤狱事件。作者在文末议论较含蓄，只说了事件

的错综复杂。但文中对官府的严刑逼供和得隐瞒处自隐瞒的种种黑暗都有揭露。对照着木工们的仗义行为,这种揭露更显深刻。工,指下文将要提到的木工。狱,官司。

〔2〕小木局:元代大都路总管府修内司附属有小木局。

〔3〕什伍其人:以十人或五人编组。

〔4〕置:设。长:工长。

〔5〕曲:理亏。不下:不认错。

〔6〕半岁:过了半年。

〔7〕口语:即口角。

〔8〕醵(jù巨)酒肉:凑钱买酒肉。造:到。

〔9〕所私者:私通的人。戕(qiāng羌):杀害。良人:丈夫。

〔10〕间:空子,机会。

〔11〕仇:仇人。这里指工长。

〔12〕无所:这里意谓找不到合适的地方。

〔13〕土榻:指炕。

〔14〕措火:或作"厝火","措"同"厝"。借用"厝火积薪"之言,意为置火、生火。

〔15〕空中:空处。

〔16〕狭(xiá匣):窄小。

〔17〕割为四五:指把尸体分切成了四五块。

〔18〕复砖故所:把砖恢复到原来的地方。

〔19〕而:你。

〔20〕警巡院:官署名。设在京城内,有左右两院。

〔21〕搒(péng朋)掠:拷打。搒,笞击。掠,拷打。不胜:禁不住。毒:痛苦。

〔22〕诬服:含冤认罪。

〔23〕成服:指完成了丧礼。服,本为丧服。因古代丧礼按死者与服丧者关系的亲疏远近有五种不同的丧服,表示不同的丧期。故用成服指代丧礼结束。

〔24〕比丘:梵文的音译,指和尚。

〔25〕院:指警巡院。诘:问。

〔26〕责:责令。伍作:即仵作,为古代官署中检验死伤的吏役。伍,通"仵"。

〔27〕弗得:没找到。

〔28〕治丧者:指处理丧事的人。

〔29〕不得良死:指非正常死亡。

〔30〕主:主持。

〔31〕故常:惯例。

〔32〕交:交互。具狱:结案。

〔33〕期:约定期限。

〔34〕笞(chī 吃):用鞭、杖责打。

〔35〕既:尽。这里指十日期限已尽。

〔36〕期七日:指再约定七天的期限。

〔37〕四被笞:四次遭受责打。被,受。

〔38〕叹惋:哀叹。惋,悲惋。

〔39〕循:沿着。

〔40〕已:停止。

〔41〕谋:打算,商量。

〔42〕掎角:又作掎角。指从两边相抄夹击。

〔43〕纵:放。

〔44〕状:相貌。类:像。

〔45〕辄:马上。

〔46〕涉:过。旬:十日。

〔47〕烂:指尸体腐烂。

〔48〕闻:报告。

〔49〕抚:指抚着尸首。

〔50〕乃尔若:这样子。意思是死得很惨。

〔51〕笄珥:指簪子和耳环。具棺:这里指买棺。

〔52〕当:判定。长:工长。

〔53〕未报可:意谓没有批复。

〔54〕物色:寻找。

〔55〕宛然:很像的样子。畜:饲养。

〔56〕披:打开。

〔57〕诉:控告。

〔58〕鞫(jū居)讯:审讯。憯酷:残酷。憯,通"惨"。

〔59〕更:改口。

〔60〕瘐(yǔ羽)死:指犯人在监狱中因受刑、饥寒或疾病而死。

〔61〕前长奏下:意谓前案(工长之案)批复下达。

〔62〕狴犴(bì hān必酣):传说中的猛兽,古代牢狱门上画有它的形象,所以常用它代指监狱。

〔63〕噪:鼓噪,呼喊。

〔64〕明:辨白,辨明。

〔65〕环视:用"天下环视"意,指众多不满。

〔66〕不置:不止。

〔67〕裒(póu抔):凑集。定:通"锭"。此指纸币的票面金额。

〔68〕置:这里指张帖告示。衢路:大路。

〔69〕酬以是:意即以"百锭"相酬。是,这。指大家裒集的钱。

〔70〕坌(bèn笨):聚。

〔71〕故偷:惯偷。

〔72〕蚤:通"早"。

〔73〕须:等待。

〔74〕迫:将近。钟时:指夜深。

〔75〕踉跄:跌跌撞撞的样子。

〔76〕詈(lì 力):骂。拳:用拳打。蹴(cù 促):用脚踢。

〔77〕微谇(suì 岁):低声责骂。谇,责骂。

〔78〕缘而:因你。

〔79〕体骸异处:指肢体被割离。

〔80〕火:生火。

〔81〕填治:指填埋。

〔82〕乃:却。

〔83〕饮泣:吞声哭泣。

〔84〕默自贺:暗自庆喜。

〔85〕明发:天放亮的时候。局:指小木局。

〔86〕暴著:揭开真相。

〔87〕合分:指契约。支:付。

〔88〕阳:通"佯"。假装。被酒:带着酒意。

〔89〕挑:挑逗。

〔90〕丐敢尔:乞丐怎敢如此。

〔91〕去:意谓掀掉。

〔92〕扳:取下。

〔93〕见(xiàn 现):出现。

〔94〕突入:冲入。

〔95〕购:指悬赏的钱。

〔96〕反接:指将两手反绑在背后。

〔97〕穷:追查。
〔98〕"伍作款"二句:款,招供。何物,本为问对方是什么人的用语。这里表示不相识的意思。
〔99〕诛:被杀。
〔100〕洎(jì季):及。磔(zhé哲):也叫凌迟。一种杀人的酷刑,将罪犯刀剐而死。
〔101〕废终身:指终身免废,不再起用。
〔102〕乡:通"向"。以前。
〔103〕寝:搁置,隐瞒。
〔104〕不白:没有得到昭雪。
〔105〕延祐:元仁宗中后期年号(1314—1320)。
〔106〕甫:古代在男子字后加"甫"或"夫"以示尊敬。宋子:作者自称。
〔107〕坐:抵罪。
〔108〕殷:多。
〔109〕解仇:指木工为化解仇恨。伏欧刀:遭杀害。伏,遭受。欧刀,古代刽子手行刑用的刀。
〔110〕窆(biǎn贬):埋葬。
〔111〕桎梏:脚镣手铐。这里指监牢。
〔112〕缪轕(jiāo gé交阁):错综复杂。

李孝光

李孝光(1285—1350),初名仝祖,字季和,后更名孝光,号五峰。温州乐清(今浙江乐清市)人。少即博学,后以文章闻名于世,隐居在雁荡山五峰下,从学者甚众。元至正三年(1343)被召入京,七年以秘书监著作郎见顺帝于宣文阁,进《孝经图说》。次年,升为秘书监丞。未几病卒。著有《五峰集》。

始入雁山观石梁记[1]

予家距雁山五里近,四方客游者或舍止吾家。吾岁率三四至山中[2],每一至,常如遇故人万里外。

泰定元年冬十一月[3],予与客张子约、陈叔夏复来[4]。他日,从小笋[5],用自愒[6],昼为馁粮食给[7],夕则舍顿床敷[8],恒衡于吾心而莫得纵。于是尽屏去之,独从家童两,持衾裯杖屦[9]。冬日妍燠[10],黄叶布地。客行望见山北口立石,髡然如浮屠氏[11],腰隆起,若世之游方僧自襆被者[12],客辗然而笑[13]。时落日正射东南山,山气尽紫,鸟相呼如妇人,入宿石梁。石梁拔地起,上如大梯,倚屋檐端;檐下入空洞[14],中可容千人;地上石脚空嵌[15],类腐木根。檐端有小树长尺许,倒挂绝壁上,叶著霜正红,始见,谓是踯躅花[16],绝可爱。梁下有寺[17],寺僧具煮茶醑酒[18],客主俱醉。月已没,白云西来,如流水。风吹橡栗堕瓦上[19],转射岩下小屋,从瓴中出[20],击地上积叶,铿锽宛转[21],殆非世间金石音。灯下相顾,苍然无语[22]。夜将半,设两榻对卧。子约沾醉[23],比晓[24],犹呼其门生[25],不知岩下宿也。

〔1〕雁荡山在浙江乐清市境内,分南雁、中雁、北雁三部分,是著名的风景区。李孝光曾著有《雁山十记》,主要是记游北雁的作品。石梁,又名石梁桥,在雁荡山东北谷。据《广雁荡山志》载:"梁如篮环,矫坳屈曲,仿佛鹊桥。"

〔2〕率:通常。

〔3〕泰定元年:即公元1324年。

〔4〕张子约:生平不详。陈叔夏:名德永,号两峰,黄岩(今浙江台州市黄岩区)人。曾任和靖书院山长。著有《两峰惭草》。

〔5〕小笋:又名笋轿,轿子的一种。

〔6〕憩(qì气):古同"憩",休息。

〔7〕餱(hóu猴)粮:干粮。

〔8〕舍顿:安顿,铺放。床敷:床铺。

〔9〕衾裯(chóu俦):被子。杖屦(jù巨):这里指登山所用的手杖、麻鞋之类。

〔10〕妍:美好。燠(yù育):暖和。

〔11〕髡(kūn昆)然:光秃的样子。髡,剪去头发。浮屠氏:和尚。

〔12〕游方僧:四处云游的僧人。自襆(fú服)被:自己背着包袱。襆被,用包袱裹束衣被。

〔13〕 辴(chǎn 阐)然:笑的样子。

〔14〕 空洞:指岩洞。

〔15〕 空嵌:这里意谓石上有空洞。

〔16〕 踯躅花:花名,又叫羊踯躅。崔豹《古今注》云:"羊踯躅,黄花,羊食即死,见之即踯躅不前进。"

〔17〕 寺:指石梁寺。

〔18〕 煮茶醅(pēi 胚)酒:指煮好的茶与未过滤的酒。

〔19〕 橡栗:橡树和栗树的果实。

〔20〕 瓴(líng 伶):瓦沟。

〔21〕 铿鐣(tāng 嘡):钟声。这里指橡子和栗子敲在积叶上的响声。

〔22〕 苍然:沉默的样子。

〔23〕 沾醉:大醉。原意是饮酒大醉,胸襟沾湿,无法自持。

〔24〕 比:到。

〔25〕 门生:弟子。

大龙湫记〔1〕

大德七年秋八月〔2〕,予尝从老先生来观大龙湫〔3〕,苦雨积日夜。是日大风起西北,始见日出。湫水方大,入谷,未到五里馀,闻大声转出谷中〔4〕,从者心掉〔5〕。望见西北立石,作人俯势〔6〕,又如大楹〔7〕。行过二百步,乃见更作两股相倚立〔8〕。更进百数步,又如树大屏风。而其颠谽谺〔9〕,犹蟹两螯,时一动摇,行者兀兀不可入〔10〕。转缘南山趾[11],稍北,回视如树圭[12]。又折而入东崦[13],则仰见大水从天上堕地,不挂著四壁,或盘桓久不下[14],忽迸落如震霆[15]。东岩趾,有诺讵那庵[16],相去五六步,山风横射,水飞著人,走入庵避,馀沫迸入屋,犹如暴雨至。水下捣大潭[17],轰然万人鼓也。人相持语[18],但见口张,不闻作声,则相顾大笑。先生曰:"壮哉!吾行天下,未见如此瀑布也。"是后,予一岁或一至,至常以九月十月,则皆水缩,不能如向所见。

今年冬又大旱,客入,到庵外石矼上[19],渐闻有水声。乃缘石矼下,出乱石间,始见瀑布垂,勃勃如苍烟[20],乍小乍大,鸣渐壮急。水落潭上洼石[21],石被激射,反红如丹砂。石间无秋毫土气,产木宜瘠黑[22],反碧滑如翠羽凫毛[23]。潭中有斑鱼廿馀头,闻转石声,洋洋远去[24],闲暇回缓[25],如避世士然。家童方置大瓶石旁,仰接瀑水,水忽舞向人,又益壮一倍,不可复得瓶,乃解衣脱帽著石上,相持扼摰[26],欲争取之,因大呼笑。西南石壁上,黄猿数十,闻呼声皆自惊扰,挽崖端偃木牵连下[27],窥人而啼。纵观久之,行出瑞鹿院前,日已入。苍林积叶,前行,人迷不得路,独见明月,宛宛如故人[28]。

老先生谓南山公也。

〔1〕大龙湫:又名大瀑布,在雁荡山西谷。据《广雁荡山志》云:"泻下望若悬布,随风作态,远近斜正,变幻不一。"

〔2〕大德七年:即公元1303年。

〔3〕老先生:尊称。文末称南山公。指泰不华(1304—1352),蒙古人。好学能诗文,举进士,官至礼部尚书,出为台州路达鲁花赤。方国珍起兵时被杀。

〔4〕转出:滚动着传出。

〔5〕心掉:犹丧胆。

〔6〕势:姿势。

〔7〕楹:柱子。

〔8〕股:大腿。倚:靠。

〔9〕谽谺(hān xiā 酣虾):空廓的样子。

〔10〕兀兀:恐惧不安的样子。

〔11〕趾:指山脚。

〔12〕树:立。圭:同"珪"。玉器的一种,形状为上尖下方。

〔13〕东崦:东山。

〔14〕盘桓:徘徊。

〔15〕震霆:震雷。

〔16〕诺讵那庵:庵名。诺讵那,佛教尊者,相传为雁荡开山之祖。

〔17〕捣:撞击。

〔18〕相持语:面对面说话。相持,双方对立。

〔19〕石矼(gāng 冈):石桥。

〔20〕勃勃:水汽上升的样子。

〔21〕洼:低凹。

〔22〕瘠:瘦。

〔23〕翠羽凫毛:翠鸟和野鸭子的羽毛。凫,野鸭。

〔24〕洋洋:形容游鱼舒缓摇尾的样子。

〔25〕回缓:徘徊徐行。

〔26〕搴(qiān 千):义同"牵"。

〔27〕偃木:横卧的树木。

〔28〕宛宛:真切可见的样子。

许有壬

许有壬(1287—1364),字可用,汤阴(今属河南)人。延祐二年(1315)进士,授同知辽州事。历事仁宗至顺帝共七朝,四十多年间先后转数职。至正中累官至集贤大学士,改枢密副使,后拜中书左丞。至正十七年(1357)致仕。善笔札,工辞章。著有《至正集》、《圭塘小稿》。

文丞相传序[1]

宋养士三百年,得人之盛[2],轶唐汉而过之远矣[3]。盛时忠贤杂遝[4],人有馀力。及天命已去[5],人心已离,有挺然独出于百万亿生民之上[6],而欲举其已坠[7],续其已绝,使一时天下之人,后乎百世之下,洞知君臣大义之不可废[8],人心天理之未尝泯[9],其有功于名教为何如哉[10]!

丞相文公,少年踔厉[11],有经济之志[12]。中为贾沮[13],徊翔外僚[14]。其以兵入援也[15],大事去矣[16];其付以钧轴也[17],降表具矣[18];其往而议和也[19],冀万一有济尔[20]。平生定力[21],万变不渝。"父母有疾,虽不可为,无不用药之理"[22],公之语,公之心也。是以当死不死,可为即为[23]。逸于淮,振于海[24],真不可为矣,则惟有死尔[25]。可死矣,而又不死,非有他也[26]。等一死尔[27],昔则在己,今则在天,一旦就义[28],视如归焉。光明俊伟[29],俯视一世,顾肤敏裸将之士[30],不知为何物也。推此志也,虽与嵩、华争高可也[31]。宋之亡,守节不屈者有之,而未有有为若公者,事固不可以成败论也。然则收宋三百年养士之功者,公一人尔。

孙富为湖广省检校官[32],始出辽阳儒学副提举刘岳申所为传,将刻之梓[33],俾有壬序之。有壬早读《吟啸集》、《指南录》[34],见公自述甚明。三十年前游京师,故老能言公者尚多,而讶其传之未见于世也。伏读感慨[35],惜京师故老之不及见也。公之事业,在天地间,炳如日星[36],自不容泯。而史之取信,世之取法,则有待于是焉。若富也,可谓能后者已[37]。元统改元十二月朔[38],参议中书省相台许有壬序[39]。

〔1〕文天祥就义后五十年,即元统元年(1333),文天祥之孙文富刻印刘岳申所撰的《文丞相传》,请许有壬写了这篇序。许有壬是元王朝的大臣,据《元史》本传记,他一生对元王朝忠心耿耿,"不知有死生利害"。他对文天祥的推崇出自赤诚,真切感人。行文凝练,却又有跌宕之势,足称佳作。

〔2〕人:指人才。

〔3〕轶(yì 亦):超过。

〔4〕杂遝(tà 榻):众多的样子。

〔5〕天命已去:指国运变衰。

〔6〕挺然:独立特出的样子。

〔7〕已坠:与下句的"已绝"同指南宋朝廷覆灭。

〔8〕洞知:透彻理解。

〔9〕泯:灭,淹没。

〔10〕名教:指以正名分为中心的封建教化。

〔11〕踔(chuō 戳)厉:形容人精神振奋、见识高远。踔,跃、越。厉,猛、勇。

〔12〕经济:经世济时。

〔13〕中:中途。贾:指南宋权相贾似道。其在任相期间,使国势日衰。文天祥在临安任职时,曾受其诬陷而被黜。沮:压制。

〔14〕徊翔:来回旋绕。外僚:指在京外任职。文天祥被黜后起用为地方官,数度迁转。

〔15〕以兵入援:指德祐初元兵南下时文天祥奉诏在江西起兵。

〔16〕大事:指国家的大势。

〔17〕付:被交付。钧轴:指军政大权。时文天祥受任右丞相兼枢密使。

〔18〕降表:投降的章表。具:准备。

〔19〕往而议和:文天祥当政后与元军议和,时宋臣贾馀庆等人已向元军送递降表。

〔20〕冀:希望。济:救。

〔21〕定力:本佛教用语。指一种坚守信心、固定不移的涵养。

〔22〕"父母"三句:引自刘岳申《文丞相传》。

〔23〕"当死不死"二句:转述文天祥《指南录后序》中的话:"予分当引决,然而隐忍以行……将以有为也。"

〔24〕"逸于淮"二句:逸,逃亡。淮,这里指真州。文天祥被元军扣

押北行时,在真州逃脱,或谓镇江。真州在长江北,属淮东之地。振,重振。海,这里指福州。因其临海,故云。文天祥南逃到福州,再领枢密使之职。

〔25〕惟有死尔:指文天祥在潮阳被俘后一再自杀。先是服毒未死,押赴大都途中绝食又未死。

〔26〕他:其他原因。这里意为天意使他自杀不成。

〔27〕等:同。

〔28〕就义:指在大都被元朝杀害。

〔29〕俊伟:犹伟大。

〔30〕肤敏祼(guàn贯)将之士:《诗经·大雅·文王》:"殷士肤敏,祼将于京。"肤,美。敏,快。祼,古时帝王以酒祭祖或宴宾之礼。将,送。古人释《文王》篇,谓"殷士有美德,言其见时之疾"。这里当指归顺元王朝的"宋士"。

〔31〕嵩、华:指河南的嵩山和陕西的华山。

〔32〕孙富:指文天祥之孙文富。

〔33〕梓(zǐ子):印刷用的版。这里指文富将刘岳申写的《文丞相传》刻印。

〔34〕《吟啸集》:文天祥诗文集名。《指南录》:文天祥诗集名。书名用他《扬子江》诗中"臣心一片磁针石,不指南方不肯休"两句的意思。

〔35〕伏读:犹拜读。敬辞。

〔36〕炳:光耀。

〔37〕能后者:意为能尽到后代的责任。

〔38〕元统改元:指元顺帝元统元年,为公元1333年。朔:指初一日。

〔39〕相台:指相州,元时称彰德路。许有壬是汤阴人,汤阴是彰德路属县。故云。

苏天爵

苏天爵（1294—1352），字伯修，真定（今河北正定）人。出身国子学生，曾从安熙、吴澄、虞集等学。初授蓟州判官，历任监察御史、肃政廉访使、集贤侍讲学士、江浙行省参知政事等职。苏天爵长于吏事，居官勤谨。其为学博而知要，为文长于记载。学者称滋溪先生。一生著述丰富，除编有《元文类》外，尚著有《滋溪文稿》、《元朝名臣事略》、《刘文靖公遗事》等。

送刘德刚赴三尖寨巡检序[1]

国家设巡徼之官，所以诘奸禁暴[2]，俾一乡一里之人莫不获其安静休养之惠焉。然或地有险夷[3]，俗有美恶，故政之及人，又有浅深迟速之异[4]，是则系乎人之才能何如尔[5]。浙江之东有州曰瑞安，州之西南地左而民众[6]，故设巡检以分治之。至正七年春[7]，刘君德刚承命而往[8]，征言以自励[9]。德刚为真定判府公之曾孙，莨州府君之孙，历游京师两国子监[10]，而得是官。故其本诸故家之所见闻[11]，淑于明师之所教养[12]，加以气粹而才良，言慎而行雅，其于职事必克有以举之[13]。

比岁吴、越之境年谷屡丰，盗窃弗发，居官者不能廉静以息民,贪墨兴事[14],深文巧诋[15],民始不胜其重困矣。故狱讼之烦,巡逻之扰[16],则有造币之伪[17],食盐之私,榜笞逮系,无所不至。呜呼,安居而乐生,人之常情也,或陷于罪戾者[18],又可不哀矜欤[19]!方今刑狱病民[20],岂独江南也哉。虽然,瑞安为州在昔多搢绅儒先[21],其商订古今,考求制度,凡天官、律历、井田、封建、礼乐、政刑,靡不讲贯[22],而儒学之盛,乡俗之美,民之易治可知矣。夫朝廷命学校之官居巡徼之职[23],匪第资其扞御之方[24],盖欲责其抚字教养之事也[25]。德刚自其父祖爱民而好士,又知读书勤于职事,故予深有望焉。

〔1〕本篇以赠言(即"序")的形式对"刑狱病民"的社会现实发感慨,生议论。文中把百姓的苦难乃至"陷于罪戾"归咎于官府的腐败,虽非新见,却切实际。三尖寨,在浙江省瑞安州(今瑞安市)。巡检,元时在州县或关津要地所设的负责辑捕盗贼,维护地方治安的官员。

〔2〕诘奸:诘查奸邪。禁暴:禁止凶暴。

〔3〕险夷:险要与平坦。

〔4〕异:犹别,差别。

〔5〕系乎:在于。

〔6〕地左而民众:地理偏僻而人口众多。左,偏。

〔7〕至正七年:即公元1347年。

〔8〕承命:犹受命。

〔9〕征言:索求赠言。

〔10〕两国子监:元代有国子监和蒙古国子监。

〔11〕故家:世家大族。这里指刘氏家族。

〔12〕淑:善,美。

〔13〕克:能。举:振作。

〔14〕贪墨:即贪没,贪污。兴事:制造事端。

〔15〕深文巧诋:意为用深文周纳之法无端加以罪名。

〔16〕巡逻之扰:指巡逻的吏役对地方的骚扰。

〔17〕造币之伪:指制造假币的事情。

〔18〕陷:陷入。罪戾:罪恶。戾,罪。

〔19〕矜:可怜,同情。

〔20〕病民:犹害民。

〔21〕搢绅:指做官的人。儒先:指儒学先贤。

〔22〕讲贯:《国语·鲁语》:"昼而讲贯,夕而习复。"意为讲论研习。

〔23〕学校之官:此指国子监出身的官员。

〔24〕匪:通"非"。第:只。资:凭靠。扞(hàn旱)御:抵御。

〔25〕责:责求。抚字:抚育。这里指抚育教化百姓。

乞免饥民夏税[1]

天生烝民[2],为国之本;地生百谷,为民之财。国非民罔兴,民非财罔聚。故《书》有"本固邦宁"之旨[3],《易》有"聚人曰财"之文[4]。我国家兴隆百年,子育兆姓[5],虽赋税专征于郡县,而恩泽常出于朝廷。爰自去岁以来[6],不幸天灾时见,或值旱干,或遇霖雨,河水泛溢,年谷不登[7]。以致江浙、辽阳行省,山东、河北诸郡,元元之民[8],饥寒日甚。始则质屋典田,既不能济,甚则鬻妻卖子,价直几何?朝廷虽尝赈恤,数日又复一空,朝餐树皮[9],暮食野菜,饥肠暂充[10],形容已槁[11]。父子不能相顾,弟兄宁得同居[12]。壮者散为盗贼,弱者死于途路。闻之亦为寒心,见者孰不陨涕[13]。殆兹春夏之交[14],将为蚕麦可望[15],虫已损其桑柘,蝗又食其青苗。夏麦既已不收,秋田犹未下种。天灾若此,民穷奈何。衣食尚且不充,赋税何由而出。诚恐州县官吏,但知依期征索[16],箠楚既施[17],疮痍益甚[18]。夫民惟国之赤子[19],财者本以养民,宜从朝廷早赐闻奏,验彼灾伤去所,曾经赈济之家,合纳夏税[20],量与蠲免[21]。庶几实惠普洽困穷[22],销愁怨之苦为欢悦之心,和气既充,阴阳自顺,四时协序,百谷用成。黎民雍熙,天下幸甚。

〔1〕本文是作者因灾荒不断,百姓生活艰难,为减轻民众负担,乞免夏粮征收,而给朝廷的上书。

〔2〕烝民:众百姓。

〔3〕"本固邦宁":语出《尚书·夏书·五子之歌》。意思是根本稳固,国家就安定。本,指百姓。旨,意思。

〔4〕"聚人曰财":语出《周易·系辞下》。原文为:"何以聚人?曰财。"

〔5〕子育:慈育。子,以为子。兆姓:万民。

〔6〕爰:语首助词。

〔7〕登:谷物成熟。

〔8〕元元之民:犹平民百姓。元元,庶民,百姓。

〔9〕餐:本指饭食。这里用作动词,吃。

〔10〕充:填。

〔11〕形容:形象和容貌。槁:憔悴。

〔12〕宁:哪里、哪得。以上两句意为父子、兄弟离散。

〔13〕陨涕:落泪。

〔14〕殆:大概。

〔15〕将为:将以为。望:指望。

〔16〕依期征索:按期征税。

〔17〕箠楚:鞭子和荆杖。都是刑具名。施:加。

〔18〕疮痍:比喻人民的疾苦。

〔19〕惟:表示判断,相当于"是"。

〔20〕合:应该。

〔21〕量:酌量。与:给予。蠲(juān捐)免:免除。

〔22〕普洽:普及。洽,普遍。困穷:指穷困的百姓。

杨维桢

杨维桢(1296—1370),字廉夫,号东维子。少时曾读书铁崖山中,又自号铁崖,因善吹铁笛,亦自称铁笛道人。会稽(今浙江绍兴)人。元泰定四年(1327)中进士。初为天台尹,至正年间任江浙行省提举,擢江西儒学提举。因兵乱未到任,徙居钱塘。张士诚据平江时曾遣使屡聘之,不赴,并复书士诚,劝其降元。后徙松江,闭门授徒。入明不仕。著有《东维子集》、《铁崖古乐府》等。

铁笛道人自传[1]

铁笛道人者,会稽人,祖关西出也[2],初号梅花道人。会稽有铁崖山,其高百丈,上有绿萼梅花数百植[3],层楼出梅花[4],积书数万卷,是道人所居也。泰定间[5],以《春秋》经学擢进士第,仕赤城令[6],转钱清海盐[7],皆不信其素志[8],辄弃官,将妻子游天目山[9],放于宛陵、毗陵间[10],雪中、云间山水最清远[11]。又自九龙山涉太湖,南溯大小雷之泽[12],访缥缈七十二峰[13]。东抵海,登小金山[14],脱乌巾[15],冠铁叶冠[16],服褐毛宽博[17],手持铁笛一枝,自称铁笛道人。

铁笛得洞庭湖中,冶人猴氏子尝掘地得古莫邪[18],无所用,镕为铁叶,筒之[19],长二尺有九寸,窍其九[20],进于道人。道人吹之,窍皆应律[21],奇声绝人世。江上老渔狎道人[22],时时唱《清江》、《欸乃》,道人为作《回波引》和之[23],仍自歌曰:"小江秋,大江秋,美人不来生远愁。吹笛海西流。"又歌曰:"东飞乌,西飞乌,美人手弄双明珠,九见乌生雏。"城中贵富人闻道人名,多载酒道人所[24],幸闻笛[25]。道人为一弄毕[26],便卧遣客。即客不去,卧吹笛自如也。尝对客云:"笛有《君山古弄》[27],海可卷,蛟龙可呼,非钧天大人不发也[28]。"晚年,同年夫有以遗佚白于上[29],用玄𬘘物色道人于五湖之间[30]。道人终不一起[31]。

道人性疏豁,与人交无疑二。虽病凶危坐[32],不披文则弄札翰,或理音乐。素不善弈画,谓弈损闲心,画为人役,见即屏去。至名山川,必登高遐眺,想见古人风节旷迈,非常人所能测也。与永嘉李孝光、茅山张伯雨、锡山倪镇、昆阳顾瑛为诗文友[33],碧桃叟释臻、知归叟释现、清容叟释信为方外友[34]。及其文有警世者,有《三史统论》五千言、《太平纲目》二十策、《历代史钺》二百卷,诗有《琼台曲》、《洞庭杂吟》五十卷,藏于铁崖山云。

赞曰:有美人兮,冠铁叶之芎芎[35],服兔褐之跰跰[36]。雷浦之滨兮,铁崖之颠。噏阴呼阳兮,履坤戴乾。万窍不作兮,全籁于天。其漆园之傲吏兮[37],缑山之游仙也耶[38]?

〔1〕元代末年,反元义军纷起,苏州、杭州一带实际上已处在张士诚政权控制之下。这时有一批文人逃避现实,自我适意。杨维祯的这篇

文章虽为"自传",其实也反映出其他文人的精神状态。

〔2〕祖关西出:即祖籍关西。关西,指函谷关以西地区。这里当指汉代弘农郡(治所在今河南灵宝)所辖的地区,"弘农杨姓"为东汉世家大姓。

〔3〕绿萼梅花:梅花中的著名品种,宋范成大《梅谱》中说文人喜欢它"清高","比之九嶷仙人萼绿华",因以得名。

〔4〕"层楼"句:指建楼于梅林中。

〔5〕泰定:指泰定四年(1327)杨维祯中进士之年。

〔6〕赤城:山名。在浙江天台县北。这里代指天台县。

〔7〕转:官员调职。钱清:指钱清场。在浙江绍兴西,是当时著名的盐场。杨维祯曾任钱清场"盐司令"。

〔8〕信:通"伸"。伸张。素志:平素之志。

〔9〕将:携。天目山:在浙江西北部。

〔10〕宛陵:指今安徽宣城。毗陵:指今江苏常州。

〔11〕霅(zhà乍)中:指霅溪。霅溪,在浙江北部。又是旧吴兴县的别称。云间:今上海松江区的古称。

〔12〕大小雷:太湖中有大雷堆和小雷堆,故称。

〔13〕缥缈七十二峰:太湖中洞庭山上有七十二峰,今犹有"缥缈峰"之名。

〔14〕小金山:在今上海市金山区东南海中。

〔15〕乌巾:黑头巾。隐者之服。

〔16〕冠:戴。铁叶冠:即铁冠,隐者之冠。

〔17〕褐毛宽博:指寒贱之人穿的衣服。《孟子·公孙丑上》:"不受于褐宽博,亦不受于万乘之君。"

〔18〕冶人:铁匠。鍭(gōu勾)氏子:杨维祯《冶师行序》云:"鍭氏子,名长弓,太湖中人。"莫邪:古代宝剑名。

〔19〕筒之:卷成管状。

〔20〕窍:孔,洞。这里指在笛管上凿孔。

〔21〕应:和。

〔22〕老渔:老渔翁。狎:亲近。

〔23〕"时时"二句:《清江》《欸乃》,分别指《清江曲》和《欸乃曲》,皆为词牌名。《回波引》当为杨维桢自创之曲。

〔24〕载酒:这里是送酒的意思。

〔25〕幸:希望。

〔26〕一弄:演奏一曲或一遍。

〔27〕《君山古弄》:疑是笛曲名。此处化用君山老父吹笛的典故,事见唐郑远古《博异志·吕乡筠》。洞庭贾客吕乡筠,春夜泊舟君山侧,饮酒吹笛,遇一老父与之共饮畅谈,并出怀袖间笛吹奏,使"湖上风动,波涛沆瀁,渔鳖跳喷","君山上乌兽叫噪,月色昏昧,舟楫大恐"。故下句有"海""蛟龙"之言。

〔28〕钧天:天的中央。钧天大人在这里指天宫中的主宰。

〔29〕同年夫:指同年考取进士的人。遗佚:隐遁的人。这里指杨维桢。白:禀告。这里意指推荐。

〔30〕玄纁:指黑色的币帛。古时帝王常用以为聘请贤士的贽礼。物色:访求。

〔31〕起:指做官。

〔32〕病凶危坐:虽病凶犹危坐。病凶,病重。危坐,端坐。

〔33〕李孝光:本书作者简介中有传。张伯雨:即张雨,字伯雨,号贞居子、句曲外史。浙江钱塘(今杭州市)人。二十岁弃家入道。诗才清丽,颇有名声,与杨维桢等友善。倪镇:名瓒,字元镇,号云林。江苏无锡人。工诗善书,为元末著名画家。顾瑛:又名德辉,字仲瑛。江苏昆山人。元末名士,是著名的"玉山草堂"主人。

〔34〕碧桃叟释臻、知归叟释现、清容叟释信：皆和尚名。碧桃、知归、清容分别为号，臻、现、信分别为法名。

〔35〕拳(juàn倦)拳：卷曲的样子。

〔36〕跹(xiān仙)跹：原指舞态轻扬。这里是自得意。

〔37〕漆园之傲吏：指庄子。庄子曾任宋国漆园吏，又性傲万物，故云。

〔38〕缑山之游仙：指王子乔。相传他曾乘鹤升仙，离去前在缑山上向人挥手告别。缑山，指缑氏山。在河南偃师市附近。

斛律珠传[1]

斛律珠，不知何许人。或曰斛律光后也[2]；或曰姓胡氏，喜吹律，时人呼为胡律，后讹胡律为斛律，以其声清如贯珠[3]，又加珠云。其人龙首蛇身[4]，短褐侏儒，蟠腹而长颈，高结喉。处稠人中，首昂然独出，口吞吐火龙珠。其珠性最缓，法古人佩弦义[5]，挂一弦，缓如故，复加一弦急之[6]。

会稽铁笛道人尝得夫概湖大小铁龙君[7]，既而得珠，由海外来泊泰陵仓[8]，介铁笛友君见道人[9]。道人见珠形奇怪，脱其绣帽，换佩弦，珥玉簪[10]，扣其所有[11]，结喉中滑滑作胡语[12]，兼善楚声[13]，声悲壮宛转，奇绝如笙竽天籁[14]。道人时以杖夷犹按抑其所佩弦[15]，与喉中声相应，累累然循环无端[16]，若倾夜光玉斗中[17]，其声不可量。于是道人异之，呼为铁友。因指而笑曰："昔阮咸与若貌类，而佩四弦[18],其性盖又缓,缓于汝者乎?"

初象山管同者[19],交趾产也[20]。相传宣和道君得之海南[21]。同能短长吟[22],声若金石[23],道君常冠玉冠,服老君服[24],坐清暑殿上[25],酒酣辄提携之,同时时吐出胸中之奇,其声入云杪[26],若鸾鸣凤啸。众乐皆作,必赖同止之[27]。同常夸于人曰:"吾以能声得狎上[28],上每置于齿牙间。"道君既仙去,同默不鸣者三百年,其后佚去,或以为入水化土蛟。既而君山老父见之[29],知其为仙,宣和管同也,亟接之掌握间[30],挺然若玉琅玕[31]。老父怪之,进于道人,且言故。道人曰:"吾自得大小铁龙君于东洞庭,皆洞晓音律。大者,人非钧天大人不作[32];小者,非洞天群仙不扣[33]。今同虽老,而状实类铁龙君,其声清越以长[34],其神流溢又森爽[35],足以伯仲大小铁龙君[36],为道人三友矣。"道人爱之无已,与大小铁龙君各制沉香室贮之[37]。三友中惟斛律珠得佩弦,力愈盛,刚毅奇怪,而音吐淡畅[38],与道人歌调合。长短高下,疾徐舒惨[39],惟道人之言是承也[40]。道人无聊不平,一动于中,必珠焉发之,故丽则之音、洞庭之吟、琼台之曲[41],无不待其宣堙郁者[42]。

客有轻千里争来观斛律、大小铁龙君与管同者[43],道人对客曰:"大铁盖待命不恒出,斛律正始之音居多[44],客亦未易知者。其惟管同乎?"故同多出尊俎间[45],与客相周旋。客有桓野王辈[46],力吹嘘之以千金购,共人登天府。道人终不许,曰:"吾异时到钧天所,帝命予制乐事,谐八音[47],和神人,以仪凤鸟者[48],非同则不协已。"既谢客,挟大小铁龙君偕同与珠游于苕霅间,今隐于五湖之东[49],三泖之阳[50],其所曰"双璜"云[51]。

太史公曰[52]:铁笛道人才高尚气节,所与游者皆鸿生奇才[53],世之中茌外强夸宦达者[54],道人视之犹蚁芥[55]。如斛律、管同,非特以善音律见道,抑以清风奇概得其人焉。使微道人有以来之[56],虽铁龙君犹泯泯无闻于世[57],况斛律耶,管同耶?呜呼!龙兴而云至,虎啸而风生,气类之感者,又岂直斛律管同者?

〔1〕本篇采用拟人手法描写一把胡琴,兼及其他乐器——铁笛和玉笛,并称之为"三友",从而表现作者的脱俗意趣和清高之志。作者把胡琴和玉笛分别说成是唐明皇和宋徽宗之物,且显而复晦,晦而复显,有传奇笔法之妙。

〔2〕斛律光(515—572):北齐人。字明月。朔州(今属山西省)人。敕勒族。工骑射。历官太子太保、左丞相。后遭诬被杀。

〔3〕清如贯珠:古人常以"落珠""泻珠"喻乐器声。白居易《琵琶行》有"大珠小珠落玉盘"之喻,杨维祯《胡琴引》亦有"泻下骊珠三百斗"之言。

〔4〕龙首蛇身:以下数句都指胡琴的形状和装饰。《元史·礼乐志》记"宴乐之器"有胡琴:"卷颈,龙首,二弦,用弓捩之,弓之弦以马尾。"蛇身,琴上有纹状如蛇腹下的横鳞。

〔5〕法:效法。佩弦:古时说法,因为弓弦常常紧绷,性情缓慢的人身上佩弦,用以自警。

〔6〕加一弦急之:意谓琴有二弦。杨维祯《胡琴引序》中说:"胡琴

323

在南为第二弦子,在北为今名。亦古月琴之遗制也。"

〔7〕铁笛道人:作者自号。后文"道人"均其自指。夫概湖:据《吴兴记》等载,吴王阖闾命其弟夫概筑城于吴西(后为长兴县,今浙江湖州),挖土而蓄水为湖,在县西南五里,周回七十里,名西湖,一名吴越湖。大小铁龙君:指两支铁笛。

〔8〕泰陵:指泰伯陵,在今江苏无锡市。

〔9〕介:经。友君:友人。

〔10〕"脱其"三句:绣帽,指胡琴的套子。珥,插戴。玉簪,当指琴头上紧弦的轸子。

〔11〕扣:通"叩"。

〔12〕滑滑:象声词。

〔13〕楚声:这里"楚"指南方,相对于上文"胡语"而言。

〔14〕天籁:天然的声音。

〔15〕夷犹:从容不迫的样子。

〔16〕累累然:连续不断的样子。

〔17〕倾:倒。夜光玉斗:犹夜光玉杯。

〔18〕"昔阮咸"二句:阮咸,字仲容,陈留尉(今河南尉氏)人。魏晋时期名士,与嵇康、阮籍等并称"竹林七贤"。精通音律,善弹琵琶。唐代始称四弦十二柱、近似琵琶的乐器为阮咸,简称阮。

〔19〕象山:山名,在今广西境内。管同:拟人化的笛名。

〔20〕交趾:这里泛指五岭以南地区。

〔21〕宣和道君:指宋徽宗赵佶。因他在位时崇奉道教,并曾自称"教主道君皇帝"。故云。宣和,宋徽宗末期年号。始于公元1119年,终于公元1125年。

〔22〕短长吟:指声音长短变化。

〔23〕声若金石:比喻笛声铿锵有力,清脆悦耳。

〔24〕服:穿。老君服:道教祖师太上老君所穿的服装。指一种道服。

〔25〕清暑殿:北宋宫殿名。故址在今河南洛阳市。为皇帝消夏的地方。

〔26〕云杪:云端。

〔27〕止:止戛。古时雅乐初奏时击柷,击柷的木椎名止戛。这里意为领衔。

〔28〕狎:亲近。上:皇上。

〔29〕君山老父:指传说中吹笛于君山的老仙人。见《铁笛道人自传》注〔27〕。君山,在湖南岳阳西南的洞庭湖中。

〔30〕接:拿。掌握间:指手中。

〔31〕琅玕:指竹。

〔32〕作:此指演奏。

〔33〕洞天:道教神话中神仙所居的地方。扣:敲。这里是吹奏的意思。

〔34〕清越:清亮。长:悠长。

〔35〕流溢:犹流光溢彩。森爽:森疏而爽豁。

〔36〕伯仲大小铁龙君:指与大小铁龙君相媲美。伯仲,原指兄弟排行中的长与次。

〔37〕沉香室:指用沉香做成的盒子。沉香,木名。

〔38〕淡畅:清畅。

〔39〕疾徐:指音节的快慢。舒惨:指音调舒缓与凄急的变化。

〔40〕承:顺从。

〔41〕丽则之音:指华丽的或典则的音乐。洞庭之吟:指凄凉的曲调。琼台之曲:指欢快的曲调。

〔42〕宣:发泄。堙(yīn 因)郁:郁闷、闷塞。

〔43〕轻千里：以千里之途为轻。意为不怕路远。

〔44〕正始之音：指纯正的乐声。李商隐《献相同京兆公启》亦有"宫商资正始之音"的句子。

〔45〕尊俎间：指宴席间。尊，同"樽"，酒杯。俎，宴会上盛食品的器具。

〔46〕桓野王：指桓伊，字叔夏，小字野王。谯国铚(今安徽濉溪)人。东晋著名将领，精通音乐，善吹笛，有"笛圣"之誉。

〔47〕谐：协调。八音：古代称金、石、丝、竹、匏、土、革、木为八音。

〔48〕仪凤鸟：指乐声使凤凰展开了它优雅的仪态。

〔49〕五湖：指太湖。

〔50〕三泖(mǎo 卯)：即泖湖。分上泖、中泖和下泖，故名。在今上海松江西。阳：水北为阳。

〔51〕双璜：溪名。在泖湖附近。

〔52〕太史公：作者假托的人物。

〔53〕鸿生：犹鸿士或鸿儒。

〔54〕中荏外强：犹外强中干。荏，弱。夸宦达者：意同"夸毗以求举"，以谄谀、卑屈入仕的人。

〔55〕蚁芥：蚂蚁和小草。形容极为轻贱微小的事物。

〔56〕使：假使。微：无。来：招来。

〔57〕泯泯：湮没无闻的样子。

戴　良

戴良（1317—1383），字叔能，号九灵山人。婺州浦江（今浙江浦江）人。通经史、百家、医卜、释老之学。元至正十八年（1358），朱元璋军队攻下金华后，曾起用为学正，他弃官逸去。至正二十一年（1361），元王朝任命他为淮南江北行中书省儒学提举。元亡后在山东奔走抗明，事无成，南返隐居四明山。明朝召之，托病固辞，后自杀身亡。

小丹丘记[1]

临海之东有山焉[2]，南骛而出于天台[3]。或曰：山之土多赤，故名为丹丘。或曰：上有丹光煜煜也[4]，名以志其异。学士陈君居是山之下[5]，宜其日与之接也[6]。然乃系官吴门[7]，未尝一揽其胜焉。故其心有不能以相忘，而小丹丘之所为名斋也[8]。斋之始名也，君与僚属宾佐顾而乐之[9]。或有病君之取义者[10]，以为昔人作《天台赋》有曰："仍羽人于丹丘。"[11]则丹丘者，固临海之名山，而亦神仙家之所栖息焉者也[12]。今君以国之文儒，职太史[13]，居乎玉堂之署[14]，则世所谓蓬莱、方丈、瀛洲者[15]，亦既身宅其地矣[16]，又何慕乎安期、羡门[17]，而顾托是以为乐乎？

余闻而笑曰:"是盖烛乎其外[18],而暗乎其内者。乃君自系官吴门以来,释道路之劳[19],而就车马之安,舍衡茅之陋[20],而居府寺之美[21],人固疑君之可乐矣。然处之既久,而貌不加丰,发之黑者日以白,于是浩然将归老于家,而有所未能。姑以治吾之园圃,洁吾之庭宇,修补弊坏,为苟完之计,而日放情肆志于其间[22]。悠悠然与灏气俱[23],栩栩然与造物游[24]。方是时,固不知是山之在吴也,抑在越也。山之在吴与越且不知,又岂知是身之为儒耶,为仙耶?于是乎丹丘者,常足为君之乐,而不足为君病。常足为君之乐者,乐乎其内而不以其外也。"或人忻然而悟曰[25]:"有是哉。"遂书之壁间,以为君小丹丘记。

[1] 本篇是戴良任职吴中时所作,其时吴中实际上是降元的张士诚部队割据地域,陈基即为张士诚的"第一文人"。"小丹丘"是陈基的斋名,文章紧紧扣住陈基当时"将归老于家而有所未能"的心情,风趣横生地发挥议论,这类散文可以看作是明代小品文的滥觞。

[2] 临海:县名,即今浙江临海市。

[3] 骛:奔驰。指山势走向。天台:指天台山,在今浙江天台县城北,上多佛寺。

[4] 煜煜:闪亮的样子。

[5] 学士陈君:指陈基(1314—1370),字敬初,台州临海人。曾受业于黄溍。敏而好学,精通《春秋》。元末张士诚起兵,召为浙江右司员外郎,参与军事。朱元璋平吴,召修《元史》,书成,赐金而还,卒于常熟寓所。

[6] 宜:应该。接:接触,接近。

〔7〕吴门:古吴县城(今苏州市)的别称。

〔8〕名斋:给书房命名。

〔9〕僚属:同僚,一起做官的人。宾佐:宾客及佐吏。

〔10〕病:指摘。

〔11〕"以为"二句:《天台赋》,原名《天台山赋》,或作《游天台山赋》,东晋文学家孙绰所作。仍羽人于丹丘,此句原出《楚辞·远游》,下一句为"留不死之旧乡"。孙绰《天台山赋》引用了前一句,其下句为"寻不死之福庭"。仍,跟随。羽人,神话中有羽翼的人,也指仙人。

〔12〕神仙家:宣扬死后成仙或者长生不死的道家。栖息:隐居避世。

〔13〕职太史:任太史之官。太史,官名,掌管文史历法,也用以称翰林学士。陈基此时参与修《元史》,故云。

〔14〕玉堂:指翰林院。署:官署,办理公务的机关。

〔15〕蓬莱、方丈、瀛洲:传说中的三座仙山,皆在海中,常人无法登临。

〔16〕身:亲自。宅:居住。其地:指瀛洲等仙山。古人比喻文士得荣宠,如登仙界。唐太宗为秦王时曾开文学馆,房玄龄等十八人入选为学士,世人羡慕,谓之登瀛洲。陈基时供职翰林院,故僚属称其身居仙境。

〔17〕安期、羡门:安期即安期生,他与羡门都是传说中的仙人。

〔18〕烛:照,明。

〔19〕释:消除,避免。道路:指在道路上奔走。

〔20〕舍:舍弃。衡茅:以横木为门的茅舍,比喻简陋的房屋。

〔21〕府寺:官署和官舍。

〔22〕放情肆志:纵情快意。

〔23〕灏气:弥漫于天地之间的气。

〔24〕栩栩然：欢畅的样子。造物：指创造万物的神秘力量，古人认为是"天"。

〔25〕或人：泛指某人，即前文批评书斋命名"取义"不当的僚属。

乐善堂记[1]

秉彝王君，和阳人[2]。虽累岁崎岖戎马间，然雅意不忘交友[3]，尝于所寓辟堂曰"乐善"，以延天下之善士[4]。于是一时知名之彦[5]，咸喜从之游。每风晨月夕，则相与坐堂上，或谈性命道德之奥[6]，或论古今人事之得失，民生之利害，或雅歌投壶[7]，弹棋击筑[8]，以尽其欢忻[9]。其所与游而最密者，如刘君伯温、章君三益、胡君仲申[10]，皆尝获登斯堂，为文以颂君之美。

君犹以为未足，而复乞言于余，余闻之骇且愧焉，鄙人于善无所闻，君之所乐者，乌得而知之？纵知之，又岂能出于三君所言之外哉！虽然，三君之文，皆以乐乎在己之善言之也[11]，予则以为君之辟斯堂也，固将以延天下之士矣，则君之所乐者，固乐乎天下之善也，而岂一己云乎哉！

请得而卒言之可乎[12]？夫世之所以快耳目娱心志者，其为类众矣[13]，而君子弗好之，弗好之则弗乐之，君子之所乐者，惟在乎天下之善也，以天下之善为可乐，古之人有行之者矣。叔向之在晋[14]，乐乎䣊蔑之善而用之也[15]。鲍叔之在齐[16]，乐乎管仲之善而举之也。乐官属丞吏之善而进之者[17],郑当时也[18]。乐两龚两唐之善而奖之者[19],何武也[20]。以至孔融之闻善必荐[21],陆偕之乐善孜孜[22],是皆以天下之善而乐之也。天下之善一也,惟得其位则用之,举之奖之,进之荐之,不得其位则乐之而已。今君犹未得乎其位者也,以是为乐,不亦宜乎。虽然,君之乐乎天下之善者,固将以成夫一己之善也,成夫一己之善,则人之乐于君者亦多矣。故君之出入军旅非一日,求其同列[23],有陷其父母者矣[24],有踣其妻子者矣[25],有锋镝其身者矣[26]。今君之父母,既皆以令终[27],而其妻子则固自若也[28],身之无恙[29],则犹前日也,此皆乐善之效也[30]。彼之不能以若是者,盖以其所乐者富与贵耳,富贵之毒人也甚于鸩[31],惟其乐之深也,故其毒愈深。猩猩之乐于酒,鱼之乐于饵,彼岂知其为亡身之具哉! 由是而言,则君之贤于人亦远矣。《传》曰:"人之彦圣,其心好之。尚亦有利哉!"予敢以是为君庆。君曰:"子言信矣。虽然,某也不敢当不敢当。则请书之壁间,朝夕鉴观焉[32]。"

〔1〕王秉彝为今河北邢台市南和区人(一说为河南卫辉汲县人)。元至治间曾仕为海北广东道宪司,至正间为中山府训导。其乐善堂筑成,一时文士如刘基、章溢、胡翰等皆为作记。

〔2〕和阳:今河北邢台市南和区。

〔3〕雅意:平素的意愿。

〔4〕延:招引,接待。

〔5〕彦:贤士,才德出众的人。

〔6〕奥:奥义,高深的道理。

〔7〕雅歌:指吟诗。投壶:古时的一种游戏。宴会时设一特制的壶,宾主依次向壶中投箭,以投中多少决胜负,负者须饮酒。

〔8〕弹棋:古代一种棋类游戏。筑:古代一种弦乐器名。

〔9〕忻:同"欣"。

〔10〕刘伯温(1311—1375):名基。浙江青田(今浙江文成)人。元末进士,后助朱元璋成帝业,为明朝开国元勋。封诚意伯。章三益(1314—1369):名溢。浙江龙泉人。明初官至御史中丞、赞善大臣。与刘基、宋濂、叶琛并称"浙东四先生"。胡仲申(1307—1381):名翰,浙江金华人。明初曾受聘修《元史》。

〔11〕在己之善:自身的善。

〔12〕卒言:把话说完,把看法都讲出来。

〔13〕为类众:种类很多。

〔14〕叔向:春秋时晋国大夫。姬姓,羊舌氏,名肸,字叔向。

〔15〕畟(zōng 宗)蔑:春秋时郑国人,姓畟名蔑,貌丑,因有政治上的"善言"而被叔向赏识。

〔16〕鲍叔:即鲍叔牙,春秋时齐国人,管仲的朋友。齐襄公死后,公子小白和公子纠争夺王位,鲍叔侍奉公子小白,管仲侍奉公子纠。交战中,管仲曾射中小白衣带上的钩子。后来小白立为桓公,鲍叔爱惜朋友的才德,推举管仲帮助桓公成就霸业。

〔17〕官属:属员,属吏。丞吏:辅助官员。进:引荐,推荐。

〔18〕郑当时:字庄。西汉陈(今河南周口)人。任侠善交游。武帝时,属吏有"善言",必及时向皇帝推荐。

〔19〕两龚:龚胜、龚舍,西汉楚(治所在今江苏徐州)人。两唐:西汉沛郡(治所在今安徽濉溪县)人唐林、唐尊。

〔20〕何武:字君公。西汉蜀郡郫县(今属成都)人。生前乐于"推

人之善",好引荐善士。

〔21〕孔融(153—208):字文举。鲁国(今山东曲阜)人。东汉末年文学家,"建安七子"之一。

〔22〕陆傪(cān 餐,748—802):字公佐。唐吴郡(今江苏苏州)人。曾任祠部员外郎。有风节,精鉴裁。

〔23〕同列:同辈。

〔24〕陷:连累。

〔25〕踣(bó 帛):僵仆,喻死亡。

〔26〕锋镝:泛指兵器,这里比喻战死或者受伤。

〔27〕令终:善终,非意外死亡。

〔28〕自若:完好的样子。

〔29〕身:自身,自我。无恙:无病无忧,没有受到伤害。

〔30〕效:效验。

〔31〕鸩(zhèn 阵):传说中的鸟名,其羽浸制的酒有剧毒。

〔32〕鉴观:借鉴。

六柳庄记[1]

六柳者何?主人所以名庄也。曷为以六柳名[2]?因庄之所有也。庄有柳而遂名之,主人知取夫柳也。卉木之品类夥矣[3],何独于柳焉取之?

盖是柳也,先春而萌,未秋而凋,参刚柔以定体[4],应中和以屈伸者也[5]。柳乌乎生[6]?五沃之土宜柳[7]。山西、凤伯、直陵、平丘柳最多。而柴桑之柳[8],则以陶潜著《五柳先生传》[9]，故其名独显。六柳云者，所以窃拟夫潜也[10]。然则不谓之五柳者，嫌其自同于潜也[11]。潜以时之将乱，解县绶而去之[12]，门适有柳者五，故取以自号也[13]。潜知取乎柳，主人知取夫潜也。或曰："潜弃禄仕归故里[14]，主人即故里为禄仕，其出处不同[15]，吾不知主人之取于潜者何也？"人有旷百世而相同者[16]，不于其迹而于其心[17]。惟其心之同也，则主人不必不为潜也。人不同乎迹而同乎心，物不同乎人而同乎天也。是故主人即潜，潜即柳也。

或曰："刘俊之、柳子厚非潜之心矣[18]，曷为亦取乎是柳？"二人于柳，虽欲忘己取之，而柳不为其取也。不为其取而强取之，犹不知取夫柳也。《传》曰[19]："惟其有之，是以似之。"[20]主人有焉。主人孰谓？谓沈君也。沈其姓，达卿其字也。记之者谁？九灵山人戴良也。

[1] 沈达卿以"六柳"作为庄名，请戴良为之作记。陈基也有同名的作品。谢应芳还有《六柳庄为沈太守作》五言古诗一首。说明当时参与题咏者不少。沈达卿生平俟考，陈基《六柳庄记》说："檇李沈君达卿，起家儒林，践敭台省，由丞相掾再迁，拜南行台监察御史，寻职法行中书为理官。其出处与靖节异矣。"

[2] 曷为：为何。

[3] 夥（huǒ 火）：多。

[4] 参：即参合。定体：确定形体。

[5] 应：适应。中和：儒家主张的一种不偏不倚的和谐境界。

[6] 乌乎：同"恶（wū 巫）乎"。于何，在哪里。

[7] 五沃之土：即沃土。语见《管子·地员篇》。宜柳：适合种植

柳树。

〔8〕柴桑:古县名,在今江西九江市西南,东晋诗人陶潜(字渊明)的家乡。

〔9〕《五柳先生传》:陶潜散文篇名,"五柳先生"是作者的自我写照。

〔10〕窃拟:私下比拟,暗自仿效。

〔11〕自同于潜:把自己与陶潜等同。

〔12〕县绶:县令的印绶。绶,系官印的彩色丝带。

〔13〕自号:自己称呼自己。

〔14〕禄仕:指官职。禄,薪俸。仕,做官。

〔15〕出处:出仕和退隐。

〔16〕旷:间隔。

〔17〕迹:事迹,行为。

〔18〕刘悛之:《南史·张绪传》:"刘悛之为益州,献蜀柳数株,枝条甚长,状若丝缕,时旧宫芳林苑始成,武帝以植于太昌灵和殿前,常赏玩咨嗟。"柳子厚:即唐代文学家柳宗元。他在任柳州刺史时,曾作过《种柳戏题》诗。

〔19〕《传》:此指《左传》。

〔20〕"惟其有之"二句:《左传·襄公三年》引过《诗经·小雅·裳裳者华》中的这两句,意思是,因为他内心里具有这种美质,所以呈现在外表也就很相像了。

四景楼记〔1〕

慈溪北行可二舍〔2〕,有隙地曰横塘〔3〕,方氏之族居之。

方氏避睦州之乱[4]，蹈海而东[5]，适海舟漂荡至兹所[6]，遂留家焉。迨今若干世矣。其地去海才二三里近，荒涂斥卤[7]，土不毛食[8]，虽有山川丘壑，未见其为胜也。自方氏以来，居者附，行者止，地辟人稠[9]，间阎枕籍[10]。方氏益广第舍[11]，治楼居[12]，楼成而境大胜。前俯平原[13]，后临巨浸[14]，岛屿拱其左[15]，阡陌亘其右[16]。而旁近诸浦溆[17]，逶迤南折，北汇而入于海，如虹饮江，而马奔厩也。主人凭栏望远，见海气腾上，与林光山色相荡漾。倏兮昂青[18]，忽兮浮白[19]，渺乎郁乎[20]，如抹如画。而云霞风雨之晦明，花草竹树之荣悴[21]，四时景物之变，皆输奇献秀于几席之间，则斯楼又胜于横塘矣。

辛亥之春，予来自定川[22]，方氏之彦德原[23]，邀予至横塘。徘徊楼上，与之望五垒之山，睇双涧之水[24]，挹杜湖之波澜[25]，揽鸣鹤诸峰之秀[26]，爱其江山如昨，景物不殊。而方氏先泽[27]，邈乎其未泯[28]，宁不悠然而思，怆然而感，慨然而叹乎？德原语予曰："斯楼也，吾先世尝以'四景'名之，而未有记其所以名者，吾子幸为我执笔焉。"乃告之曰：二气流行[29]，生生不已，日往则月来，寒往则暑来，而四时之景物迭变无穷也。以无穷之景物，御夫有限之光阴，吾与德原，其能久乐斯楼之胜乎？然天地之造化不常，而山川之风气固在。方氏自五代居此，上下数百年间，故家凋谢，无复存者。而是家子孙，独能世其诗书之业[30]，久其田宅之利。德原又以纯庞之质[31]，诚笃之行，为邦人所贵重[32]。岂非山川风气所钟而致然耶[33]？山川风气之钟于方氏，既云厚矣。则夫德原之乐乎是楼也，岂止见之一身而已哉？不止于一身，虽谓久有乎斯楼可也[34]。予东西南北之人[35]，其登斯楼，固有久近之不同。然获与德原极幽遐之目[36]，空得丧之怀[37]，亦且不知楼之高、身之寄矣[38]。纪世德于兹楼[39]，使来者之有考，尚得而苟辞也哉[40]？遂书是以为记。

[1] 登楼观景，景物有四时之变化，故谓之"四景楼"。作者在文中感慨楼的主人能在"故家凋谢"的人事变幻中独保持"诗书之业"，复又感伤自己寄身天涯。此文作于元亡以后，表现出一种沧桑之感。

[2] 慈溪：古县名，即今浙江慈溪市。可：大约。舍：古时行军三十里为一舍。

[3] 隙地：空地。

[4] 睦州之乱：指北宋末年方腊起义。睦州，今浙江桐庐、建德、淳安三县（市）一带。方腊起义主要发生在这里。

[5] 蹈海：赴海，走海路。

[6] 适：恰好。兹所：此地。

[7] 荒涂：荒芜的滩涂。斥卤：不宜耕种的盐碱地。

[8] 不毛食：不生长五谷。毛，指谷物或草。

[9] 辟：开辟。

[10] 闾阎：泛指宅院民居。闾，里巷的大门。古时二十五家为一闾（或里）。阎，里中门。枕籍：纵横交错，这里指村落密集。

[11] 第舍：住宅。

[12] 治：指建造。楼居：楼房。

〔13〕俯:指俯瞰。

〔14〕临:居高视下。浸:湖泽。

〔15〕拱:环绕。

〔16〕阡陌:田间小路。亘:横贯。

〔17〕浦溆:水滨。

〔18〕倏:忽然,迅疾的样子。昂青:青色高悬,指林光、海气交织的景象。

〔19〕浮白:飘浮的白色,指海气、山色相融汇的景象。

〔20〕渺:旷远貌。郁:茂盛貌。

〔21〕荣悴:荣枯。草木的盛衰。

〔22〕"辛亥"二句:辛亥,当指明太祖洪武四年(1371),此时元朝已亡。定川,今浙江舟山定海区。

〔23〕彦:贤士。

〔24〕睇:顾盼,斜视。

〔25〕杜湖:是慈溪的第一大湖。

〔26〕鸣鹤诸峰:在慈溪市东南。

〔27〕先泽:祖先的德业和家教。

〔28〕邈:久远。泯:消失。

〔29〕二气:指阴阳二气,古人以为万物皆由阴阳化生。

〔30〕世:继承。

〔31〕纯厐(máng忙):淳厚,朴实。厐,厚重。

〔32〕邦人:指家乡父老。

〔33〕风气:气候、土地、风俗等的总称。钟:汇聚。

〔34〕久有:永久据有。

〔35〕东西南北之人:飘流在外,行踪不定的人。

〔36〕极……之目:尽目力所及,远望。

〔37〕空……之怀:不以为意,不挂在心上。得丧:得失。
〔38〕寄:指旅居他乡。
〔39〕世德:世代留传的功德。
〔40〕苟辞:随便推辞。

钟嗣成

钟嗣成(生卒年不详),字继先,号丑斋。汴梁(今河南开封)人,后徙居杭州。因科举不中,又不屑为吏,遂居家写作。是元代重要的戏曲家。著有《录鬼簿》二卷。并有剧作《章台柳》、《钱神论》等七种,均不传。所作散曲今散见于元末的若干散曲选集中。

《录鬼簿》序[1]

贤愚寿夭、死生祸福之理,固兼乎气数而言[2],圣贤未尝不论也[3]。盖阴阳之屈伸,即人鬼之生死,人而知夫生死之道,顺受其正,又岂有岩墙桎梏之厄哉[4]!虽然,人之生斯世也,但以已死者为鬼,而不知未死者亦鬼也。酒罂饭囊、或醉或梦、块然泥土者[5],则其人与已死之鬼何异?此固未暇论也。其或稍知义理[6],口发善言,而于学问之道,甘于暴弃[7],临终之后,漠然无闻,则又不若块然之鬼为愈也[8]。余尝见未死之鬼吊已死之鬼,未之思也,特一间耳[9]。独不知天地开辟,亘古及今,自有不死之鬼在。何则?圣贤之君臣、忠孝之士子,小善大功,著在方册者[10],日月炳煌[11],山川流峙[12],及乎千万劫无穷已[13],是则虽鬼而不鬼者也。余因暇日,缅怀故人[14],门第卑微[15],职位不振[16],高才博识,俱有可录,岁月弥久[17],湮没无闻,遂传其本末,吊以乐章[18],复以前乎此者[19],叙其姓名,述其所作,冀乎初学之士[20],刻意词章,使冰寒于水,青胜于蓝[21],则亦幸矣。名之曰《录鬼簿》。嗟乎!余亦鬼也。使已死未死之鬼作不死之鬼,得以传远,余又何幸焉!若夫高尚之士,性理之学,以为得罪于圣门者[22],吾党且唼蛤蜊[23],别与知味者道。

至顺元年龙集庚午月建甲申二十二日辛未,古汴钟嗣成序[24]。

〔1〕这是一篇很有影响的文章。文中不仅交代了作者撰写《录鬼簿》的目的,同时也阐明了他的人生观和文艺观。作者认为人生在世,如果不有所作为,整日只是像酒囊饭袋,醉生梦死地生活,其实和死人是没有什么两样的。他实际上把当时职位不振、门第卑微的曲作家,视为与那些圣贤君臣、忠孝士子一样,都是"不死之鬼",也即虽死犹生,永远不会被人忘记。

〔2〕固:本来。兼乎气数:与气数有关。

〔3〕不论:不讲。

〔4〕岩墙:高而危的墙。《孟子·尽心上》云:"是故知命者,不立乎岩墙之下。"桎梏:原指脚镣和手铐。这里指各种束缚。厄:苦。

〔5〕酒罂饭囊:相当于说酒囊饭袋。罂,大腹小口的瓶子。块然泥土:形容人无所作为,形同泥塑一样。

〔6〕其或:犹有的人。

〔7〕暴弃:自暴自弃不爱重自己。

〔8〕块然之鬼:指前面所说的如同"块然泥土"一样的人。愈:好,强。

〔9〕特:只是。一间:只隔了一点儿的意思。

〔10〕方册:典籍、史册。

〔11〕日月炳煌:形容像日月一样光辉。炳煌,辉煌,光辉。

〔12〕山川流峙:形容像山川一样地永峙长流。峙,耸立。

〔13〕千万劫:犹言千万世。劫,佛家指从天地形成到毁灭,复又开始,为一劫。

〔14〕缅怀:怀念。

〔15〕卑微:卑贱低微。

〔16〕不振:不高。

〔17〕弥久:久远。

〔18〕吊:凭吊,纪念。乐章:乐曲。这里意谓以曲挽吊。

〔19〕前乎此者:指他未及见到就已死去的戏曲作家。

〔20〕冀:希望。

〔21〕冰寒于水,青胜于蓝:语出《荀子·劝学》:"青,取之于蓝而青于蓝;冰,水为之而寒于水。"

〔22〕圣门:指孔门。

〔23〕啖蛤蜊:《淮南子》中记一位士人"倦龟壳而食蛤蜊"。《南史·王弘传》记王融被人讥为"不知许事,且食蛤蜊"。食蛤蜊,意为不合时宜的怪癖。啖,吃。

〔24〕至顺元年:即公元1330年。至顺乃元文宗年号。龙集庚午:犹言岁次庚午。龙,星名。集,次。用作纪年。因至顺元年按甲子纪年法为庚午年,故云。

后　记

　　大约是1998年,河北教育出版社计划出版一套"历代文选",该社的副总编辑李自修先生到北京组稿。他分别拜访了中国社会科学院文学所、北京大学和北京师范大学的一些资深教授,请他们出任各卷的编者。邓绍基先生是研究元代文学的名家,所以选注《元文》就约请了他。邓先生当时手头事多,虽然李自修先生的热情令他无法拒绝,但根本腾不出时间做这项工作。为了不让出版社失望,他决定让我跟他合作。

　　我当时刚从学校毕业,此前对元代文学接触得很少,除了读过邓先生主编的《元代文学史》和一些杂剧作品外,对诗文几乎没怎么碰过。邓先生的邀请让我压力巨大,心里非常忐忑。我把自己的担心坦白地告诉了他,他给了我许多鼓励和建议,劝我不要退缩。邓先生是我博士论文的答辩主席,我参加工作后,他在学习和生活上给了很多帮助和照顾,于情于理,我都不能拒绝,只能硬着头皮接下了这个任务。

　　当时,李修生先生主编的《全元文》刚出了没几卷,元文的选本,只有苏天爵的《元文类》可供参考。元代文人的别集,经过今人整理的那时好像只有元好问、揭傒斯、苏天爵、马祖常等少数几家。我能借鉴的东西极少。无奈之下,只能找元人的集子一家一家地读,从中选出自认为合适的篇目,请邓先生确定。他看了一遍,认为基本可用,就让我继续做注释。查找底本和抄录选文,是非常辛苦的工作,我为此跑了北京的多家图书馆。在北京师范大学图书馆请师弟张兴成帮我抄书的记忆,至今依然清晰。注释元文,首先得熟悉元代历史,为此我从头阅读了《元史》《新元史》和《蒙兀儿史记》,也查阅了一些方志。有时候,一个人物、一个典故、一个事件,常常要花去大量的时间查考。工作虽然不易，但也让我积累了一些经验。初稿完成以后，我拿给邓先生审阅，他认为我注得太繁，又从头删改了一遍，然后写了个前言，才算了结。此书于2001年出版后，我因一直忙碌，再未细看。

2017年，人民文学出版社决定对自己的品牌图书"中国古典文学读本丛书"全面修订，编辑部的思路是对陈旧的版本要更新，对残缺的系列要补齐。这套书中原来有"历代诗选"和"历代文选"两个小系列，其中"诗选"系列已经出齐（其中《金元诗选》就是邓绍基先生选注的），"文选"系列中的《金元文选》则一直没有找到合适的编者。当代学术界，研究金元文献的人本来就少，有影响的专家又都忙于承担各种项目和应对各类考核，很难静下心来做这种"劳而无功"（因为不能算科研成果）的事情。编辑部为此讨论了多次，终未得其人。于是，大家希望我把和邓先生合作的这个选本放进来，补上丛书的缺项。

2020年春节后，因为"新冠"疫情的影响，大家不能正常上班，我决定利用这段时间把全书修订一下。重新打开二十年前的旧作，连续几篇看下来，心里颇有愧感。虽然当年自己觉得已用了全力，无奈书中的错误仍非常刺目。于是一边后悔答应编辑部重新修订这本书，一边又庆幸能有机会改正过去的一些错误。这种矛盾的心情几乎伴随了修订的全过程。知耻而后勇，差可概括我当时的心情和状态，我下力气对书稿做了大幅度的修订。针对选文部分，删去了21篇阅读价值不高的碑版文字和议论性文字，更正了一些标点和排版错误；注释部分则大量补充注释了过去漏注的一些人名、事件和典故，改正了一些不当的地方。

邓绍基先生于2013年3月不幸去世，到现在不觉已过了七个年头。这本小书从草创到修订，一晃也经历了二十年。光阴似箭这句老生常谈，一点都不是套话，人生真是不堪把玩！

在此书修订再版之际，写下这段文字，既表达我对邓先生的怀念，也向广大读者做点简单的说明。本次修订过程中，钱蕾女史帮助校核

后 记

大约是1998年,河北教育出版社计划出版一套"历代文选",该社的副总编辑李自修先生到北京组稿。他分别拜访了中国社会科学院文学所、北京大学和北京师范大学的一些资深教授,请他们出任各卷的编者。邓绍基先生是研究元代文学的名家,所以选注《元文》就约请了他。邓先生当时手头事多,虽然李自修先生的热情令他无法拒绝,但根本腾不出时间做这项工作。为了不让出版社失望,他决定让我跟他合作。

我当时刚从学校毕业,此前对元代文学接触得很少,除了读过邓先生主编的《元代文学史》和一些杂剧作品外,对诗文几乎没怎么碰过。邓先生的邀请让我压力巨大,心里非常忐忑。我把自己的担心坦白地告诉了他,他给了我许多鼓励和建议,劝我不要退缩。邓先生是我博士论文的答辩主席,我参加工作后,他在学习和生活上给了很多帮助和照顾,于情于理,我都不能拒绝,只能硬着头皮接下了这个任务。

当时,李修生先生主编的《全元文》刚出了没几卷,元文的选本,只有苏天爵的《元文类》可供参考。元代文人的别集,经过今人整理的那时好像只有元好问、揭傒斯、苏天爵、马祖常等少数几家。我能借鉴的东西极少。无奈之下,只能找元人的集子一家一家地读,从中选出自认为合适的篇目,请邓先生确定。他看了一遍,认为基本可用,就让我继续做注释。查找底本和抄录选文,是非常辛苦的工作,我为此跑了北京的多家图书馆。在北京师范大学图书馆请师弟张兴成帮我抄书的记忆,至今依然清晰。注释元文,首先得熟悉元代历史,为此我从头阅读了《元史》、《新元史》和《蒙兀儿史记》,也查阅了一些方志。有时候,一个人物、一个典故、一个事件,常常要花去大量的时间查考。工作虽然不易，但也让我积累了一些经验。初稿完成以后，我拿给邓先生审阅，他认为我注得太繁，又从头删改了一遍，然后写了个前言，才算了结。此书于2001年出版后，我因一直忙碌，再未细看。

2017年，人民文学出版社决定对自己的品牌图书"中国古典文学读本丛书"全面修订，编辑部的思路是对陈旧的版本要更新，对残缺的系列要补齐。这套书中原来有"历代诗选"和"历代文选"两个小系列，其中"诗选"系列已经出齐（其中《金元诗选》就是邓绍基先生选注的），"文选"系列中的《金元文选》则一直没有找到合适的编者。当代学术界，研究金元文献的人本来就少，有影响的专家又都忙于承担各种项目和应对各类考核，很难静下心来做这种"劳而无功"（因为不能算科研成果）的事情。编辑部为此讨论了多次，终未得其人。于是，大家希望我把和邓先生合作的这个选本放进来，补上丛书的缺项。

2020年春节后，因为"新冠"疫情的影响，大家不能正常上班，我决定利用这段时间把全书修订一下。重新打开二十年前的旧作，连续几篇看下来，心里颇有愧感。虽然当年自己觉得已用了全力，无奈书中的错误仍非常刺目。于是一边后悔答应编辑部重新修订这本书，一边又庆幸能有机会改正过去的一些错误。这种矛盾的心情几乎伴随了修订的全过程。知耻而后勇，差可概括我当时的心情和状态，我下力气对书稿做了大幅度的修订。针对选文部分，删去了21篇阅读价值不高的碑版文字和议论性文字，更正了一些标点和排版错误；注释部分则大量补充注释了过去漏注的一些人名、事件和典故，改正了一些不当的地方。

邓绍基先生于2013年3月不幸去世，到现在不觉已过了七个年头。这本小书从草创到修订，一晃也经历了二十年。光阴似箭这句老生常谈，一点都不是套话，人生真是不堪把玩！

在此书修订再版之际，写下这段文字，既表达我对邓先生的怀念，也向广大读者做点简单的说明。本次修订过程中，钱蕾女史帮助校核了诸多版本,订正了一些注释,特此致谢。由于本人学力有限,书中的错误定难避免,敬祈读者批评指正。

周绚隆
2020 年 9 月 5 日